Couverture inférieure manquante

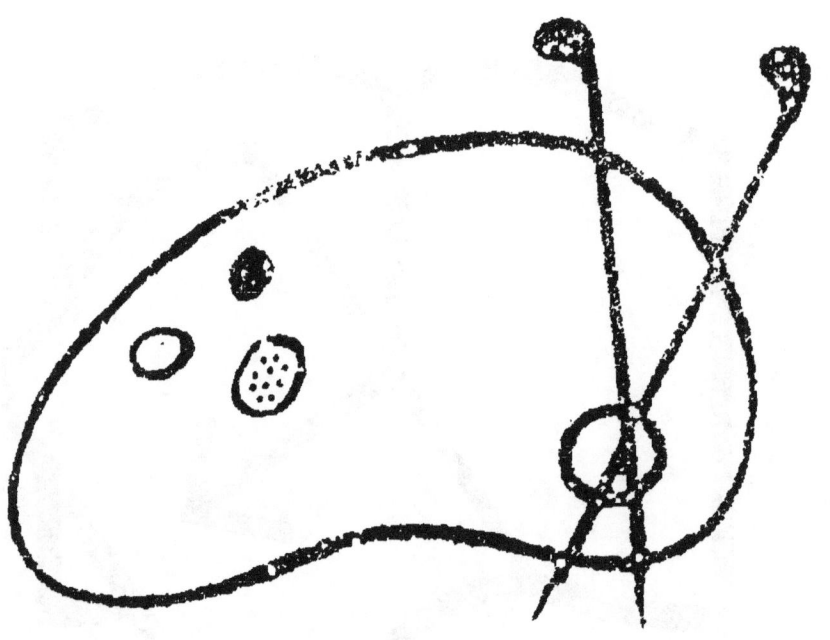

Début d'une série de documents
en couleur

VINGTIÈME ÉDITION

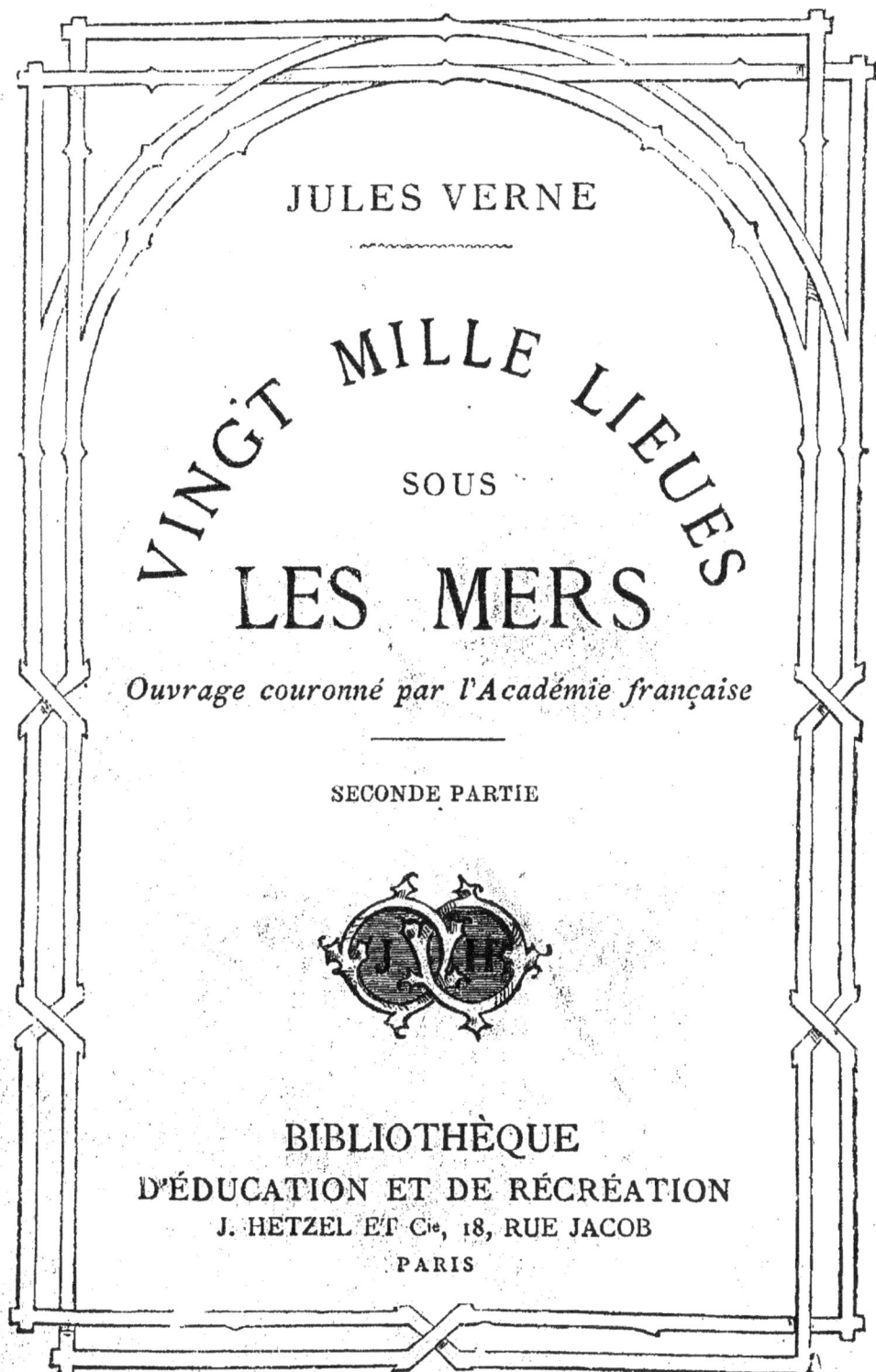

JULES VERNE

VINGT MILLE LIEUES

SOUS

LES MERS

Ouvrage couronné par l'Académie française

SECONDE PARTIE

BIBLIOTHÈQUE
D'ÉDUCATION ET DE RÉCRÉATION
J. HETZEL ET Cie, 18, RUE JACOB
PARIS

VINGT MILLE LIEUES

SOUS

LES MERS

OUVRAGES DU MÉME AUTEUR
VOLUMES IN-18 A 3 FR.

AVENTURES DU CAPITAINE HATTERAS :
— LES ANGLAIS AU PÔLE NORD, 23e édition . . . . 1 vol.
— LE DÉSERT DE GLACE, 24e édition . . . . 1 vol.
LES ENFANTS DU CAPITAINE GRANT :
— L'AMÉRIQUE DU SUD, 19e édition. . . . . 1 vol.
— L'AUSTRALIE, 18e édition . . . . 1 vol.
— L'OCÉAN PACIFIQUE, 18e édition. . . . . 1 vol.
AVENTURES DE 3 RUSSES ET DE 3 ANGLAIS, 18e édition . . . 1 vol.
DE LA TERRE A LA LUNE, 24e édition . . . . 1 vol.
AUTOUR DE LA LUNE, 20e édition . . . . 1 vol.
CINQ SEMAINES EN BALLON, 43e édition . . . . 1 vol.
DÉCOUVERTE DE LA TERRE, 15e édit . . . . 2 vol.
LES GRANDS NAVIGATEURS DU XVIIIe SIÈCLE, 6e édit . . . . 2 vol.
UNE VILLE FLOTTANTE, suivie des FORCEURS DE BLOCUS, 16e éd. 1 vol.
VINGT MILLE LIEUES SOUS LES MERS, 21e édition . . . . . 2 vol.
VOYAGE AU CENTRE DE LA TERRE, 25e édition. . . . . . . 1 vol.
LE PAYS DES FOURRURES, 16e édition . . . . 2 vol.
LE TOUR DU MONDE EN 80 JOURS, 48e édition. . . . . . . 1 vol.
LE DOCTEUR OX, 19e édition. . . . . 1 vol.
L'ILE MYSTÉRIEUSE, 1re partie. LES NAUFRAGÉS DE L'AIR, 24e éd. 1 vol.
— 2e partie. L'ABANDONNÉ, 23e édition. . . . 1 vol.
— 3e partie. LE SECRET DE L'ILE, 22e édit. . 1 vol.
LE CHANCELLOR, 17e édition . . . . 1 vol.
MICHEL STROGOFF, 22e édition . . . . 2 vol.
LES INDES-NOIRES, 19e édition . . . . 1 vol.
HECTOR SERVADAC, 17e édition . . . . 2 vol.
UN CAPITAINE DE QUINZE ANS, 17e édit . . . . . . 2 vol.
LES 500 MILLIONS DE LA BÉGUM, 16e édition . . . . . . 1 vol.
LES TRIBULATIONS D'UN CHINOIS EN CHINE, 16e édition . . . 1 vol.
UN NEVEU D'AMÉRIQUE, comédie. Prix. . . . . . . 1 fr. 50

VOLUMES IN-8 ILLUSTRÉS

AVENTURES DU CAPITAINE HATTERAS. Prix : broché . . . . . 9 fr. »
{ CINQ SEMAINES EN BALLON . . . . 5 »
{ VOYAGE AU CENTRE DE LA TERRE. . . . . 5 »
  Ces deux ouvrages réunis en un seul volume.. . . . . . 9 »
{ DE LA TERRE A LA LUNE. . . . . 5 »
{ AUTOUR DE LA LUNE. . . . . 5 »
  Ces deux ouvrages réunis en un seul volume . . . . . . 9 »
{ UNE VILLE FLOTTANTE, suivie des FORCEURS DE BLOCUS . . 5 »
{ AVENTURES DE TROIS RUSSES ET DE TROIS ANGLAIS . . . 5 »
  Ces deux ouvrages réunis en un seul volume. . . . . . . 9 »
VINGT MILLE LIEUES SOUS LES MERS . . . . 9 »
LE PAYS DES FOURRURES . . . . 9 »
{ LE TOUR DU MONDE EN 80 JOURS . . . . 5 »
{ LE DOCTEUR OX. . . . . 5 »
  Ces deux ouvrages réunis en un seul volume . . . . . . 9 »
LES ENFANTS DU CAPITAINE GRANT. . . . . 10 »
L'ILE MYSTÉRIEUSE. . . . . 10 »
{ LE CHANCELLOR.. . . . . 5 »
{ LES INDES-NOIRES . . . . 5 »
  Ces deux ouvrages réunis en un seul volume. . . . . . 4 »
MICHEL STROGOFF.. . . . . 9 »
HECTOR SERVADAC . . . . 9 »
UN CAPITAINE DE QUINZE ANS. . . . . 9 »
DÉCOUVERTE DE LA TERRE . . . . 7 »
{ LES 500 MILLIONS DE LA BÉGUM . . . . 5 »
{ LES TRIBULATIONS D'UN CHINOIS . . . . 5 »
  Ces deux ouvrages réunis en un sel volume. . . . . . . 9 »
LES GRANDS NAVIGATEURS DU XVIIIe SIÈCLE . . . . . 7 »
GÉOGRAPHIE ILLUSTRÉE DE LA FRANCE, par Jules VERNE et
Théophile LAVALLÉE . . . . 10 »

Imprimerie A. Lahure, rue de Fleurus, 9, à Paris.

VINGTIÈME ÉDITION

JULES VERNE

VINGT MILLE LIEUES

SOUS

LES MERS

Ouvrage couronné par l'Académie française

SECONDE PARTIE

BIBLIOTHÈQUE
D'ÉDUCATION ET DE RÉCRÉATION
J. HETZEL ET Cie, 18, RUE JACOB
PARIS

VINGT MILLE LIEUES
SOUS LES MERS

CHAPITRE PREMIER.

L'OCÉAN INDIEN.

Ici commence la seconde partie de ce voyage sous les mers. La première s'est terminée sur cette émouvante scène du cimetière de corail qui a laissé dans mon esprit une impression profonde. Ainsi donc, au sein de cette mer immense, la vie du capitaine Nemo se déroulait tout entière, et il n'était pas jusqu'à sa tombe qu'il n'eût préparée dans le plus impénétrable de ses abîmes. Là, pas un des monstres de l'Océan ne viendrait troubler le dernier sommeil de ces hôtes du *Nautilus*, de ces amis rivés les uns aux autres, dans la mort aussi bien que dans la vie! « Nul homme, non plus! » avait ajouté le capitaine.

Toujours cette même défiance farouche, implacable, des sociétés humaines!

Pour moi, je ne me contentais plus des hypothèses qui satisfaisaient Conseil. Ce digne garçon persistait à ne voir dans le commandant du *Nautilus* qu'un de ces savants méconnus qui rendent à l'humanité mépris pour indifférence. C'était encore pour lui un génie incompris qui, las des déceptions de la terre, avait dû se réfugier dans cet inaccessible milieu où ses instincts s'exerçaient librement. Mais, à mon avis, cette hypothèse n'expliquait qu'un des côtés du capitaine Nemo.

En effet, le mystère de cette dernière nuit pendant laquelle nous avions été enchaînés dans la prison et le sommeil, la précaution si violemment prise par le capitaine d'arracher de mes yeux la lunette prête à parcourir l'horizon, la blessure mortelle de cet homme due à un choc inexplicable du *Nautilus*, tout cela me poussait dans une voie nouvelle. Non! le capitaine Nemo ne se contentait pas de fuir les hommes! Son formidabl eappareil servait, non-seulement ses instincts de liberté, mais peut-être aussi les intérêts de je ne sais quelles terribles représailles.

En ce moment, rien n'est évident pour moi, je n'entrevois encore dans ces ténèbres que des lueurs, et je dois me borner à écrire, pour ainsi dire, sous la dictée des événements.

D'ailleurs, rien ne nous lie au capitaine Nemo. Il sait que s'échapper du *Nautilus* est impossible. Nous ne sommes pas même prisonniers sur parole. Aucun engagement d'honneur ne nous enchaîne. Nous ne sommes que des captifs, que des prisonniers déguisés sous le nom d'hôtes par un semblant de courtoisie. Toutefois Ned Land n'a pas renoncé à l'espoir de recouvrer sa liberté. Il est certain qu'il profitera de la première occasion que le hasard lui offrira. Je ferai comme lui sans doute. Et cependant, ce ne sera pas sans une sorte de regret que j'emporterai ce que la générosité du capitaine nous aura laissé pénétrer des mystères du *Nautilus!* Car enfin, faut-il haïr cet homme ou l'admirer? Est-ce une victime ou un bourreau? Et puis, pour être franc, je voudrais, avant de l'abandonner à jamais, je voudrais avoir accompli ce tour du monde sous-marin dont les débuts sont si magnifiques. Je voudrais avoir observé la complète série des merveilles entassées sous les mers du globe. Je voudrais avoir vu ce que nul homme n'a vu encore, quand je devrais payer de ma vie cet insatiable besoin d'apprendre! Qu'ai-je découvert jusqu'ici? Rien, ou presque rien, puisque nous n'avons encore parcouru que six mille lieues à travers le Pacifique!

Pourtant je sais bien que le *Nautilus* se rapproche des terres habitées, et que, si quelque chance de salut s'offre à nous, il serait cruel de sacrifier mes compagnons à ma passion pour l'inconnu. Il faudra les suivre, peut-être même les guider. Mais cette occasion se présentera-t-elle jamais? L'homme privé par la force de son libre arbitre la désire, cette occasion; mais le savant, le curieux, la redoute.

Ce jour-là, 21 janvier 1868, à midi, le second vint prendre la hauteur du soleil. Je montai sur la plate-forme, j'allumai un cigare et je suivis l'opération. Il me parut évident que cet homme ne comprenait pas le français, car plusieurs fois je fis à voix haute des réflexions qui auraient dû lui arracher quelque signe involontaire d'attention, s'il les eût comprises, mais il resta impassible et muet.

Pendant qu'il observait au moyen du sextant, un des matelots du *Nautilus*, — cet homme vigoureux qui nous avait accompagnés lors de notre première excursion sous-marine à l'île Crespo, — vint nettoyer les vitres du fanal. J'examinai alors l'installation de cet appareil dont la puissance était centuplée par des anneaux lenticulaires, disposés comme ceux des phares. qui maintenaient sa lumière dans le plan utile. La lampe électrique était combinée de manière à donner tout son pouvoir éclairant. Sa lumière, en effet, se produisait dans le vide, ce qui en assurait à la fois la régularité et l'intensité. Ce vide économisait aussi les pointes de graphyte entre lesquelles se développe l'arc lumineux. Économie importante pour le capitaine Nemo, qui n'aurait pu les renouveler aisément. Mais, dans ces conditions, leur usure était presque insensible.

Lorsque le *Nautilus* se prépara à reprendre sa marche sous-marine, je redescendis au salon. Les panneaux se refermèrent, et la route fut donnée directement à l'ouest.

Nous sillonnions alors les flots de l'océan Indien, vaste plaine liquide d'une contenance de cinq cent cinquante millions d'hectares, et dont les eaux sont si transparentes qu'elles donnent le vertige à qui se penche à leur surface. Le *Nautilus* y flottait généralement entre cent et deux cents mètres de profondeur. Ce fut ainsi pendant quelques jours. A tout autre que moi, pris d'un immense amour de la mer, les heures eussent sans doute paru longues et monotones; mais ces promenades quotidiennes sur la plate-forme où je me retrempais dans l'air vivifiant de l'Océan, le spectacle de ces riches eaux à travers les vitres du salon, la lecture des livres de la bibliothèque, la rédaction de mes mémoires, employaient tout mon temps et ne me laissaient pas un moment de lassitude ou d'ennui.

Notre santé à tous se maintenait dans un état très-satisfaisant. Le régime du bord nous convenait parfaitement, et pour mon compte, je me serais bien passé des variantes que Ned Land, par esprit de protestation, s'ingéniait à y apporter. De plus, dans cette température constante, il n'y avait pas même un rhume à craindre. D'ailleurs, ce madréporaire *Dendrophyllée*, connu en Provence sous le nom de « Fenouil de mer », et dont il existait une certaine réserve à bord, eût fourni avec la chair fondante de ses polypes une pâte excellente contre la toux.

Pendant quelques jours, nous vîmes une grande

quantité d'oiseaux aquatiques, palmipèdes, mouettes ou goëlands. Quelques-uns furent adroitemeut tués, et, préparés d'une certaine façon, ils fournirent un gibier d'eau très-acceptable. Parmi les grands voi-liers, emportés à de longues distances de toutes terres, et qui se reposent sur les flots des fatigues du vol, j'aperçus de magnifiques albatros au cri discordant comme un braiment d'âne, oiseaux qui appartiennent à la famille des longipennes. La famille des totipalmes était représentée par des frégates rapides qui pêchaient prestement les poissons de la surface, et par de nom-breux phaétons ou paille-en-queue, entre autres ce phaéton à brins rouges, gros comme un pigeon, et dont le plumage blanc est nuancé de tons roses qui font valoir la teinte noire de ses ailes.

Les filets du *Nautilus* rapportèrent plusieurs sortes de tortues marines, du genre caret, à dos bombé, et dont l'écaille est très-estimée. Ces reptiles, qui plongent facilement, peuvent se maintenir longtemps sous l'eau en fermant la soupape charnue située à l'orifice externe de leur canal nasal. Quelques-uns de ces carets, lorsqu'on les prit, dormaient encore dans leur carapace, à l'abri des animaux marins. La chair de ces tortues était généralement médiocre, mais leurs œufs formaient un régal excellent.

Quant aux poissons, ils provoquaient toujours notre admiration, quand nous surprenions à travers les pan-neaux ouverts les secrets de leur vie aquatique. Je remarquai plusieurs espèces qu'il ne m'avait pas été donné d'observer jusqu'alors.

Je citerai principalement des ostracions particuliers à la mer Rouge, à la mer des Indes et à cette partie de l'Océan qui baigne les côtes de l'Amérique équinoxiale. Ces poissons, comme les tortues, les tatous, les oursins, les crustacés, sont protégés par une cuirasse qui n'est ni crétacée ni pierreuse, mais véritablement osseuse. Tantôt elle affecte la forme d'un solide triangulaire, tantôt la forme d'un solide quadrangulaire. Parmi les triangulaires, j'en notai quelques-uns d'une longueur d'un demi-décimètre, d'une chair salubre, d'un goût exquis, bruns à la queue, jaunes aux nageoires, et dont je recommande l'acclimatation même dans les eaux douces, auxquelles d'ailleurs un certain nombre de poissons de mer s'accoutument aisément. Je citerai aussi des ostracions quadrangulaires, surmontés sur le dos de quatre gros tubercules, des ostracions mouchetés de points blancs sous la partie inférieure du corps, qui s'apprivoisent comme des oiseaux, des trigones pourvus d'aiguillons formés par la prolongation de leur croûte osseuse, et auxquels leur singulier grognement a valu le surnom de « cochons de mer », puis des dromadaires à grosses bosses en forme de cône, dont la chair est dure et coriace.

Je relève encore sur les notes quotidiennes tenues par maître Conseil certains poissons du genre tétrodons, particuliers à ces mers, des spenglériens au dos rouge,

à la poitrine blanche, qui se distinguent par trois rangées longitudinales de filaments, et des électriques,
longs de sept pouces, parés des plus vives couleurs.
Puis, comme échantillons d'autres genres, des ovoïdes
semblables à un œuf d'un brun noir, sillonnés de bandelettes blanches et dépourvus de queue ; des dio-
dons, véritables porcs-épics de la mer, munis d'aiguillons et pouvant se gonfler de manière à former une
pelote hérissée de dards ; des hypocampes communs à
tous les Océans ; des pégases volants à museau allongé,
auxquels leurs nageoires pectorales, très-étendues et
disposées en forme d'ailes, permettent sinon de voler,
du moins de s'élancer dans les airs ; des pigeons spa-
tulés, dont la queue est couverte de nombreux anneaux
écailleux ; des macrognathes à longues mâchoires,
excellents poissons longs de vingt-cinq centimètres et
brillant des plus agréables couleurs ; des calliomores
livides, dont la tête est rugueuse ; des myriades de
blennies-sauteurs, rayés de noir, aux longues nageoires
pectorales, glissant à la surface des eaux avec une prodigieuse vélocité ; de délicieux vélifères, qui peuvent
hisser leurs nageoires comme autant de voiles déployées
aux courants favorables ; des kurtes splendides, auxquels la nature a prodigué le jaune, le bleu céleste,
l'argent et l'or ; des trichoptères, dont les ailes sont for-
mées de filaments ; des cottes, toujours maculées de
limon, qui produisent un certain bruissement ; des
trygles, dont le foie est considéré comme poison ; des

bodians, qui portent sur les yeux une œillère mobile;
enfin des soufflets, au museau long et tubuleux, véritables gobe-mouches de l'Océan, armés d'un fusil que
n'ont prévu ni les Chassepot ni les Remington, et qui
tuent les insectes en les frappant d'une simple goutte
d'eau.

Dans le quatre-vingt-neuvième genre des poissons
classés par Lacépède, qui appartient à la seconde sous-
classe des osseux, caractérisée par un opercule et une
membrane bronchiale, je remarquai la scorpène, dont
la tête est garnie d'aiguillons et qui ne possède qu'une
seule nageoire dorsale; ces animaux sont revêtus ou
privés de petites écailles, suivant le sous-genre auquel
ils appartiennent. Le second sous-genre nous donna
des échantillons de didactyles, longs de trois à quatre
décimètres, rayés de jaune, mais dont la tête est d'un
aspect fantastique. Quant au premier sous-genre, il four-
nit plusieurs spécimens de ce poisson bizarre, justement surnommé « crapaud de mer », animal à tête
grande, tantôt creusée de sinus profonds, tantôt bour-
souflée de protubérances; hérissé d'aiguillons et parsemé de tubercules, il porte des cornes irrégulières et
hideuses; son corps et sa queue sont garnis de callo-
sités; ses piquants font des blessures dangereuses; il
est répugnant et horrible.

Du 21 au 23 janvier, le *Nautilus* marcha à raison de
deux cent cinquante lieues par vingt-quatre heures, soit
cinq cent quarante milles, ou vingt-deux milles à

l'heure. Si nous reconnaissions au passage les diverses variétés de poissons, c'est que ceux-ci, attirés par l'éclat électrique, cherchaient à nous accompagner. La plupart, distancés par cette vitesse, restaient bientôt en arrière. Quelques-uns cependant parvenaient à se maintenir pendant un certain temps dans les eaux du *Nautilus*.

Le 24 au matin, par 12° 5′ de latitude sud et 94° 33′ de longitude, nous eûmes connaissance de l'île Keeling, soulèvement madréporique planté de magnifiques cocos, qui fut visité par M. Darwin et le capitaine Fitz-Roy. Le *Nautilus* prolongea à peu de distance les accores de cette île déserte. Ses dragues rapportèrent de nombreux échantillons de polypes et d'échinodermes, et des tests curieux de l'embranchement des mollusques. Quelques précieux produits de l'espèce des dauphinules accrurent les trésors du capitaine Nemo, auquel je joignis une astrée punctifère, sorte de polypier parasite souvent fixé sur une coquille.

Bientôt l'île Keeling disparut sous l'horizon et la route fut donnée au nord-ouest vers la pointe de la péninsule indienne.

« Des terres civilisées, me dit ce jour-là Ned Land, cela vaudra mieux que ces îles de la Papouasie, où l'on rencontre plus de sauvages que de chevreuils! Sur cette terre indienne, monsieur le professeur, il y a des routes, des chemins de fer, des villes anglaises, françaises et indoues. On ne ferait pas cinq milles sans y rencontrer un compatriote. Hein! est-ce que le moment n'est pas venu de brûler la politesse au capitaine Nemo?

— Non, Ned, non, répondis-je d'un ton très-déterminé. Laissons courir, comme vous dites, vous autres marins. Le *Nautilus* se rapproche des continents habités. Il revient vers l'Europe, qu'il nous y conduise. Une fois arrivés dans nos mers, nous verrons ce que la prudence nous conseillera de tenter. D'ailleurs, je ne suppose pas que le capitaine Nemo nous permette d'aller chasser sur les côtes du Malabar ou de Coromandel comme dans les forêts de la Nouvelle-Guinée.

— Eh bien, monsieur, ne peut-on se passer de sa permission? »

Je ne répondis pas au Canadien. Je ne voulais pas discuter. Au fond, j'avais à cœur d'épuiser jusqu'au bout les hasards de la destinée qui m'avait jeté à bord du *Nautilus*.

A partir de l'île Keeling, notre marche se ralentit généralement. Elle fut aussi plus capricieuse et nous entraîna souvent à de grandes profondeurs. On fit plusieurs fois usage des plans inclinés que des leviers intérieurs pouvaient placer obliquement à la ligne de flottaison. Nous allâmes ainsi jusqu'à deux et trois kilomètres, mais sans jamais avoir vérifié les grands fonds de cette mer indienne que des sondes de treize mille mètres n'ont pas pu atteindre. Quant à la température des basses couches, le thermomètre indiqua toujours invariablement quatre degrés au-dessus de zéro. J'observai seulement que, dans les nappes supérieures, l'eau était toujours plus froide sur les hauts fonds qu'en pleine mer.

Le 25 janvier, l'Océan était absolument désert. Le *Nautilus* passa la journée à sa surface, battant les flots de sa puissante hélice et les faisant rejaillir à une grande hauteur. Comment, dans ces conditions, ne l'eût-on pas pris pour un cétacé gigantesque? Je passai les trois quarts de cette journée sur la plate-forme. Je regardais la mer. Rien à l'horizon, si ce n'est, vers quatre heures du soir, un long steamer qui courait dans l'ouest à contre-bord. Sa mâture fut visible un instant, mais il ne pouvait apercevoir le *Nautilus,* trop ras sur l'eau. Je pensai que ce bateau à vapeur appartenait à la ligne péninsulaire et orientale qui fait le service de l'île de Ceyland à Sydney, en touchant à la pointe du Roi-George et à Melbourne.

A cinq heures du soir, avant ce rapide crépuscule qui lie le jour à la nuit dans les zones tropicales, Conseil et moi nous fûmes émerveillés par un curieux spectacle.

Il est un charmant animal dont la rencontre, suivant les anciens, présageait des chances heureuses. Aristote, Athénée, Pline, Oppien, avaient étudié ses goûts et épuisé à son égard toute la poétique des savants de la Grèce et de l'Italie. Ils l'appelèrent *Nautilus* et *Pompylius.* Mais la science moderne n'a pas ratifié cette appellation, et ce mollusque est maintenant connu sous le nom d'Argonaute.

Qui eût consulté Conseil eût appris de ce brave garçon que l'embranchement des mollusques se divise en cinq classes; que la première classe, celle des céphalopodes dont les sujets sont tantôt nus, tantôt testacés, comprend deux familles : celles des dibranchiaux et des tétrabranchiaux, qui se distinguent par le nombre de leurs branches ; que la famille des dibranchiaux renferme trois genres : l'argonaute, le calmar et la seiche, et que la famille des tétrabranchiaux n'en contient qu'un seul, le nautile. Si, après cette nomenclature, un esprit rebelle eût confondu l'argonaute, qui est *acétabulifère*, c'est-à-dire porteur de ventouses, avec le nautile, qui est *tentaculifère*, c'est-à-dire porteur de tentacules, il aurait été sans excuse.

Or, c'était une troupe de ces argonautes qui voyageait alors à la surface de l'Océan. Nous pouvions en compter plusieurs centaines. Ils appartenaient à l'espèce des argonautes tuberculés qui est spéciale aux mers de l'Inde.

Ces gracieux mollusques se mouvaient à reculons au moyen de leur tube locomoteur en chassant par ce tube l'eau qu'ils avaient aspirée. De leurs huit tentacules, six, allongés et amincis, flottaient sur l'eau, tandis que les deux autres, arrondis en palmes, se tendaient au vent comme une voile légère. Je voyais parfaitement leur coquille spiraliforme et ondulée que

Cuvier compare justement à une élégante chaloupe. Véritable bateau en effet, il transporte l'animal qui l'a sécrété, sans que l'animal y adhère.

« L'argonaute est libre de quitter sa coquille, dis-je à Conseil, mais il ne la quitte jamais.

— Ainsi fait le capitaine Nemo, répondit judicieusement Conseil. C'est pourquoi il eût mieux fait d'appeler son navire *l'Argonaute.* »

Pendant une heure environ, le *Nautilus* flotta au milieu de cette troupe de mollusques. Puis je ne sais quel effroi les prit soudain. Comme à un signal, les voiles furent subitement amenées ; les bras se replièrent, les corps se contractèrent, les coquilles se renversant changèrent leur centre de gravité, et toute la flottille disparut sous les flots. Ce fut instantané, et jamais navires d'une escadre ne manœuvrèrent avec plus d'ensemble.

En ce moment, la nuit tomba subitement, et les lames, à peine soulevées par la brise, s'allongèrent paisiblement sous les précintes du *Nautilus.*

Le lendemain, 26 janvier, nous coupions l'équateur sur le quatre-vingt-deuxième méridien, et nous rentrions dans l'hémisphère boréal.

Pendant cette journée, une formidable troupe de squales nous fit cortége. Terribles animaux qui pullulent dans ces mers et les rendent fort dangereuses. C'étaient des squales-philipps au dos brun et au ventre blanchâtre, armés de onze rangées de dents, des squalesœillés dont le cou est marqué d'une grande tache noire cerclée de blanc qui ressemble à un œil, des squales-isabelle à museau arrondi et semé de points obscurs. Souvent ces puissants animaux se précipitaient contre la vitre du salon avec une violence peu rassurante. Ned Land ne se possédait plus alors. Il voulait remonter à la surface des flots et harponner ces monstres, surtout certains squales-émissoles dont la gueule est pavée de dents disposées comme une mosaïque, et de grands squales-tigrés, longs de cinq mètres, qui le provoquaient avec une insistance toute particulière. Mais bientôt le *Nautilus,* accroissant sa vitesse, laissa facilement en arrière les plus rapides de ces requins.

Le 27 janvier, à l'ouvert du vaste golfe du Bengale, nous rencontrâmes à plusieurs reprises, spectacle sinistre! des cadavres qui flottaient à la surface des flots. C'étaient les morts des villes indiennes, charriés par le Gange jusqu'à la haute mer, et que les vautours, les seuls enseveisseurs du pays, n'avaient pas achevé de dévorer. Mais les squales ne manquaient pas pour les aider dans leur funèbre besogne.

Vers sept heures du soir, le *Nautilus* à demi immergé naviguia au milieu d'une mer de lait. A perte de vue l'Océan semblait être lactifié. Était-ce l'effet des rayons lunaires? Non, car la lune, ayant deux jours à peine, était encore perdue au-dessous de l'horizon dans les rayons du soleil. Tout le ciel, quoique éclairé par le rayonnement sidéral, semblait noir par contraste avec la blancheur des eaux.

Conseil ne pouvait en croire ses yeux, et il m'interrogeait sur les causes de ce singulier phénomène. Heureusement j'étais en mesure de lui répondre.

« C'est ce qu'on appelle une mer de lait, lui dis-je, vaste étendue de flots blancs qui se voit fréquemment sur les côtes d'Amboine et dans ces parages.

— Mais, demanda Conseil, monsieur peut-il m'apprendre quelle cause produit un pareil effet, car cette eau ne s'est pas changée en lait, je suppose.

— Non, Conseil, et cette blancheur qui te surprend n'est due qu'à la présence de myriades de bestioles infusoires, sortes de petits vers lumineux, d'un aspect gélatineux et incolore, de l'épaisseur d'un cheveu, et dont la longueur ne dépasse pas un cinquième de millimètre. Quelques-unes de ces bestioles adhèrent entre elles pendant l'espace de plusieurs lieues.

— Plusieurs lieues! s'écria Conseil.

— Oui, mon garçon, et ne cherche pas à supputer le nombre de ces infusoires! Tu n'y parviendrais pas, car, si je ne me trompe, certains navigateurs ont flotté sur ces mers de lait pendant plus de quarante milles. »

Je ne sais si Conseil tint compte de ma recommandation, mais il parut se plonger dans des réflexions profondes, cherchant sans doute à évaluer combien quarante milles carrés renferment de cinquièmes de millimètres. Pour moi, je continuai d'observer le phéno-

mène. Pendant plusieurs heures, le *Nautilus* trancha
de son éperon ces flots blanchâtres, et je remarquai
qu'il glissait sans bruit sur cette eau savonneuse,
comme s'il eût flotté dans ces remous d'écume que les
courants et les contre-courants des baies laissaient
quelquefois entre eux.

Vers minuit, la mer reprit subitement sa teinte ordinaire, mais derrière nous, jusqu'aux limites de l'horizon, le ciel, réfléchissant la blancheur des flots,
sembla longtemps imprégné des vagues lueurs d'une
aurore boréale.

CHAPITRE II.

UNE NOUVELLE PROPOSITION DU CAPITAINE NEMO.

Le 28 février, lorsque le *Nautilus* revint à midi à la
surface de la mer, par 9° 4′ de latitude nord, il se
trouvait en vue d'une terre qui lui restait à huit
milles dans l'ouest. J'observai tout d'abord une agglomération de montagnes, hautes de deux mille pieds
environ, dont les formes se modelaient très-capricieu-
sement. Le point terminé, je rentrai dans le salon, et
lorsque le relèvement eut été reporté sur la carte, je
reconnus que nous étions en présence de l'île de Cey-

land, cette perle qui pend au lobe inférieur de la péninsule indienne.

J'allai chercher dans la bibliothèque quelque livre relatif à cette île, l'une des plus fertiles du globe. Je trouvai précisément un volume de Sirr H. C., intitulé *Ceylan and the Cingalese*. Rentré au salon, je notai d'abord les relèvements de Ceyland, à laquelle l'antiquité avait prodigué tant de noms divers. Sa situation était entre 5° 55′ et 9° 49′ de latitude nord, et entre 79° 42′ et 82° 4′ de longitude à l'est du méridien de Greenwich; sa longueur, deux cent soixante-quinze milles; sa largeur maximum, cent cinquante milles; sa circonférence, neuf cents milles; sa superficie, vingt-quatre mille quatre cent quarante-huit milles, c'est-à-dire un peu inférieure à celle de l'Irlande.

Le capitaine Nemo et son second parurent en ce moment.

Le capitaine jeta un coup d'œil sur la carte. Puis, se retournant vers moi :

« L'île de Ceyland, dit-il, une terre célèbre par ses pêcheries de perles. Vous serait-il agréable, monsieur Aronnax, de visiter l'une de ses pêcheries ?

— Sans aucun doute, capitaine.

— Bien. Ce sera chose facile. Seulement, si nous voyons les pêcheries, nous ne verrons pas les pêcheurs. L'exploitation annuelle n'est pas encore commencée. N'importe. Je vais donner l'ordre de rallier le golfe de Manaar, où nous arriverons dans la nuit. »

Le capitaine dit quelques mots à son second qui sortit aussitôt. Bientôt le *Nautilus* rentra dans son liquide élément, et le manomètre indiqua qu'il s'y tenait à une profondeur de trente pieds.

La carte sous les yeux, je cherchai alors ce golfe de Manaar. Je le trouvai, par le neuvième parallèle, sur la côte nord-ouest de Ceyland. Il était formé par une ligne allongée de la petite île Manaar. Pour l'atteindre, il fallait remonter tout le rivage occidental de Ceyland.

« Monsieur le professeur, me dit alors le capitaine Nemo, on pêche des perles dans le golfe du Bengale, dans la mer des Indes, dans les mers de Chine et du Japon, dans les mers du sud de l'Amérique, au golfe de Panama, au golfe de Californie ; mais c'est à Ceyland que cette pêche obtient les plus beaux résultats. Nous arrivons un peu tôt, sans doute. Les pêcheurs ne se rassemblent que pendant le mois de mars au golfe de Manaar, et là, pendant trente jours, leurs trois cents bateaux se livrent à cette lucrative exploitation des trésors de la mer. Chaque bateau est monté par dix rameurs et par dix pêcheurs. Ceux-ci, divisés en deux groupes, plongent alternativement et descendent à une profondeur de douze mètres au moyen d'une lourde pierre qu'ils saisissent entre leurs pieds et qu'une corde rattache au bateau.

— Ainsi, dis-je, c'est toujours ce moyen primitif qui est encore en usage ?

— Toujours, me répondit le capitaine Nemo, bien

que ces pêcheries appartiennent au peuple le plus industrieux du globe, aux Anglais, auxquels le traité d'Amiens les a cédées en 1802.

— Il me semble, cependant, que le scaphandre, tel que vous l'employez, rendrait de grands services dans une telle opération.

— Oui, car ces pauvres pêcheurs ne peuvent demeurer longtemps sous l'eau. L'Anglais Perceval, dans son voyage à Ceyland, parle bien d'un Cafre qui restait cinq minutes sans remonter à la surface, mais le fait me paraît peu croyable. Je sais que quelques plongeurs vont jusqu'à cinquante-sept secondes, et de très-habiles jusqu'à quatre-vingt-sept. Toutefois ils sont rares, et, revenus à bord, ces malheureux rendent par le nez et les oreilles de l'eau teintée de sang. Je crois que la moyenne de temps que les pêcheurs peuvent passer sous les flots est de trente secondes, pendant lesquelles ils se hâtent d'entasser dans un petit filet toutes les huîtres perlières qu'ils arrachent. Mais, généralement, ces pêcheurs ne vivent pas vieux; leur vue s'affaiblit; des ulcérations se déclarent à leurs yeux; des plaies se forment sur leur corps, et souvent même ils sont frappés d'apoplexie au fond de la mer.

— Oui, dis-je, c'est un triste métier, et qui ne sert qu'à la satisfaction de quelques caprices de la mode! Mais, dites-moi, capitaine, quelle quantité d'huîtres peut pêcher un bateau dans sa journée?

— Quarante à cinquante mille environ. On dit même

qu'en 1814, le gouvernement anglais ayant fait pêchei pour son propre compte, ses plongeurs, dans vingt journées de travail, rapportèrent soixante-seize millions d'huîtres.

— Au moins, demandai-je, ces pêcheurs sont-ils sufisamment rétribués?

— A peine, monsieur le professeur. A Panama, ils ne gagnent qu'un dollar par semaine. Le plus souvent ils ont un sou par huître qui renferme une perle, et combien en ramènent-ils qui n'en contiennent pas!

— Un sou à ces pauvres gens qui enrichissent leurs maîtres! C'est odieux!

— Ainsi, monsieur le professeur, me dit le capitaine Nemo, vos compagnons et vous, vous visiterez le banc de Manaar, et si par hasard quelque pêcheur hâtif s'y trouve déjà, eh bien, nous le verrons opérer.

— C'est convenu, capitaine.

— A propos, monsieur Aronnax, vous n'avez pas peur des requins?

— Des requins? » m'écriai-je.

Cette question me parut, pour le moins, très-oiseuse.

« Eh bien? reprit le capitaine Nemo.

— Je vous avouerai, capitaine, que je ne suis pas encore très-familiarisé avec ce genre de poissons.

— Nous y sommes habitués, nous autres, répliqua le capitaine Nemo, et, avec le temps, vous vous y ferez. D'ailleurs, nous serons armés, et, chemin faisant, nous pourrons peut-être chasser quelque squale. C'est une chasse intéressante. Ainsi donc, à demain, monsieur le professeur, et de grand matin. »

Cela dit d'un ton dégagé, le capitaine Nemo quitta le salon.

On vous inviterait à chasser l'ours dans les montagnes de la Suisse, que vous diriez : « Très-bien, demain nous irons chasser l'ours. » On vous inviterait à chasser le lion dans les plaines de l'Atlas, ou le tigre dans les jungles de l'Inde, que vous diriez : « Ah! ah! il paraît que nous allons chasser le tigre ou le lion! » Mais on vous inviterait à chasser le requin dans son élément naturel, que vous demanderiez peut-être à réfléchir avant d'accepter cette invitation.

Pour moi, je passai ma main sur mon front, où perlaient quelques gouttes de sueur froide.

« Réfléchissons, me dis-je, et prenons notre temps. Chasser des loutres dans les forêts sous-marines, comme nous l'avons fait dans les forêts de l'île Crespo, passe encore. Mais courir le fond des mers, quand on est à peu près certain d'y rencontrer des squales, c'est autre chose! Je sais bien que dans certains pays, aux îles Andamènes particulièrement, les nègres n'hésitent pas à attaquer le requin, un poignard dans une main et un lacet dans l'autre, mais je sais aussi que beaucoup de ceux qui affrontent ces formidables animaux ne reviennent pas vivants. D'ailleurs, je ne suis pas un nègre, et quand je serais un nègre, je crois que, dans ce cas, une légère hésitation de ma part ne serait pas déplacée. »

Et me voilà rêvant de requins, songeant à ces vastes mâchoires armées de multiples rangées de dents, et capables de couper un homme en deux. Je me sentais déjà une certaine douleur autour des reins. Puis je ne pouvais digérer le sans-façon avec lequel le capitaine avait fait cette déplorable invitation. N'eût-on pas dit qu'il s'agissait d'aller traquer sous bois quelque renard inoffensif?

« Bon! pensai-je, jamais Conseil ne voudra venir, et cela me dispensera d'accompagner le capitaine. »

Quant à Ned Land, j'avoue que je ne me sentais pas aussi sûr de sa sagesse. Un péril, si grand qu'il fût, avait toujours un attrait pour sa nature batailleuse.

Je repris ma lecture du livre de Sirr, mais je le feuilletai machinalement. Je voyais, entre les lignes, des mâchoires formidablement ouvertes.

En ce moment, Conseil et le Canadien entrèrent, l'air tranquille et même joyeux. Ils ne savaient pas ce qui les attendait.

« Ma foi, monsieur, me dit Ned Land, votre capitaine Nemo, — que le diable emporte! — vient de nous faire une très-aimable proposition.

— Ah! dis-je, vous savez?...

— N'en déplaise à monsieur, répondit Conseil, le commandant du *Nautilus* nous a invités à visiter demain, en compagnie de monsieur, les magnifiques

pêcheries de Ceyland. Il l'a fait en termes excellents
et s'est conduit en véritable gentleman.

— Il ne vous a rien dit de plus?

— Rien, monsieur, répondit le Canadien, si ce n'est
qu'il vous avait parlé de cette petite promenade.

— En effet, dis-je. Et il ne vous a donné aucun détail
sur...?

— Aucun, monsieur le naturaliste. Vous nous accom-
pagnerez, n'est-il pas vrai?

— Moi... sans doute! Je vois que vous y prenez goût,
maître Land.

— Oui! c'est curieux, très-curieux.

— Dangereux peut-être! ajoutai-je d'un ton insinuant.

— Dangereux, répondit Ned Land, une simple excursion sur un banc d'huîtres! »

Décidément le capitaine Nemo avait jugé inutile
d'éveiller l'idée de requins dans l'esprit de mes compagnons. Moi, je les regardais d'un œil troublé, et
comme s'il leur manquait déjà quelque membre.
Devais-je les prévenir? Oui, sans doute, mais je ne
savais trop comment m'y prendre.

« Monsieur, me dit Conseil, monsieur voudra-t-il
nous donner des détails sur la pêche des perles?

— Sur la pêche elle-même, demandai-je, ou sur les
incidents qui...

— Sur la pêche, répondit le Canadien. Avant de
s'engager sur le terrain, il est bon de le connaître.

— Eh bien, asseyez-vous, mes amis, et je vais vous

apprendre tout ce que l'Anglais Sirr vient de m'apprendre à moi-même. »

Ned et Conseil prirent place sur un divan, et d'abord, le Canadien me dit :

« Monsieur, qu'est-ce que c'est qu'une perle ?

— Mon brave Ned, répondis-je, pour le poëte, la perle est une larme de la mer ; pour les Orientaux, c'est une goutte de rosée solidifiée ; pour les dames, c'est un bijou de forme oblongue, d'un éclat hyalin, d'une matière nacrée, qu'elles portent au doigt, au cou ou à l'oreille ; pour le chimiste, c'est un mélange de phosphate et de carbonate de chaux avec un peu de gélatine, et enfin, pour les naturalistes, c'est une simple sécrétion maladive de l'organe qui produit la nacre chez certains bivalves.

— Embranchement des mollusques, dit Conseil, classe des acéphales, ordre des testacés.

— Précisément, savant Conseil. Or, parmi ces testacés, l'oreille-de-mer iris, les turbots, les tridacnes, les pinnes-marines, en un mot tous ceux qui sécrètent la nacre, c'est-à-dire cette substance bleue, bleuâtre, violette ou blanche, qui tapisse l'intérieur de leurs valves, sont susceptibles de produire des perles.

— Les moules aussi ? demanda le Canadien.

— Oui, les moules de certains cours d'eau de l'Écosse, du pays de Galles, de l'Irlande, de la Saxe, de la Bohême, de la France.

— Bon ! on y fera attention désormais, répondit le Canadien.

— Mais, repris-je, le mollusque par excellence qui distille la perle, c'est l'huître perlière, la précieuse pintadine. La perle n'est qu'une concrétion nacrée qui se dispose sous une forme globuleuse. Ou elle adhère à la coquille de l'huître, ou elle s'incruste dans les plis de l'animal. Sur les valves, la perle est adhérente ; sur les chairs, elle est libre. Mais elle a toujours pour noyau un petit corps dur, soit un ovule stérile, soit un grain de sable, autour duquel la matière nacrée se dépose en plusieurs années, successivement et par couches minces et concentriques.

— Trouve-t-on plusieurs perles dans une même huître ? demanda Conseil.

— Oui, mon garçon. Il y a de certaines pintadines qui forment un véritable écrin. On a même cité une huître, mais je me permets d'en douter, qui ne contenait pas moins de cent cinquante requins.

— Cent cinquante requins ! s'écria Ned Land.

— Ai-je dit requins ? m'écriai-je vivement. Je veux dire cent cinquante perles. Requins n'aurait aucun sens.

— En effet, dit Conseil. Mais monsieur nous apprendra-t-il maintenant par quels moyens on extrait ces perles ?

— On procède de plusieurs façons, et souvent même, quand les perles adhèrent aux valves, les pêcheurs les

arrachent avec des pinces. Mais, le plus communément, les pintadines sont étendues sur des nattes de
sparterie qui couvrent le rivage. Elles meurent ainsi à
l'air libre, et, au bout de dix jours, elles se trouvent
dans un état satisfaisant de putréfaction. On les
plonge alors dans de vastes réservoirs d'eau de mer,
puis on les ouvre et on les lave. C'est à ce moment
que commence le double travail des rogueurs. D'abord
ils séparent les plaques de nacre connues dans le commerce sous le nom de *franche argentée,* de *bâtarde
blanche* et de *bâtarde noire,* qui sont livrées par caisses
de cent vingt-cinq à cent cinquante kilogrammes. Puis
ils enlèvent le parenchyme de l'huître, ils le font
bouillir, et ils le tamisent afin d'en extraire jusqu'aux
plus petites perles.

— Le prix de ces perles varie suivant leur grosseur? demanda Conseil.

— Non-seulement selon leur grosseur, répondis-je,
mais aussi selon leur forme, selon leur *eau,* c'est-à-dire
leur couleur, et selon leur *orient,* c'est-à-dire cet
éclat chatoyant et diapré qui les rend si charmantes
à l'œil. Les plus belles perles sont appelées perles-
vierges ou parangons; elles se forment isolément dans
le tissu du mollusque; elles sont blanches, souvent
opaques, mais quelquefois d'une transparence opaline,
et le plus communément sphérique ou pyriforme. Sphé-
riques, elles forment les bracelets; pyriformes, des
pendeloques, et, étant les plus précieuses, elles se ven-

dent à la pièce. Les autres perles adhèrent à la coquille de l'huître, et, plus irrégulières, elles se vendent au poids. Enfin dans un ordre inférieur se classent les petites perles, connues sous le nom de semences ; elles se vendent à la mesure et servent plus particulièrement à exécuter des broderies sur les ornements d'église.

— Mais ce travail, qui consiste à séparer les perles selon leur grosseur, doit être long et difficile? dit le Canadien.

— Non, mon ami. Ce travail se fait au moyen de onze tamis ou cribles percés d'un nombre variable de trous. Les perles qui restent dans les tamis qui comptent de vingt à quatre-vingts trous sont de premier ordre. Celles qui ne s'échappent pas des cribles percés de cent à huit cents trous sont de second ordre. Enfin les perles pour lesquelles l'on emploie les tamis percés de neuf cents à mille trous forment la semence.

— C'est ingénieux, dit Conseil, et je vois que la division, le classement des perles s'opère mécaniquement. Et monsieur pourra-t-il nous dire ce que rapporte l'exploitation des bancs d'huîtres perlières?

— A s'en tenir au livre de Sirr, répondis-je, les pêcheries de Ceyland sont affermées annuellement pour la somme de trois millions de squales.

— De francs! reprit Conseil.

— Oui, de francs. Trois millions de francs ! repris-je. Mais je crois que ces pêcheries ne rapportent plus ce qu'elles rapportaient autrefois. Il en est de même des pêcheries américaines, qui, sous le règne de Charles-Quint, produisaient quatre millions de francs, présentement réduits aux deux tiers. En somme, on peut évaluer à neuf millions de francs le rendement général de l'exploitation des perles.

— Mais, demanda Conseil, est-ce que l'on ne cite pas quelques perles célèbres qui ont été cotées à un très-haut prix?

— Oui, mon garçon. On dit que César offrit à Servillia une perle estimée cent vingt mille francs de notre monnaie.

— J'ai même entendu raconter, dit le Canadien, qu'une certaine dame antique buvait des perles dans son vinaigre.

— Cléopâtre, riposta Conseil.

— Ça devait être mauvais, ajouta Ned Land.

— Détestable, ami Ned, répondit Conseil; mais un petit verre de vinaigre qui coûte quinze cent mille francs, c'est d'un joli prix.

— Je regrette de ne pas avoir épousé cette dame, dit le Canadien en manœuvrant son bras d'un air peu rassurant.

— Ned Land l'époux de Cléopâtre! s'écria Conseil.

— Mais j'ai dû me marier, Conseil, répondit sérieusement le Canadien, et ce n'est pas ma faute si l'affaire n'a pas réussi. J'avais même acheté un collier de perles à Kate Tender, ma fiancée, qui, d'ailleurs, en a épousé un autre. Eh bien, ce collier ne m'avait pas coûté plus d'un dollar et demi, et cependant, — monsieur le professeur voudra bien me croire, — les perles qui le composaient n'auraient pas passé par le tamis de vingt trous.

—Mon brave Ned, répondis-je en riant, c'étaient des perles artificielles, de simples globules de verre enduits à l'intérieur d'essence d'Orient.

— Eh ! cette essence d'Orient, répondit le Canadien, cela doit coûter cher ?

— Si peu que rien ! Ce n'est autre chose que la sub‑stance argentée de l'écaille de l'ablette, recueillie dans l'eau et conservée dans l'ammoniaque. Elle n'a aucune valeur.

— C'est peut-être pour cela que Kate Tender en a épousé un autre, répondit philosophiquement maître Land.

— Mais, dis-je, pour en revenir aux perles de haute valeur, je ne crois pas que jamais souverain en ait pos‑sédé une supérieure à celle du capitaine Nemo.

— Celle-ci, dit Conseil, en montrant le magnifique bijou enfermé sous sa vitrine.

—Certainement, je ne me trompe pas en lui assi‑gnant une valeur de deux millions de...

—Francs ! dit vivement Conseil.

—Oui, dis-je, deux millions de francs, et, sans doute, elle n'aura coûté au capitaine que la peine de la ramasser.

— Eh! s'écria Ned Land, qui dit que demain, pendant notre promenade, nous ne rencontrerons pas sa pareille?

— Bah! fit Conseil.

— Et pourquoi pas?

—A quoi des millions nous serviraient-ils à bord du *Nautilus*?

—A bord, non, dit Ned Land, mais... ailleurs.

— Oh! ailleurs! fit Conseil en secouant la tête.

— Au fait, dis-je, maître Land a raison. Et si nous rapportons jamais en Europe ou en Amérique une perle de quelques millions, voilà du moins qui donnera une grande authenticité et, en même temps, un grand prix au récit de nos aventures.

— Je le crois, dit le Canadien.

— Mais, dit Conseil, qui revenait toujours au côté instructif des choses, est-ce que cette pêche des perles est dangereuse?

—Non, répondis-je vivement, surtout si l'on prend certaines précautions.

— Que risque-t-on dans ce métier? dit Ned Land. D'avaler quelques gorgées d'eau de mer?

— Comme vous dites, Ned. A propos, dis-je en essayant de prendre le ton dégagé du capitaine Nemo, est-ce que vous avez peur des requins, brave Ned?

— Moi, répondit le Canadien, un harponneur de profession! C'est mon métier de me moquer d'eux!

— Il ne s'agit pas, dis-je, de les pêcher avec un

émérillon, de les hisser sur le pont d'un navire, de leur
couper la queue à coups de hache, de leur ouvrir le
ventre, de leur arracher le cœur et de le jeter à la mer'

— Alors, il s'agit de...?

— Oui, précisément.

— Dans l'eau?

— Dans l'eau.

— Ma foi, avec un bon harpon! Vous savez, monsieur, ces requins, ce sont des bêtes assez mal façon-
nées. Il faut qu'elles se retournent sur le ventre pour
vous happer, et pendant ce temps...»

Ned Land avait une manière de prononcer le mot
« happer » qui donnait froid.

« Eh bien, et toi, Conseil, que penses-tu de ces
squales?

— Moi, dit Conseil, je serai franc avec monsieur.

— A la bonne heure, pensai-je.

— Si monsieur affronte les requins, dit Conseil, je
ne vois pas pourquoi son fidèle domestique ne les
affronterait pas avec lui! »

CHAPITRE III.

UNE PERLE DE DIX MILLIONS.

La nuit arriva. Je me couchai. Je dormis assez mal. Les squales jouèrent un rôle important dans mes rêves, et je trouvai très-juste et très-injuste à la fois cette étymologie qui fait venir le mot *requin* du mot « requiem ».

Le lendemain, à quatre heures du matin, je fus réveillé par le stewart que le capitaine Nemo avait spécialement mis à mon service. Je me levai rapidement, je m'habillai et je passai dans le salon.

Le capitaine Nemo m'y attendait.

« Monsieur Aronnax, me dit-il, êtes-vous prêt à partir ?

— Je suis prêt.

— Veuillez me suivre.

— Et mes compagnons, capitaine ?

— Ils sont prévenus et nous attendent.

— N'allons-nous pas revêtir nos scaphandres ? demandai-je.

— Pas encore. Je n'ai pas laissé le *Nautilus* approcher de trop près cette côte, et nous sommes assez au large du banc de Manaar; mais j'ai fait parer le canot qui nous conduira au point précis de débarquement et nous épargnera un assez long trajet. Il emporte nos appareils de plongeurs, que nous revêtirons au moment où commencera cette exploration sous-marine. »

Le capitaine Nemo me conduisit vers l'escalier central, dont les marches aboutissaient à la plate-forme. Ned et Conseil se trouvaient là, enchantés de « la partie de plaisir » qui se préparait. Cinq matelots du *Nautilus*, les avirons armés, nous attendaient dans le canot qui avait été bossé contre le bord.

La nuit était encore obscure. Des plaques de nuages couvraient le ciel et ne laissaient apercevoir que de rares étoiles. Je portais mes yeux du côté de la terre; mais je ne vis qu'une ligne trouble qui fermait les trois quarts de l'horizon du sud-ouest au nord-ouest. Le *Nautilus*, ayant remonté pendant la nuit la côte occidentale de Ceylan, se trouvait à l'ouest de la baie, ou plutôt de ce golfe formé par cette terre et l'île de Manaar. Là, sous les sombres eaux, s'étendait le banc de pintadines, inépuisable champ de perles dont la longueur dépasse vingt milles.

Le capitaine Nemo, Conseil, Ned Land et moi, nous prîmes place à l'arrière du canot. Le patron de l'embarcation se mit à la barre; ses quatre compagnons appuyèrent sur leurs avirons; la bosse fut larguée et nous débordâmes.

Le canot se dirigea vers le sud. Ses nageurs ne se

pressaient pas. J'observai que leurs coups d'aviron, vigoureusement engagés sous l'eau, ne se succédaient que de dix secondes en dix secondes, suivant la méthode généralement usitée dans les marines de guerre. Tandis que l'embarcation courait sur son erre, les gouttelettes liquides frappaient en crépitant le fond noir des flots comme des bavures de plomb fondu ; une petite houle, venue du large, imprimait au canot un léger roulis, et quelques crêtes de lames clapotaient à son avant.

Nous étions silencieux. A quoi songeait le capitaine Nemo? Peut-être à cette terre dont il s'approchait, et qu'il trouvait trop près de lui, contrairement à l'opinion du Canadien, auquel elle semblait encore trop éloignée. Quant à Conseil, il était là en simple curieux.

Vers cinq heures et demie, les premières teintes de l'horizon accusèrent plus nettement la ligne supérieure de la côte. Assez plate dans l'est, elle se renflait un peu vers le sud. Cinq milles la séparaient encore, et son rivage se confondait avec les eaux brumeuses. Entre elle et nous la mer était déserte. Pas un bateau, pas un plongeur. Solitude profonde sur ce lieu de rendez-vous des pêcheurs de perles. Ainsi que le capitaine Nemo me l'avait fait observer, nous arrivions un mois trop tôt dans ces parages.

A six heures, le jour se fit subitement, avec cette rapidité particulière aux régions tropicales, qui ne con-

naissent ni l'aurore ni le crépuscule. Les rayons solaires percèrent le rideau de nuages amoncelés sur
l'horizon oriental, et l'astre radieux s'éleva rapidement.

Je vis distinctement la terre, avec quelques arbres
épars çà et là.

Le canot s'avança vers l'île de Manaar, qui s'arron-
dissait dans le sud. Le capitaine Nemo s'était levé de
son banc et observait la mer.

Sur un signe de lui, l'ancre fut mouillée, et la chaîne
courut à peine, car le fond n'était pas à plus d'un
mètre, et il formait en cet endroit l'un des plus hauts
points du banc de pintadines. Le canot évita aussitôt,
sous la poussée du jusant qui portait au large.

« Nous voici arrivés, monsieur Aronnax, dit alors le
capitaine Nemo. Vous voyez cette baie resserrée. C'est
ici même que dans un mois se réuniront les nombreux
bateaux de pêche des exploitants, et ce sont ces eaux
que leurs plongeurs iront audacieusement fouiller.
Cette baie est heureusement disposée pour ce genre
de pêche. Elle est abritée des vents les plus forts, et
la mer n'y est jamais très-houleuse, circonstance favorable au travail des plongeurs. Nous allons maintenant
revêtir nos scaphandres, et nous commencerons notre
promenade. »

Je ne répondis rien, et, tout en regardant ces flots
suspects, aidé des matelots de l'embarcation, je commençai à revêtir mon lourd vêtement de mer. Le capitaine Nemo et mes deux compagnons s'habillaient

aussi. Aucun des hommes du *Nautilus* ne devait nous accompagner dans cette nouvelle excursion.

Bientôt nous fûmes emprisonnés jusqu'au cou dans vêtement de caoutchouc, et des bretelles fixèrent sur notre dos les appareils à air. Quant aux appareils Ruhmkorff, il n'en était pas question. Avant d'introduire ma tête dans sa capsule de cuivre, j'en fis l'observation au capitaine.

« Ces appareils nous seraient inutiles, me répondit le capitaine. Nous n'irons pas à de grandes profondeurs, et les rayons solaires suffiront à éclairer notre marche. D'ailleurs, il n'est pas prudent d'emporter sous ces eaux une lanterne électrique. Son éclat pourrait attirer inopinément quelque dangereux habitant de ces parages. »

Pendant que le capitaine Nemo prononçait ces paroles, je me retournai vers Conseil et Ned Land ; mais ces deux amis avaient déjà emboîté leur tête dans la calotte métallique, et ils ne pouvaient ni entendre ni répondre.

Une dernière question me restait à adresser au capitaine Nemo.

« Et nos armes, lui demandai-je, nos fusils?

— Des fusils ! à quoi bon? Vos montagnards n'attaquent-ils pas l'ours un poignard à la main, et l'acier n'est-il pas plus sûr que le plomb? Voici une lame solide. Passez-la à votre ceinture et partons. »

Je regardai mes compagnons. Ils étaient armés

comme nous, et, de plus, Ned Land brandissait un énorme harpon qu'il avait déposé dans le canot avant de quitter le *Nautilus*.

Puis, suivant l'exemple du capitaine, je me laissai coiffer de la pesante sphère de cuivre, et nos réservoirs à air furent immédiatement mis en activité.

Un instant après, les matelots de l'embarcation nous débarquaient les uns après les autres, et, par un mètre et demi d'eau, nous prenions pied sur un sable uni. Le capitaine Nemo nous fit un signe de la main, nous le suivîmes, et par une pente douce nous disparûmes sous les flots.

Là, les idées qui obsédaient mon cerveau m'abandonnèrent. Je redevins étonnamment calme. La facilité de mes mouvements accrut ma confiance, et l'étrangeté du spectacle captiva mon imagination.

Le soleil envoyait déjà sous les eaux une clarté suffisante. Les moindres objets restaient perceptibles. Après dix minutes de marche, nous étions par cinq mètres d'eau, et le terrain devenait à peu près plat.

Sur nos pas, comme des compagnies de bécassines dans un marais, se levaient des volées de poissons curieux du genre des monoptères, dont les sujets n'ont d'autre nageoire que celle de la queue. Je reconnus le javanais, véritable serpent long de huit décimètres, au ventre livide, que l'on confondrait facilement avec le congre sans les lignes d'or de ses flancs. Dans le genre des stromatées, dont le corps est très-comprimé et

ovale, j'observai des parus aux couleurs éclatantes
portant comme une faux leur nageoire dorsale, poissons comestibles qui, séchés et marinés, forment un
mets excellent connu sous le nom de *karawade;* puis
des tranquebars, appartenant au genre des apsipho-
roïdes, dont le corps est recouvert d'une cuirasse
écailleuse à huit pans longitudinaux.

Cependant l'élévation progressive du soleil éclairait
de plus en plus la masse des eaux. Le sol changeait peu
à peu. Au sable fin succédait une véritable chaussée de
rochers arrondis, revêtus d'un tapis de mollusques et
de zoophytes. Parmi les échantillons de ces deux em-
branchements, je remarquai des placènes à valves
minces et inégales, sortes d'ostracées particulières à la
mer Rouge et à l'océan Indien, des lucines orangées à
coquille orbiculaire, des tarières subulées, quelques-
unes de ces pourpres persiques qui fournissaient au
Nautilus une teinture admirable, des rochers cornus,
longs de onze centimètres, qui se dressaient sous les
flots comme des mains prêtes à vous saisir, des turbi-
nelles cornigères, toutes hérissées d'épines, des lin-
gules hyantes, des anatines, coquillages comestibles
qui alimentent les marchés de l'Hindoustan, des péla-
gies panopyres, légèrement lumineuses, et enfin d'admirables oculines flabelliformes, magnifiques éven-
tails qui forment l'une des plus riches arborisations de
ces mers.

Au milieu de ces plantes vivantes et sous les berceaux d'hydrophytes couraient de gauches légions d'articulés, particulièrement des ranines dentées, dont la carapace représente un triangle un peu arrondi, des birgues spéciales à ces parages, des parthénopes horribles, dont l'aspect répugnait aux regards. Un animal non moins hideux que je rencontrai plusieurs fois, ce fut ce crabe énorme observé par M. Darwin, auquel la nature a donné l'instinct et la force nécessaires pour se nourrir de noix de coco; il grimpe aux arbres du rivage, il fait tomber la noix qui se fend dans sa chute, et il l'ouvre avec ses puissantes pinces. Ici, sous ces flots clairs, ce crabe courait avec une agilité sans pareille, tandis que des chélonées franches, de cette espèce qui fréquente les côtes du Malabar, se déplaçaient lentement entre les roches ébranlées.

Vers sept heures nous arpentions enfin le banc de pintadines sur lequel des huîtres perlières se reproduisent par millions.

Ces mollusques précieux adhéraient aux rocs et y étaient fortement attachés par ce byssus de couleur brune qui ne leur permet pas de bouger : en quoi ces huîtres sont inférieures aux moules elles-mêmes, auxquelles la nature n'a pas refusé toute faculté de locomotion.

La pintadine *meleagrina,* la mère perle, dont les valves sont à peu près égales, se présente sous la forme d'une coquille arrondie, aux épaisses parois très-rugueuses à l'extérieur. Quelques-unes de ces coquilles étaient feuilletées et sillonnées de bandes verdâtres qui rayonnaient de leur sommet. Elles appartenaient aux jeunes huîtres.

Les autres, à surface rude et noire, vieilles de dix ans et plus, mesuraient jusqu'à quinze centimètres de largeur.

Le capitaine Nemo me montra de la main cet amoncellement prodigieux de pintadines, et je compris que cette mine était véritablement inépuisable : car la force créatrice de la nature l'emporte sur l'instinct destructif de l'homme. Ned Land, fidèle à cet instinct de destruction, se hâtait d'emplir des plus beaux mollusques un filet qu'il portait à son côté.

Mais nous ne pouvions nous arrêter. Il fallait suivre le capitaine, qui semblait se diriger par des sentiers connus de lui seul. Le sol remontait sensiblement, et parfois mon bras, que j'élevais, dépassait la surface de la mer. Puis le niveau du banc se rabaissait capricieusement. Souvent nous tournions de hauts rocs effilés en pyramidions. Dans leurs sombres anfractuosités, de gros crustacés, pointés sur leurs hautes pattes comme des machines de guerre, nous regardaient de leurs yeux fixes, et sous nos pieds rampaient des myrianes, des glycères, des aricies et des annélides, qui allongeaient démesurément leurs antennes et leurs cyrrhes tentaculaires.

En ce moment s'ouvrit devant nous une vaste grotte, creusée dans un pittoresque entassement de rochers tapissés de toutes les hautes-lisses de la flore sous-marine. D'abord cette grotte me parut profondé- ment obscure. Les rayons solaires semblaient s'y étein- dre par dégradations successives. Sa vague transpa- rence n'était plus que la lumière noyée.

Le capitaine Nemo y entra. Nous après lui. Mes yeux s'accoutumèrent bientôt à ces ténèbres relatives. Je distinguai les retombées si capricieusement con- tournées de la voûte que supportaient des piliers natu- rels, largement assis sur base granitique, comme les lourdes colonnes de l'architecture toscane. Pourquoi notre incompréhensible guide nous entraînait-il au fond de cette crypte sous-marine? J'allais le savoir avant peu.

Après avoir descendu une pente assez raide, nos pieds foulèrent le fond d'une sorte de puits circulaire. Là, le capitaine Nemo s'arrêta, et de la main il nous indiqua un objet que je n'avais pas encore aperçu.

C'était une huître de dimension extraordinaire, une tridacne gigantesque, un bénitier qui eût contenu un lac d'eau sainte, une vasque dont la largeur dépassait deux mètres, et conséquemment plus grande que celle qui ornait le salon du *Nautilus*.

Je m'approchai de ce mollusque phénoménal. Par son byssus il adhérait à une table de granit, et là il se développait isolément dans les eaux calmes de la grotte. J'estimai le poids de cette tridacne à trois cents kilogrammes. Or une telle huître contient quinze kilos de chair, et il faudrait l'estomac d'un Gargantua pour en absorber quelques douzaines.

Le capitaine Nemo connaissait évidemment l'existence de ce bivalve. Ce n'était pas la première fois qu'il le visitait, et je pensai qu'en nous conduisant en cet endroit il voulait seulement nous montrer une curiosité naturelle. Je me trompais. Le capitaine Nemo avait un intérêt particulier à constater l'état actuel de cette tridacne.

Les deux valves du mollusque étaient entr'ouvertes. Le capitaine s'approcha et introduisit son poignard entre les coquilles pour les empêcher de se rabattre; puis, de la main, il souleva la tunique membraneuse et frangée sur ses bords qui formait le manteau de l'animal.

Là, entre les plis foliacés, je vis une perle libre dont la grosseur égalait celle d'une noix de cocotier. Sa forme globuleuse, sa limpidité parfaite, son orient admirable, en faisaient un bijou d'un inestimable prix. Emporté par la curiosité, j'étendais la main pour la saisir, pour la peser, pour la palper ! Mais le capitaine m'arrêta, fit un signe négatif, et, retirant son poignard par un mouvement rapide, il laissa les deux valves se refermer subitement.

Je compris alors quel était le dessein du capitaine Nemo. En laissant cette perle enfouie sous le manteau de la tridacne, il lui permettait de s'accroître insensiblement. Avec chaque année la sécrétion du mollusque y ajoutait de nouvelles couches concentriques. Seul, le capitaine connaissait la grotte où « mûrissait » cet admirable fruit de la nature ; seul il l'élevait, pour ainsi dire, afin de le transporter un jour dans son précieux musée. Peut-être même, suivant l'exemple des Chinois et des Indiens, avait-il déterminé la production de cette perle en introduisant sous les plis du mollusque quelque morceau de verre et de métal, qui s'était peu à peu recouvert de la matière nacrée. En tout cas, comparant cette perle à celle que je connaissais déjà, à celles qui brillaient dans la collection du capitaine, j'estimai sa valeur à dix millions de francs au moins. Superbe curiosité naturelle et non bijou de luxe, car je ne sais quelles oreilles féminines auraient pu la supporter.

La visite à l'opulente tridacne était terminée. Le capitaine Nemo quitta la grotte, et nous remontâmes sur le banc de pintadines, au milieu de ces eaux claires que ne troublait pas encore le travail des plongeurs.

Nous marchions isolément, en véritables flâneurs, chacun s'arrêtant ou s'éloignant au gré de sa fantaisie. Pour mon compte, je n'avais plus aucun souci des dangers que mon imagination avait exagérés si ridiculement. Le haut-fond se rapprochait sensiblement de la surface de la mer, et bientôt, par un mètre d'eau, ma tête dépassa le niveau océanique. Conseil me rejoignit, et, collant sa grosse capsule à la mienne, il me fit des yeux un salut amical. Mais ce plateau élevé ne mesurait que quelques toises, et bientôt nous fûmes rentrés dans « notre élément. » Je crois avoir maintenant le droit de le qualifier ainsi.

Dix minutes après, le capitaine Nemo s'arrêtait soudain. Je crus qu'il faisait halte pour retourner sur ses pas. Non. D'un geste, il nous ordonna de nous blottir près de lui au fond d'une large anfractuosité. Sa main se dirigea vers un point de la masse liquide, et je regardai attentivement.

A cinq mètres de moi, une ombre apparut et s'abaissa jusqu'au sol. L'inquiétante idée des requins traversa mon esprit ; mais je me trompais, et, cette fois encore, nous n'avions pas affaire aux monstres de l'Océan.

C'était un homme, un homme vivant, un Indien, un noir, un pêcheur, un pauvre diable, sans doute, qui venait glaner avant la récolte. J'apercevais les fonds de son canot mouillé à quelques pieds au-dessus de sa tête. Il plongeait et remontait successivement. Une pierre taillée en pain de sucre et qu'il serrait du pied, tandis qu'une corde la rattachait à son bateau, lui servait à descendre plus rapidement au fond de la mer. C'était là tout son outillage. Arrivé au sol par cinq mètres de profondeur environ, il se précipitait à genoux et remplissait son sac de pintadines ramassées au hasard. Puis il remontait, vidait son sac, ramenait sa pierre, et recommençait son opération, qui ne durait que trente secondes.

Ce plongeur ne nous voyait pas. L'ombre du rocher nous dérobait à ses regards. Et d'ailleurs, comment ce pauvre Indien aurait-il jamais supposé que des hommes, des êtres semblables à lui, fussent là, sous les eaux, épiant ses mouvements, ne perdant aucun détail de sa pêche ?

Plusieurs fois il remonta ainsi et plongea de nouveau. Il ne rapportait pas plus d'une dizaine de pintadines à chaque plongée : car il fallait les arracher du banc auquel elles s'accrochaient par leur robuste byssus. Et combien de ces huîtres étaient privées de ces perles pour lesquelles il risquait sa vie !

Je l'observais avec une attention profonde. Sa manœuvre se faisait régulièrement, et pendant une demi-heure aucun danger ne parut le menacer. Je me familiarisais donc avec le spectacle de cette pêche intéressante, quand tout d'un coup, à un moment où l'Indien était agenouillé sur le sol, je lui vis faire un geste d'effroi, se relever et prendre son élan pour remonter à la surface des flots.

Je compris son épouvante. Une ombre gigantesque apparaissait au-dessus du malheureux plongeur. C'était un requin de grande taille qui s'avançait diagonalement, l'œil en feu, les mâchoires ouvertes.

J'étais muet d'horreur, incapable de faire un mouvement.

Le vorace animal, d'un vigoureux coup de nageoire, s'élança vers l'Indien, qui se jeta de côté et évita la

morsure du requin, mais non le battement de sa
queue : car cette queue, le frappant à la poitrine, l'é-
tendit sur le sol.

Cette scène avait duré quelques secondes à peine.
Le requin revint, et, se retournant sur le dos, il s'apprêtait à couper l'Indien en deux, quand je sentis le
capitaine Nemo, posté près de moi, se lever subitement. Puis, son poignard à la main, il marcha droit
au monstre, prêt à lutter corps à corps avec lui.

Le squale, au moment où il allait happer le malheureux pêcheur, aperçut son nouvel adversaire, et,
se replaçant sur le ventre, il se dirigea rapidement
vers lui.

Je vois encore la pose du capitaine Nemo. Replié sur
lui-même, il attendait avec un admirable sang-froid le
formidable squale, et lorsque celui-ci se précipita sur
lui, le capitaine, se jetant de côté avec une prestesse
prodigieuse, évita le choc et lui enfonça son poignard
dans le ventre. Mais tout n'était pas dit. Un combat
terrible s'engagea.

Le requin avait rugi, pour ainsi dire. Le sang sortait
à flots de sa blessure. La mer se teignit de rouge, et,
à travers ce liquide opaque, je ne vis plus rien.

Plus rien jusqu'au moment où, dans une éclaircie,
j'aperçus l'audacieux capitaine, cramponné à l'une des
nageoires de l'animal, luttant corps à corps avec le
monstre, labourant de coups de poignard le ventre de
son ennemi, sans pouvoir toutefois porter le coup défi-

nitif, c'est-à-dire l'atteindre en plein cœur. Le squale,
se débattant, agitait la masse des eaux avec furie, et
leur remous menaçait de me renverser.

J'aurais voulu courir au secours du capitaine; mais,
cloué par l'horreur, je ne pouvais remuer.

Je regardais, l'œil hagard. Je voyais les phases de la
lutte se modifier. Le capitaine tomba sur le sol, renversé par la masse énorme qui pesait sur lui. Puis les
mâchoires du requin s'ouvrirent démesurément comme
une cisaille d'usine; et c'en était fait du capitaine si,
prompt comme la pensée, son harpon à la main, Ned
Land, se précipitant vers le requin, ne l'eût frappé de
sa terrible pointe.

Les flots s'imprégnèrent d'une masse de sang. Ils
s'agitèrent sous les mouvements du squale, qui les
battait avec une indescriptible fureur. Ned Land
n'avait pas manqué son but. C'était le râle du monstre. Frappé au cœur, il se débattait dans des spasmes
épouvantables, dont le contre-coup renversa Conseil.

Cependant Ned Land avait dégagé le capitaine. Celui-
ci, relevé sans blessures, alla droit à l'Indien, coupa
vivement la corde qui le liait à sa pierre, le prit dans
ses bras et, d'un vigoureux coup de talon, il remonta
à la surface de la mer.

Nous le suivîmes tous trois, et, en quelques instants
miraculeusement sauvés, nous atteignions l'embarca
tion du pêcheur.

Le premier soin du capitaine Nemo fut de rappeler

ce malheureux à la vie. Je ne savais s'il réussirait. Je l'espérais, car l'immersion de ce pauvre diable n'avait pas été longue. Mais le coup de queue du requin pouvait l'avoir frappé à mort.

Heureusement, sous les vigoureuses frictions de Conseil et du capitaine, peu à peu le noyé revint au sentiment. Il ouvrit les yeux. Quelle dut être sa surprise, son épouvante même, à voir les quatre grosses têtes de cuivre qui se penchaient sur lui !

Et surtout, que dut-il penser quand le capitaine Nemo, tirant d'une poche de son vêtement un sachet de perles, le lui eut mis dans la main? Cette magnifique aumône de l'homme des eaux au pauvre Indien de Ceyland fut acceptée par celui-ci d'une main tremblante. Ses yeux effarés indiquaient, du reste, qu'il ne savait à quels êtres surhumains il devait à la fois la fortune et la vie.

Sur un signe du capitaine, nous regagnâmes le banc de pintadines, et, suivant la route déjà parcourue, après une demi-heure de marche nous rencontrions l'ancre qui rattachait au sol le canot du *Nautilus.*

Une fois embarqués, chacun de nous, avec l'aide des matelots, se débarrassa de sa lourde carapace de cuivre.

La première parole du capitaine Nemo fut pour le Canadien.

« Merci, maître Land, lui dit-il.

— C'est une revanche, capitaine, répondit Ned Land.
Je vous devais cela. »

Un pâle sourire glissa sur les lèvres du capitaine, et
ce fut tout.

« Au *Nautilus*, » dit-il.

L'embarcation vola sur les flots. Quelques minutes
plus tard, nous rencontrions le cadavre du requin qui
flottait.

A la couleur noire marquant l'extrémité de ses nageoires, je reconnus le terrible mélanoptère de la mer
des Indes, de l'espèce des requins proprement dits. Sa
longueur dépassait vingt-cinq pieds; sa bouche énorme
occupait le tiers de son corps. C'était un adulte, ce qui
se voyait aux six rangées de dents, disposées en triangles isocèles sur la mâchoire supérieure.

Conseil le regardait avec un intérêt tout scientifique,
et je suis sûr qu'il le rangeait, non sans raison, dans la
classe des cartilagineux, ordre des chondroptérigiens
à branchies fixes, famille des sélaciens, genre des
squales.

Pendant que je considérais cette masse inerte, une
douzaine de ces voraces mélanoptères apparut tout
d'un coup autour de l'embarcation; mais sans se préoccuper de nous, ils se jetèrent sur le cadavre et s'en
disputèrent les lambeaux.

A huit heures et demie, nous étions de retour à bord
du *Nautilus*.

Là, je me pris à réfléchir sur les incidents de notre

excursion au banc de Manaar. Deux observations s'en dégageaient inévitablement : l'une portant sur l'audace sans pareille du capitaine Nemo, l'autre sur son dévouement pour un être humain, l'un des représentants de cette race qu'il fuyait sous les mers. Quoi qu'il en dît, cet homme étrange n'était pas parvenu encore à tuer son cœur tout entier.

Lorsque je lui fis cette observation, il me répondit d'un ton légèrement ému :

« Cet Indien, monsieur le professeur, c'est un habitant du pays des opprimés, et je suis encore, et jusqu'à mon dernier souffle, je serai de ce pays-là ! »

CHAPITRE IV.

LA MER ROUGE.

Pendant la journée du 29 janvier, l'île de Ceyland disparut sous l'horizon, et le *Nautilus,* avec une vitesse de vingt milles à l'heure, se glissa dans ce labyrinthe de canaux qui sépare les Maledives des Laquedives. Il rangea même l'île Kittan, terre d'origine madréporique, découverte par Vasco de Gama en 1499, et l'une des dix-neuf principales îles de cet archipel des Laque-

dives, situé entre 10° et 14°,30′ de latitude nord, et 69°
et 50°,72′ de longitude est.

Nous avions fait alors seize mille deux cent vingt
milles, ou sept mille cinq cents lieues depuis notre
point de départ dans les mers du Japon.

Le lendemain, — 30 janvier, — lorsque le *Nautilus*
remonta à la surface de l'Océan, il n'avait plus aucune
terre en vue. Il faisait route au nord-nord-ouest, et
se dirigeait vers cette mer d'Oman, creusée entre
l'Arabie et la péninsule indienne, qui sert de débouché
au golfe Persique.

C'était évidemment une impasse, sans issue possible.
Où nous conduisait donc le capitaine Nemo? Je n'aurais
pu le dire. Ce qui ne satisfit pas le Canadien, qui, ce
jour-là, me demanda où nous allions.

« Nous allons, maître Ned, où nous conduit la fantaisie du capitaine.

— Cette fantaisie, répondit le Canadien, ne peut nous
mener loin. Le golfe Persique n'a pas d'issue, et si
nous y entrons, nous ne tarderons guère à revenir sur
nos pas.

— Eh bien, nous reviendrons, maître Land, et si
après le golfe Persique le *Nautilus* veut visiter la mer
Rouge, le détroit de Bab-el-Mandeb est toujours là pour
lui livrer passage.

— Je ne vous apprendrai pas, monsieur, répondit
Ned Land, que la mer Rouge est non moins fermée
que le golfe, puisque l'isthme de Suez n'est pas encore

percé, et, le fût-il, un bateau mystérieux comme le nôtre ne se hasarderait pas dans ses canaux coupés d'écluses. Donc la mer Rouge n'est pas encore le chemin qui nous ramènera en Europe.

— Aussi n'ai-je pas dit que nous reviendrions en Europe.

— Que supposez-vous donc?

— Je suppose qu'après avoir visité ces curieux parages de l'Arabie et de l'Égypte, le *Nautilus* redescendra l'océan Indien, peut-être à travers le canal de Mozambique, peut-être au large des Mascareignes, de manière à gagner le cap de Bonne-Espérance.

— Et une fois au cap de Bonne-Espérance? demanda le Canadien avec une insistance toute particulière.

— Eh bien, nous pénétrerons dans cet Atlantique que nous ne connaissons pas encore. Ah çà! ami Ned, vous vous fatiguez donc de ce voyage sous les mers? Vous vous blasez donc sur le spectacle incessamment varié des merveilles sous-marines? Pour mon compte, je verrai avec un extrême dépit finir ce voyage qu'il aura été donné à si peu d'hommes de faire.

— Mais savez-vous, monsieur Aronnax, répondit le Canadien, que voilà bientôt trois mois que nous sommes emprisonnés à bord de ce *Nautilus?*

— Non, Ned, je ne le sais pas, je ne veux pas le avoir, et je ne compte ni les jours, ni les heures.

— Mais la conclusion?

— La conclusion viendra en son temps. D'ailleurs,

nous n'y pouvons rien, et nous discutons inutilement. Si vous veniez me dire, mon brave Ned : « Une chance « d'évasion nous est offerte », je la discuterais avec vous. Mais tel n'est pas le cas et, à vous parler franchement, je ne crois pas que le capitaine Nemo s'aventure jamais dans les mers européennes. »

Par ce court dialogue on verra que, fanatique du *Nautilus*, j'étais incarné dans la peau de son commandant.

Quant à Ned Land, il termina la conversation par ces mots, en forme de monologue : « Tout cela est bel et bon, mais, à mon avis, où il y a de la gêne, il n'y a plus de plaisir. »

Pendant quatre jours, jusqu'au 3 février, le *Nautilus* visita la mer d'Oman, sous diverses vitesses et à diverses profondeurs. Il semblait marcher au hasard, comme s'il eût hésité sur la route à suivre ; mais il ne dépassa jamais le tropique du Cancer.

En quittant cette mer, nous eûmes un instant connaissance de Mascate, la plus importante ville du pays d'Oman. J'admirai son aspect étrange, au milieu des noirs rochers qui l'entourent et sur lesquels se détachent en blanc ses maisons et ses forts. J'aperçus le dôme arrondi de ses mosquées, la pointe élégante de ses minarets, ses fraîches et verdoyantes terrasses. Mais ce ne fut qu'une vision, et le *Nautilus* s'enfonça bientôt sous les flots de ces sombres parages.

Puis il prolongea à une distance de six milles les

côtes arabiques du Mahrah et de l'Hadramant, et sa
ligne ondulée de montagnes, relevée de quelques
ruines anciennes. Le 5 février, nous donnions enfin
dans le golfe d'Aden, véritable entonnoir introduit
dans ce goulot de Bab-el-Mandeb, qui entonne les eaux
indiennes dans la mer Rouge.

Le 6 février, le *Nautilus* flottait en vue d'Aden, per-
ché sur un promontoire qu'un isthme étroit réunit au
continent, sorte de Gibraltar inaccessible, dont les
Anglais ont refait les fortifications, après s'en être em-
parés en 1839. J'entrevis les minarets octogones de
cette ville, qui fut autrefois l'entrepôt le plus riche
et le plus commerçant de la côte, au dire de l'historien
Edrisi.

Je croyais bien que le capitaine Nemo, parvenu à ce
point, allait revenir en arrière; mais je me trompais,
et, à ma grande surprise, il n'en fut rien.

Le lendemain, 7 février, nous embouquions le détroit
de Bab-el-Mandeb, dont le nom veut dire en langue
arabe : « la porte des Larmes. » Sur vingt milles de
large, il ne compte que cinquante-deux kilomètres de
long, et pour le *Nautilus,* lancé à toute vitesse, le franchir fut l'affaire d'une heure à peine; mais je ne vis
rien, pas même cette île de Périm, dont le gouvernement britannique a fortifié la position d'Aden. Trop de
steamers anglais ou français des lignes de Suez à Bom-
bay, a Calcutta, à Melbourne, à Bourbon, à Maurice,
sillonnaient cet étroit passage, pour que le *Nautilus*

tentât de s'y montrer. Aussi se tint-il prudemment entre deux eaux.

Enfin, à midi, nous sillonnions les flots de la mer Rouge.

La mer Rouge, le lac célèbre des traditions bibliques, que les pluies ne rafraîchissent guère, qu'aucun fleuve important n'arrose, qu'une excessive évaporation pompe incessamment et qui perd chaque année une tranche liquide haute d'un mètre et demi! Singulier golfe, qui, fermé et dans les conditions d'un lac, serait peut-être entièrement desséché; inférieur en ceci à ses voisines la Caspienne ou l'Asphaltite, dont le niveau a seulement baissé jusqu'au point où leur évaporation a précisément égalé la somme des eaux reçues dans leur sein.

Cette mer Rouge a deux mille six cents kilomètres de longueur sur une largeur moyenne de deux cent quarante. Au temps des Ptolémées et des empereurs romains, elle fut la grande artère commerciale du monde, et le percement de l'isthme lui rendra cette antique importance que les railways de Suez ont déjà ramenée en partie.

Je ne voulus même pas chercher à comprendre ce caprice du capitaine Nemo, qui pouvait le décider à nous entraîner dans ce golfe; mais j'approuvai sans réserve le *Nautilus* d'y être entré. Il prit une allure moyenne, tantôt se tenant à la surface, tantôt plongeant pour éviter quelque navire, et je pus observer ainsi le dedans et le dessus de cette mer si curieuse.

Le 8 février, dès les premières heures du jour, Moka nous apparut, ville maintenant ruinée, dont les murailles tombent au seul bruit du canon, et qu'abritent çà et là quelques dattiers verdoyants. Cité importante autrefois, qui renfermait six marchés publics, vingt-six mosquées, et à laquelle ses murs, défendus par quatorze forts, faisaient une ceinture de trois kilomètres.

Puis le *Nautilus* se rapprocha des rivages africains où la profondeur de la mer est plus considérable. Là, entre deux eaux d'une limpidité de cristal, par les panneaux ouverts, il nous permit de contempler d'admirables buissons de coraux éclatants, et de vastes pans de rochers revêtus d'une splendide fourrure verte d'algues et de fucus. Quel indescriptible spectacle, et quelle variété de sites et de paysages à l'arasement de ces écueils et de ces îlots volcaniques qui confinent à la côte libyenne! Mais où ces arborisations apparurent dans toute leur beauté, ce fut vers les rives orientales que le *Nautilus* ne tarda pas à rallier; ce fut sur les côtes du Téhama : car alors non-seulement ces étalages de zoophytes fleurissaient au-dessous du niveau de la mer, mais ils formaient aussi des entrelacements pittoresques qui se déroulaient à dix brasses au-dessus; ceux-ci plus capricieux, mais moins colorés que ceux-là dont l'humide vitalité des eaux entretenait la fraîcheur.

Que d'heures charmantes je passai ainsi à la vitre
du salon! Que d'échantillons nouveaux de la flore et
de la faune sous-marines j'admirai sous l'éclat de
notre fanal électrique! Des fongies agariciformes, des
actinies de couleurs ardoisées, entre autres le *thalas-
sianthus aster,* des tubipores disposés comme des flûtes
et n'attendant que le souffle du dieu Pan, des coquilles
particulières à cette mer, qui s'établissent dans les
excavations madréporiques et dont la base est con-
tournée en courte spirale, et enfin mille spécimens
d'un polypier que je n'avais pas observé encore, la
vulgaire éponge.

La classe des spongiaires, première du groupe des
polypes, a été précisément créée par ce curieux produit dont l'utilité est incontestable. L'éponge n'est
point un végétal, comme l'admettent encore quelques
naturalistes, mais un animal du dernier ordre, un
polypier inférieur à celui du corail. Son animalité n'est
pas douteuse, et on ne peut même adopter l'opinion
des anciens, qui la regardaient comme un être intermédiaire entre la plante et l'animal. Je dois dire
cependant que les naturalistes ne sont pas d'accord
sur le mode d'organisation de l'éponge. Pour les uns,
c'est un polypier, et pour d'autres, tels que M. Milne
Edwards, c'est un individu isolé et unique.

La classe des spongiaires contient environ trois cents
espèces qui se rencontrent dans un grand nombre de
mers, et même dans certains cours d'eau, où elles ont

reçu le nom de « fluviatiles ; » mais leurs eaux de prédilection sont celles de la Méditerranée, de l'archipel
grec, de la côte de Syrie et de la mer Rouge. Là se
reproduisent et se développent ces éponges fines-
douces dont la valeur s'élève jusqu'à cent cinquante
francs, l'éponge blonde de Syrie, l'éponge dure de
Barbarie, etc. Mais puisque je ne pouvais espérer d'étudier ces zoophytes dans les échelles du Levant, dont
nous étions séparés par l'infranchissable isthme de
Suez, je me contentai de les observer dans les eaux de
la mer Rouge.

J'appelai donc Conseil près de moi, pendant que le
Nautilus, par une profondeur moyenne de huit à neuf
mètres, rasait lentement tous ces beaux rochers de la
côte orientale.

Là croissaient des éponges de toutes formes, des
éponges pédiculées, foliacées, globuleuses, digitées.
Elles justifiaient assez exactement ces noms de corbeille, de calice, de quenouille, de corne d'élan, de
pied de lion, de queue de paon, de gant de Neptune,
que leur ont attribués les pêcheurs, plus poëtes que les
savants. De leur tissu fibreux, enduit d'une substance
gélatineuse à demi fluide, s'échappaient incessamment
de petits filets d'eau, qui, après avoir porté la vie dans
chaque cellule, en étaient expulsés par un mouvement
contractile. Cette substance disparaît après la mort du
polype, et se putréfie en dégageant de l'ammoniaque.
Il ne reste plus alors que ces fibres cornées ou géla-

tineuses dont se compose l'éponge domestique, qui prend une teinte roussâtre, et qui s'emploie à des usages divers, selon son degré d'élasticité, de perméabilité ou de résistance à la macération.

Ces polypiers adhéraient aux rochers, aux coquilles des mollusques et même aux tiges d'hydrophyte. Ils garnissaient les plus petites anfractuosités, les uns s'étalant, les autres se dressant ou pendant comme des excroissances coralligènes. J'appris à Conseil que ces éponges se pêchaient de deux manières, soit à la drague, soit à la main. Cette dernière méthode, qui nécessite l'emploi des plongeurs, est préférable, car en respectant le tissu du polypier, elle lui laisse une valeur très-supérieure.

Les autres zoophytes qui pullulaient auprès des spongiaires consistaient principalement en méduses d'une espèce très-élégante; les mollusques étaient représentés par des variétés de calmars, qui, d'après d'Orbigny, sont spéciales à la mer Rouge, et les reptiles par des tortues *virgata,* appartenant au genre des chélonées, qui fournissent à notre table un mets sain et délicat.

Quant aux poissons, ils étaient nombreux et souvent remarquables. Voici ceux que les filets du *Nautilus* rapportaient le plus fréquemment à bord : des raies, parmi lesquelles les limmes de forme ovale, de couleur brique, au corps semé d'inégales taches bleues et reconnaissables à leur double aiguillon dentelé; des arnacks au dos argenté, des pastenaques à la queue pointillée, et des bockats, vastes manteaux longs de deux mètres qui ondulaient entre les eaux ; des aodons, absolument dépourvus de dents, sortes de cartilagineux qui se rapprochent du squale ; des ostracions-dromadaires, dont la bosse se termine par un aiguillon recourbé, long d'un pied et demi ; des ophidies, véritables murènes à la queue argentée, au dos bleuâtre, aux pectorales brunes bordées d'un liséré gris ; des fiatoles, espèces de stromatées, zébrés d'étroites raies d'or et parés des trois couleurs de la France ; des blémies-garamits, longs de quatre décimètres ; de superbes caranx, décorés de sept bandes transversales d'un beau noir, de nageoires bleues et jaunes, et d'écailles d'or et d'argent ; des centropodes, des mulles auriflammes à tête jaune, des scares, des labres, des balistes, des gobies, etc., et mille autres poissons communs aux océans que nous avions déjà traversés.

Le 9 février, le *Nautilus* flottait dans cette partie la plus large de la mer Rouge, qui est comprise entre Souakin sur la côte ouest et Quonfodah sur la côte est, sur un diamètre de cent quatre-vingt-dix milles.

Ce jour-là, à midi, après le point, le capitaine Nemo monta sur la plate-forme, où je me trouvais. Je me promis de ne point le laisser redescendre sans l'avoir au moins pressenti sur ses projets ultérieurs. Il vint à moi dès qu'il m'aperçut, m'offrit gracieusement un cigare et me dit :

« Eh bien, monsieur le professeur, cette mer Rouge vous plaît-elle? Avez-vous suffisamment observé les merveilles qu'elle recouvre, ses poissons et ses zoophytes, ses parterres d'éponges et ses forêts de corail? Avez-vous entrevu les villes jetées sur ses bords?

— Oui, capitaine Nemo, répondis-je, et le *Nautilus* s'est merveilleusement prêté à toute cette étude. Ah! c'est un intelligent bateau.

— Oui, monsieur, intelligent, audacieux et invulnérable! Il ne redoute ni les terribles tempêtes de la mer Rouge, ni ses courants, ni ses écueils.

— En effet, dis-je, cette mer est citée entre les plus mauvaises, et, si je ne me trompe, au temps des anciens, sa renommée était détestable.

— Détestable, monsieur Aronnax. Les historiens grecs et latins n'en parlent pas à son avantage, et Strabon dit qu'elle est particulièrement dure à l'époque des vents étésiens et de la saison des pluies. L'Arabe Edrisi, qui la dépeint sous le nom de golfe de Colzoum, raconte que les navires périssaient en grand nombre sur ses bancs de sable, et que personne ne se hasardait à y naviguer la nuit. C'est, prétend-il, une mer sujette à d'affreux ouragans, semée d'îles inhospitalières, et « qui n'offre rien de bon » ni dans ses profondeurs ni à sa surface. En effet, telle est l'opinion qui se trouve dans Arrien, Agatharchide et Artémidore.

— On voit bien, répliquai-je, que ces historiens n'ont pas navigué à bord du *Nautilus*.

— Sans doute, répondit en souriant le capitaine, et sous ce rapport les modernes ne sont pas plus avancés que les anciens. Il a fallu bien des siècles pour trouver la puissance mécanique de la vapeur ! Qui sait si dans cent ans on verra un second *Nautilus !* Les progrès sont lents, monsieur Aronnax.

— Certainement, répondis-je, votre navire avance d'un siècle, de plusieurs peut-être, sur son époque. Quel malheur qu'un secret pareil, doive mourir avec son inventeur ! »

Le capitaine Nemo ne me répondit pas. Après quelques minutes de silence :

« Vous me parliez, dit-il, de l'opinion des anciens historiens sur les dangers qu'offre la navigation de la mer Rouge ?

— C'est vrai, répondis-je, mais leurs craintes n'étaient-elles pas exagérées ?

— Oui et non, monsieur Aronnax, me répondit le capitaine Nemo, qui me parut posséder à fond « sa mer Rouge. » Ce qui n'est plus dangereux pour un navire moderne, bien gréé, solidement construit, maître de sa direction grâce à l'obéissante vapeur, offrait des périls de toutes sortes aux bâtiments des anciens. Il faut se représenter ses premiers navigateurs s'aventurant sur des barques faites de planches cousues avec des cordes de palmier, calfatées de résines pilées et enduites de graisse de chiens de mer. Ils n'avaient pas même d'instruments pour relever leur direction, et ils marchaient à l'estime au milieu de courants qu'ils connaissaient à peine. Dans ces conditions, les naufrages étaient et devaient être nombreux; mais, de notre temps, les steamers qui font le service entre Suez et les mers du Sud n'ont plus rien à redouter des colères de ce golfe, en dépit des moussons contraires. Leurs capitaines et leurs passagers ne se préparent pas au départ par des sacrifices propitiatoires, et, au retour, ils ne vont plus, ornés de guirlandes et de bandelettes dorées, remercier les dieux dans le temple voisin.

— J'en conviens, dis-je, et la vapeur me paraît avoir tué la reconnaissance dans le cœur des marins. Mais, capitaine, puisque vous semblez avoir spécialement étudié cette mer, pouvez-vous m'apprendre quelle est l'origine de son nom?

— Il existe, monsieur Aronnax, de nombreuses explications à ce sujet. Voulez-vous connaître l'opinion d'un chroniqueur du XIVe siècle?

— Volontiers.

— Ce fantaisiste prétend que son nom lui fut donné après le passage des Israélites, lorsque le Pharaon eut péri dans les flots qui se refermèrent à la voix de Moïse:

> En signe de cette merveille,
> Devint la mer rouge et vermeille.
> Non puis ne surent la nommer
> Autrement que la rouge mer.

— Explication de poëte, capitaine Nemo, répondis-je,

mais je ne saurais m'en contenter. Je vous demanderai donc votre opinion personnelle.

— La voici. Suivant moi, monsieur Aronnax, il faut voir dans cette appellation de mer Rouge une traduction du mot hébreu « Edrom », et si les anciens lui donnèrent ce nom, ce fut à cause de la coloration particulière de ses eaux.

— Jusqu'ici cependant je n'ai vu que des flots limpides et sans aucune teinte particulière.

— Sans doute; mais en avançant vers le fond du golfe vous remarquerez cette singulière apparence. Je me rappelle avoir vu la baie de Tor entièrement rouge, comme un lac de sang.

— Et cette couleur, vous l'attribuez à la présence d'une algue microscopique.

— Oui, c'est une matière mucilagineuse pourpre produite par ces chétives plantules connues sous le nom de *trichodesmies,* et dont il faut quarante mille pour occuper l'espace d'un millimètre carré. Peut-être en rencontrerez-vous quand nous serons à Tor.

— Ainsi, capitaine Nemo, ce n'est pas la première fois que vous parcourez la mer Rouge à bord du *Nautilus?*

— Non, monsieur.

— Alors, puisque vous parliez plus haut du passage des Israélites et de la catastrophe des Égyptiens, je vous demanderai si vous avez reconnu sous les eaux des traces de ce grand fait historique.

— Non, monsieur le professeur, et cela pour une excellente raison.

— Laquelle ?

— C'est que l'endroit même où Moïse a passé avec tout son peuple est tellement ensablé maintenant, que les chameaux y peuvent à peine baigner leurs jambes. Vous comprenez que mon *Nautilus* n'aurait pas assez d'eau pour lui.

— Et cet endroit?... demandai-je.

— Cet endroit est situé un peu au-dessus de Suez, dans ce bras qui formait autrefois un profond estuaire, alors que la mer Rouge s'étendait jusqu'aux lacs Amers. Maintenant, que ce passage soit miraculeux ou non, les Israélites n'en ont pas moins passé là pour gagner la Terre promise, et l'armée de Pharaon a précisément péri en cet endroit. Je pense donc que des fouilles pratiquées au milieu de ces sables mettraient à découvert une grande quantité d'armes et d'instruments d'origine égyptienne.

— C'est évident, répondis-je, et il faut espérer pour les archéologues que ces fouilles se feront tôt ou tard, lorsque des villes nouvelles s'établiront sur cet isthme, après le percement du canal de Suez. Un canal bien inutile pour un navire tel que le *Nautilus !*

— D'acord, mais utile au monde entier, dit le capitaine Nemo. Les anciens avaient bien compris cette utilité pour leurs affaires commerciales d'établir une communication entre la mer Rouge et la Méditerranée;

mais ils ne songèrent point à creuser un canal direct, et ils prirent le Nil pour intermédiaire. Très-probablement le canal qui réunissait le Nil à la mer Rouge fut commencé sous Sésostris, si l'on en croit la tradition. Ce qui est certain, c'est que, 615 ans avant Jésus-Christ, Néchao entreprit les travaux d'un canal alimenté par les eaux du Nil, à travers la plaine d'Égypte qui regarde l'Arabie. Ce canal se remontait en quatre jours, et sa largeur était telle que deux trirèmes pouvaient y passer de front. Il fut continué par Darius, fils d'Hystaspe, et probablement achevé par Ptolémée II. Strabon le vit employé à la navigation; mais la faiblesse de sa pente entre son point de départ, près de Bubaste, et la mer Rouge ne le rendait navigable que pendant quelques mois de l'année. Ce canal servit au commerce jusqu'au siècle des Antonins; abandonné, ensablé, puis rétabli par les ordres du calife Omar, il fut définitivement comblé en 761 ou 762 par le calife Al-Mansor, qui voulut empêcher les vivres d'arriver à Mohammed-ben-Abdallah, révolté contre lui. Pendant l'expédition d'Égypte, votre général Bonaparte retrouva les traces de ces travaux dans le désert de Suez, et, surpris par la marée, il faillit périr quelques heures avant de rejoindre Hadjaroth, là même où Moïse avait campé trois mille trois cents ans avant lui.

— Eh bien, capitaine, ce que les anciens n'avaient osé entreprendre, cette jonction entre les deux mers qui abrégera de neuf mille kilomètres la route de

Cadix aux Indes, M. de Lesseps l'a fait, et avant peu il
aura changé l'Afrique en une île immense.

— Oui, monsieur Aronnax, et vous avez le droit
d'être fier de votre compatriote. C'est un homme qui
honore plus une nation que les plus grands capitaines!
Il a commencé, comme tant d'autres, par les ennuis
et les rebuts ; mais il a triomphé, car il a le génie de
la volonté. Et il est triste de penser que cette œuvre,
qui aurait dû être une œuvre internationale, qui aurait
suffi à illustrer un règne, n'aura réussi que par l'énergie d'un seul homme. Donc, honneur à M. de Lesseps!

— Oui, honneur à ce grand citoyen, répondis-je,
tout surpris de l'accent avec lequel le capitaine Nemo
venait de parler.

— Malheureusement, reprit-il, je ne puis vous con-
duire à travers ce canal de Suez; mais vous pourrez
apercevoir les longues jetées de Port-Saïd après-demain,
quand nous serons dans la Méditerranée.

— Dans la Méditerranée! m'écriai-je.

— Oui, monsieur le professeur. Cela vous étonne?

— Ce qui m'étonne, c'est de penser que nous y
serons après-demain.

— Vraiment?

— Oui, capitaine, bien que je dusse être habitué à
ne m'étonner de rien depuis que je suis à votre bord!

— Mais à quel propos cette surprise?

— A propos de l'effroyable vitesse que vous serez
forcé d'imprimer au *Nautilus* s'il doit se retrouver

après-demain en pleine Méditerranée, ayant fait le tour de l'Afrique et doublé le cap de Bonne-Espérance!

— Et qui vous dit qu'il fera le tour de l'Afrique, monsieur le professeur? Qui vous parle de doubler le cap de Bonne-Espérance?

— Cependant, à moins que le *Nautilus* ne navigue en terre ferme et qu'il ne passe par-dessus l'isthme...

— Ou par-dessous, monsieur Aronnax.

— Par-dessous?

— Sans doute, répondit tranquillement le capitaine Nemo. Depuis longtemps la nature a fait sous cette langue de terre ce que les hommes font aujourd'hui à sa surface.

— Quoi! il existerait un passage?

— Oui, un passage souterrain que j'ai nommé Arabian-Tunnel. Il s'ouvre au-dessous de Suez et aboutit au golfe de Péluse.

— Mais cet isthme n'est composé que de sables mouvants?

— Jusqu'à une certaine profondeur. Mais à cinquante mètres seulement se rencontre une inébranlable assise de rocs.

— Et c'est par hasard que vous avez découvert ce passage? demandai-je, de plus en plus surpris.

— Hasard et raisonnement, monsieur le professeur, et même, raisonnement plus que hasard.

— Capitaine, je vous écoute, mais mon oreille résiste à ce qu'elle entend.

— Ah ! monsieur ! *Aures habent et non audient* est de tous les temps. Non-seulement ce passage existe, mais j'en ai profité plusieurs fois. Sans cela je ne me serais pas aventuré aujourd'hui dans cette impasse de la mer Rouge.

— Est-il indiscret de vous demander comment vous avez découvert ce tunnel ?

— Monsieur, me répondit le capitaine, il ne peut y avoir rien de secret entre gens qui ne doivent plus se quitter. »

Je ne relevai pas l'insinuation et j'attendis le récit du capitaine Nemo.

« Monsieur le professeur, me dit-il, c'est un simple raisonnement de naturaliste qui m'a conduit à découvrir ce passage, que je suis seul à connaître. J'avais remarqué que dans la mer Rouge et dans la Méditerranée il existait un certain nombre de poissons d'espèces absolument identiques, des ophidies, des fiatoles, des girelles, des persègues, des joels, des exocets. Assuré de ce fait, je me demandai s'il n'existait pas de communication entre les deux mers. Si elle existait, le courant souterrain devait forcément aller de la mer Rouge à la Méditerranée, par le seul effet de la différence des niveaux. Je pêchai donc un grand nombre de poissons aux environs de Suez. Je leur passai à la queue un anneau de cuivre, et je les rejetai à la mer. Quelques mois plus tard, sur les côtes de Syrie, je reprenais quelques échantillons de mes poissons ornés de leur anneau indicateur. La communication entre les deux mers m'était donc démontrée. Je la cherchai avec mon *Nautilus*, je la découvris, je m'y aventurai, et avant peu, monsieur le professeur, vous aussi vous aurez franchi mon tunnel arabique ! »

CHAPITRE V.

ARABIAN-TUNNEL.

Ce jour même, je rapportai à Conseil et à Ned Land la partie de cette conversation qui les intéressait directement. Lorsque je leur appris que, dans deux jours, nous serions au milieu des eaux de la Méditerranée, Conseil battit des mains, mais le Canadien haussa les épaules.

« Un tunnel sous-marin ! s'écria-t-il, une communication entre les deux mers ! Qui a entendu parler de cela ?

— Ami Ned, répondit Conseil, aviez-vous jamais entendu parler du *Nautilus* ? Non ! Il existe cependant. Donc, ne haussez pas les épaules si légèrement, et ne repoussez pas les choses sous prétexte que vous n'en avez jamais entendu parler.

— Nous verrons bien ! riposta Ned Land, en secouant la tête. Après tout, je ne demande pas mieux que de croire à son passage, à ce capitaine, et fasse le ciel qu'il nous conduise, en effet, dans la Méditerranée. »

Le soir même, par 21° 30' de latitude nord, le *Nautilus*, flottant à la surface de la mer, se rapprocha de la côte arabe. J'aperçus Djeddah, important comptoir de l'Égypte, de la Syrie, de la Turquie et des Indes. Je distinguai assez nettement l'ensemble de ses constructions, les navires amarrés le long des quais, et ceux que leur tirant d'eau obligeait à mouiller en rade. Le soleil, assez bas sur l'horizon, frappait en plein les maisons de la ville et faisait ressortir leur blancheur. En dehors, quelques cabanes de bois ou de roseaux indiquaient le quartier habité par les Bédouins.

Bientôt Djeddah s'effaça dans les ombres du soir, et le *Nautilus* rentra sous les eaux, légèrement phosphorescentes.

Le lendemain, 10 février, plusieurs navires apparurent qui couraient à contre-bord de nous. Le *Nautilus* reprit sa navigation sous-marine ; mais à midi, au moment du point, la mer étant déserte, il remonta jusqu'à sa ligne de flottaison.

Accompagné de Ned et de Conseil, je vins m'asseoir sur la plate-forme. La côte à l'est se montrait comme une masse à peine estompée dans un humide brouillard.

Appuyé sur les flancs du canot, nous causions de

choses et d'autres, quand Ned Land, tendant sa main vers un point de la mer, me dit :

« Voyez-vous là quelque chose, monsieur le professeur ?

— Non, Ned, répondis-je, mais je n'ai pas vos yeux, vous le savez.

— Regardez bien, reprit Ned, là, par tribord devant à peu près à la hauteur du fanal ! Vous ne voyez pas une masse qui semble remuer ?

— En effet, dis-je, après une attentive observation, j'aperçois comme un long corps noirâtre à la surface des eaux.

— Un autre *Nautilus ?* dit Conseil.

— Non, répondit le Canadien, mais je me trompe fort, ou c'est là quelque animal marin.

— Y a-t-il des baleines dans la mer Rouge ? demanda Conseil.

— Oui, mon garçon, répondis-je, on en rencontre quelquefois.

— Ce n'est point une baleine, reprit Ned Land, qui ne perdait pas des yeux l'objet signalé. Les baleines et moi, nous sommes de vieilles connaissances, et je ne me tromperais pas sur leur allure.

— Attendons, dit Conseil. Le *Nautilus* se dirige de ce côté, et avant peu, nous saurons à quoi nous en tenir. »

En effet, cet objet noirâtre ne fut bientôt qu'à un mille de nous. Il ressemblait à un gros écueil échoué

5

en pleine mer. Qu'était-ce ? Je ne pouvais encore me prononcer.

« Ah ! il marche ! il plonge ! s'écria Ned Land. Mille diables ! quel peut être cet animal ? Il n'a pas la queue bifurquée comme les baleines ou les cachalots, et ses nageoires ressemblent à des membres tronqués.

— Mais alors..., fis-je.

— Bon, reprit le Canadien, le voilà sur le dos, et il dresse ses mamelles en l'air !

— C'est une sirène, s'écria Conseil, une véritable sirène, n'en déplaise à monsieur. »

Ce nom de sirène me mit sur la voie, et je compris que cet animal appartenait à cet ordre d'êtres marins dont la fable a fait les sirènes, moitié femmes et moitié poissons.

« Non, dis-je à Conseil, ce n'est point une sirène, mais un être curieux dont il reste à peine quelques échantillons dans la mer Rouge. C'est un dugong.

— Ordre des syréniens, groupe des pisciformes, sous-classe des monodelphiens, classe des mammifères, embranchement des vertébrés, » répondit Conseil.

Et lorsque Conseil avait ainsi parlé, il n'y avait plus rien à dire.

Cependant Ned Land regardait toujours. Ses yeux brillaient de convoitise à la vue de cet animal. Sa main semblait prête à le harponner. On eût dit qu'il attendait le moment de se jeter à la mer pour l'attaquer dans son élément.

« Oh ! monsieur, me dit-il d'une voix tremblante d'émotion, je n'ai jamais tué de « cela. »

Tout le harponneur était dans le mot.

En cet instant le capitaine Nemo parut sur la plate-forme. Il aperçut le dugong. Il comprit l'attitude du Canadien, et s'adressant directement à lui :

« Si vous teniez un harpon, maître Land, est-ce qu'il ne vous brûlerait pas la main ?

— Comme vous dites. monsieur.

— Et il ne vous déplairait pas de reprendre pour un jour votre métier de pêcheur, et d'ajouter ce cétacé à la liste de ceux que vous avez déjà frappés ?

— Cela ne me déplairait point.

— Eh bien, vous pouvez essayer.

— Merci, monsieur, répondit Ned Land dont les yeux s'enflammèrent.

— Seulement, reprit le capitaine, je vous engage à ne pas manquer cet animal, et cela dans votre intérêt.

— Est-ce que ce dugong est dangereux à attaquer ? demandai-je, malgré le haussement d'épaule du Canadien.

— Oui, quelquefois, répondit le capitaine. Cet animal revient sur ses assaillants et chavire leur embarcation. Mais pour maître Land, ce danger n'est pas à craindre. Son coup d'œil est prompt, son bras est sûr. Si je lui recommande de ne pas manquer ce dugong, c'est qu'on le regarde justement comme un fin gibier, et je sais que maître Land ne déteste pas les bons morceaux.

— Ah! fit le Canadien, cette bête-là se donne aussi le luxe d'être bonne à manger?

— Oui, maître Land. Sa chair, une viande véritable, est extrêmement estimée, et on la réserve dans toute la Malaisie pour la table des princes. Aussi fait-on à cet excellent animal une chasse tellement acharnée que, de même que le lamantin, son congénère, il devient de plus en plus rare.

— Alors, monsieur le capitaine, dit sérieusement Conseil, si par hasard celui-ci était le dernier de sa race, ne conviendrait-il pas de l'épargner, — dans l'intérêt de la science?

— Peut-être, répliqua le Canadien; mais, dans l'intérêt de la cuisine, il vaut mieux lui donner la chasse.

— Faites-donc, maître Land,» répondit le capitaine Nemo.

En ce moment, sept hommes de l'équipage, muets et impassibles comme toujours, montèrent sur la plate-forme. L'un portait un harpon et une ligne semblable à celles qu'emploient les pêcheurs de baleines. Le canot fut déponté, arraché de son alvéole, lancé à la mer. Six rameurs prirent place sur leurs bancs et le patron se mit à la barre. Ned, Conseil et moi, nous nous assîmes à l'arrière.

« Vous ne venez pas, capitaine? demandai-je.

— Non, monsieur, mais je vous souhaite une bonne chasse. »

Le canot déborda, et, enlevé par ses six avirons, il se dirigea rapidement vers le dugong, qui flottait alors à deux milles du *Nautilus*.

Arrivé à quelques encablures du cétacé, il ralentit sa marche, et les rames plongèrent sans bruit dans les eaux tranquilles. Ned Land, son harpon à la main, alla se placer debout sur l'avant du canot. Le harpon qui sert à frapper la baleine est ordinairement attaché à une très-longue corde qui se dévide rapidement lorsque l'animal blessé l'entraîne avec lui. Mais ici la corde ne mesurait pas plus d'une dizaine de brasses, et son extrémité était seulement frappée sur un petit baril qui, en flottant, devait indiquer la marche du dugong sous les eaux.

Je m'étais levé et j'observai distinctement l'adversaire du Canadien. Ce dugong, qui porte aussi le nom d'halicore, ressemblait beaucoup au lamantin. Son corps oblong se terminait par une caudale très-allongée, et ses nageoires latérales par de véritables doigts. Sa différence avec le lamantin consistait en ce que sa mâchoire supérieure était armée de deux dents longues et pointues qui formaient de chaque côté des défenses divergentes.

Ce dugong, que Ned Land se préparait à attaquer, avait des dimensions colossales, et sa longueur dépassait au moins sept mètres. Il ne bougeait pas et semblait dormir à la surface des flots, circonstance qui rendait sa capture plus facile.

Le canot s'avança prudemment à trois brasses de l'animal. Les avirons restèrent suspendus sur leurs dames. Je me levai à demi. Ned Land, le corps un peu rejeté en arrière, brandissait son harpon d'une main exercée.

Soudain, un sifflement se fit entendre, et le dugong disparut. Le harpon, lancé avec force, n'avait frappé que l'eau sans doute.

« Mille diables ! s'écria le Canadien furieux, je l'ai manqué !

— Non, dis-je, l'animal est blessé, voici son sang, mais votre engin ne lui est pas resté dans le corps.

— Mon harpon ! mon harpon ! » cria Ned Land.

Les matelots se remirent à nager, et le patron dirigea l'embarcation vers le baril flottant. Le harpon repêché, le canot se mit à la poursuite de l'animal.

Celui-ci revenait de temps en temps à la surface de la mer pour respirer. Sa blessure ne l'avait pas affaibli, car il filait avec une rapidité extrême. L'embarcation, manœuvrée par des bras vigoureux, volait sur ses traces. Plusieurs fois elle l'approcha à quelques brasses, et le Canadien se tenait prêt à frapper ; mais le dugong se dérobait par un plongeon subit, et il était impossible de l'atteindre.

On juge de la colère qui surexcitait l'impatient Ned Land. Il lançait au malheureux animal les plus énergi-

ques jurons de la langue anglaise. Pour mon compte,
je n'en étais encore qu'au dépit de voir le dugong
déjouer toutes nos ruses.

On le poursuivit sans relâche pendant une heure,
et je commençais à croire qu'il serait très-difficile de
s'en emparer, quand cet animal fut pris d'une ma-
lencontreuse idée de vengeance dont il eut à se re-
pentir. Il revint sur le canot pour l'assaillir à son
tour.

Cette manœuvre n'échappa point au Canadien.

« Attention! » dit-il.

Le patron prononça quelques mots de sa langue
bizarre, et sans doute il prévint ses hommes de se
tenir sur leurs gardes.

Le dugong, arrivé à vingt pieds du canot, s'arrêta,
huma brusquement l'air avec ses vastes narines per-
cées, non à l'extrémité, mais à la partie supérieure de
son museau. Puis, prenant son élan, il se précipita sur
nous.

Le canot ne put éviter le choc; à demi renversé, il
embarqua une ou deux tonnes d'eau qu'il fallut vider;
mais, grâce à l'habileté du patron, abordé de biais et
non de plein, il ne chavira pas. Ned Land, cramponné à l'étrave, lardait de coups de harpon le gigantesque animal, qui, de ses dents incrustées dans le
plat-bord, soulevait l'embarcation hors de l'eau comme
un lion fait d'un chevreuil. Nous étions renversés les
uns sur les autres, et je ne sais trop comment aurait

fini l'aventure, si le Canadien, toujours acharné contre la bête, ne l'eût enfin frappée au cœur.

J'entendis le grincement des dents sur la tôle, et le dugong disparut, entraînant le harpon avec lui. Mais bientôt le baril revint à la surface, et peu d'instants après, apparut le corps de l'animal, retourné sur le dos. Le canot le rejoignit, le prit à la remorque et se dirigea vers le *Nautilus*.

Il fallut employer des palans d'une grande puissance pour hisser le dugong sur la plate-forme. Il pesait cinq mille kilogrammes. On le dépeça sous les yeux du Canadien, qui tenait à suivre tous les détails de l'opération. Le jour même, le steward me servit au dîner quelques tranches de cette chair habilement apprêtée par le cuisinier du bord. Je la trouvai excellente, et même supérieure à celle du veau, sinon du bœuf.

Le lendemain 11 février, l'office du *Nautilus* s'enrichit encore d'un gibier délicat. Une compagnie d'hirondelles de mer s'abattit sur le *Nautilus*. C'était une espèce de *sterna nilotica,* particulière à l'Égypte, dont le bec est noir, la tête grise et pointillée, l'œil entouré de points blancs, le dos, les ailes et la queue grisâtres, le ventre et la gorge blancs, les pattes rouges. On prit aussi quelques douzaines de canards du Nil, oiseaux sauvages d'un haut goût, dont le cou et le dessus de la tête sont blancs et tachetés de noir.

La vitesse du *Nautilus* était alors modérée. Il s'avançait en flânant pour ainsi dire. J'observai que l'eau de la mer Rouge devenait de moins en moins salée, à mesure que nous approchions de Suez.

Vers cinq heures du soir, nous relevions au nord le cap de Ras-Mohammed. C'est ce cap qui forme l'extrémité de l'Arabie Pétrée, comprise entre le golfe de Suez et le golfe d'Acabah.

Le *Nautilus* pénétra dans le détroit de Jubal, qui conduit au golfe de Suez. J'aperçus distinctement une haute montagne, dominant entre les deux golfes le Ras-Mohammed. C'était le mont Oreb, ce Sinaï au sommet duquel Moïse vit Dieu face à face, et que l'esprit se figure incessamment couronné d'éclairs.

A six heures, le *Nautilus*, tantôt flottant, tantôt immergé, passait au large de Tor, assise au fond d'une baie dont les eaux paraissaient teintées de rouge, observation déjà faite par le capitaine Nemo. Puis la nuit arriva, au milieu d'un lourd silence que rompaient parfois le cri du pélican et de quelques oiseaux de nuit, le bruit du ressac irrité par les rocs ou le gémissement lointain d'un steamer battant les eaux du golfe de ses pales sonores.

De huit à neuf heures, le *Nautilus* demeura à quelques mètres sous les eaux. Suivant mon calcul, nous devions être très-près de Suez. A travers les panneaux du salon, j'apercevais des fonds de rochers vivement éclairés par notre lumière électrique. Il me semblait que le détroit se rétrécissait de plus en plus.

A neuf heures un quart, le bateau était revenu à la surface. Je montai sur la plate-forme. Très-impatient de franchir le tunnel du capitaine Nemo, je ne pouvais tenir en place, et je cherchais à respirer l'air frais de la nuit.

Bientôt, dans l'ombre, j'aperçus un feu pâle, à demi décoloré par la brume, qui brillait à un mille de nous.

« Un phare flottant, » dit-on près de moi.

Je me retournai et je reconnus le capitaine.

« C'est le feu flottant de Suez, reprit-il. Nous ne tarderons pas à gagner l'orifice du tunnel.

— L'entrée n'en doit pas être facile?

— Non, monsieur. Aussi j'ai pour habitude de me tenir dans la cage du timonier pour diriger moi-même la manœuvre. Et maintenant, si vous voulez descendre, monsieur Aronnax, le *Nautilus* va s'enfoncer sous les flots, et il ne reviendra à leur surface qu'après avoir franchi l'Arabian-Tunnel. »

Je suivis le capitaine Nemo. Le panneau se ferma, les réservoirs d'eau s'emplirent, et l'appareil s'immergea d'une dizaine de mètres.

Au moment où je me disposais à regagner ma chambre, le capitaine m'arrêta.

« Monsieur le professeur, me dit-il, vous plairait-il de m'accompagner dans la cage du pilote?

— Je n'osais vous le demander, répondis-je.

— Venez donc. Vous verrez ainsi tout ce que l'on

peut voir de cette navigation à la fois sous-terrestre et sous-marine. »

Le capitaine me conduisit vers l'escalier central. A mi-rampe, il ouvrit une porte, suivit les coursives supérieures et arriva dans la cage du pilote, qui, on le sait, s'élevait à l'extrémité de la plate-forme.

C'était une cabine mesurant six pieds sur chaque face, à peu près semblables à celles qu'occupent les timoniers des steamboats du Mississipi ou de l'Hudson. Au milieu se manœuvrait une roue disposée verticalement, engrenée sur les drosses du gouvernail qui couraient jusqu'à l'arrière du *Nautilus*. Quatre hublots de verres lenticulaires, évidés dans les parois de la cabine, permettaient à l'homme de barre de regarder dans toutes les directions.

Cette cabine était obscure; mais bientôt mes yeux s'accoutumèrent à cette obscurité, et j'aperçus le pilote, un homme vigoureux, dont les mains s'appuyaient sur les jantes de la roue. Au dehors, la mer apparaissait vivement éclairée par le fanal qui rayonnait en arrière de la cabine, à l'autre extrémité de la plateforme.

« Maintenant, dit le capitaine Nemo, cherchons notre passage. »

Des fils électriques reliaient la cage du timonier avec la chambre des machines, et de là, le capitaine pouvait communiquer simultanément à son *Nautilus* la direction et le mouvement. Il pressa un bouton de métal, et aussitôt la vitesse de l'hélice fut très-diminuée.

Je regardais en silence la haute muraille très-accorre que nous longions en ce moment, inébranlable base du massif sableux de la côte. Nous la suivîmes ains' pendant une heure, à quelques mètres de distance seulement. Le capitaine Nemo ne quittait pas du regard la boussole suspendue dans la cabine à ses deux cercles concentriques. Sur un simple geste, le timonier modifiait à chaque instant la direction du *Nautilus*.

Je m'étais placé au hublot de bâbord, et j'apercevais de magnifiques substructions de coraux, des zoophytes, des algues et des crustacés agitant leurs pattes énormes, qui s'allongeaient hors des anfractuosités du roc.

A dix heures un quart, le capitaine Nemo prit lui-même la barre. Une large galerie, noire et profonde, s'ouvrait devant nous. Le *Nautilus* s'y engouffra hardiment. Un bruissement inaccoutumé se fit entendre sur ses flancs. C'étaient les eaux de la mer Rouge que la pente du tunnel précipitait vers la Méditerranée. Le *Nautilus* suivait le torrent, rapide comme une flèche, malgré les efforts de sa machine qui, pour résister, battait les flots à contre-hélice.

Sur les murailles étroites du passage, je ne voyais plus que des raies éclatantes, des lignes droites, des sillons de feu tracés par la vitesse sous l'éclat de l'électricité. Mon cœur palpitait, et je le comprimais de la main.

A dix heures trente-cinq minutes, le capitaine Nemo abandonnant la roue du gouvernail, et se retournant vers moi :

« La Méditerranée, » me dit-il.

En moins de vingt minutes, le *Nautilus,* entraîné par ce torrent, venait de franchir l'isthme de Suez.

CHAPITRE VI.

L'ARCHIPEL GREC.

Le lendemain, 12 février, au lever du jour, le *Nautilus* remonta à la surface des flots. Je me précipitai sur la plate-forme. A trois milles dans le sud se dessinait la vague silhouette de Péluse. Un torrent nous avait porté d'une mer à l'autre. Mais ce tunnel, facile à descendre, devait être impraticable à remonter.

Vers sept heures, Ned et Conseil me rejoignirent. Ces deux inséparables compagnons avaient tranquillement dormi, sans se préoccuper autrement des prouesses du *Nautilus.*

« Eh bien, monsieur le naturaliste, demanda le Canadien d'un ton légèrement goguenard, et cette Méditerranée ?

— Nous flottons à sa surface, ami Ned.

— Hein ! fit Conseil, cette nuit même?...

— Oui, cette nuit même, en quelques minutes, nous avons franchi cet isthme infranchissable.

— Je n'en crois rien, répondit le Canadien.

— Et vous avez tort, maître Land, repris-je. Cette côte basse qui s'arrondit vers le sud est la côte égyptienne.

— A d'autres, monsieur, répondit l'entêté Canadien.

— Mais puisque monsieur l'affirme, lui dit Conseil, il faut croire monsieur.

— D'ailleurs, Ned, le capitaine Nemo m'a fait les honneurs de son tunnel, et j'étais près de lui, dans la cage du timonier, pendant qu'il dirigeait lui-même le *Nautilus* à travers cet étroit passage.

— Vous entendez, Ned? dit Conseil.

— Et vous qui avez de si bons yeux, ajoutai-je, vous pouvez, Ned, apercevoir les jetées de Port-Saïd qui s'allongent sur la mer. »

Le Canadien regarda attentivement.

« En effet, dit-il, vous avez raison, monsieur le professeur, et votre capitaine est un maître homme. Nous sommes dans la Méditerranée. Bon. Causons donc, s'il vous plaît, de nos petites affaires, mais de façon que personne ne puisse nous entendre. »

Je vis bien où le Canadien voulait en venir. En tout cas, je pensai qu'il valait mieux causer, puisqu'il le désirait, et tous les trois nous allâmes nous asseoir près du fanal, où nous étions moins exposés à recevoir l'humide embrun des lames.

« Maintenant, Ned, nous vous écoutons, dis-je. Qu'avez-vous à nous apprendre?

— Ce que j'ai à vous apprendre est très-simple, répondit le Canadien. Nous sommes en Europe, et avant que les caprices du capitaine Nemo nous entraînent jusqu'au fond des mers polaires ou nous ramènent en Océanie, je demande à quitter le *Nautilus*. »

J'avouerai que cette discussion avec le Canadien m'embarrassait toujours. Je ne voulais en aucune façon entraver la liberté de mes compagnons, et cependant je n'éprouvais nul désir de quitter le capitaine Nemo. Grâce à lui, grâce à son appareil, je complétais chaque jour mes études sous-marines, et je refaisais mon livre des fonds sous-marins au milieu même de son élément. Retrouverai-je jamais une telle occasion d'observer les merveilles de l'Océan? Non, certes! Je ne pouvais donc me faire à cette idée d'abandonner le *Nautilus* avant notre cycle d'investigations accompli.

« Ami Ned, dis-je, répondez-moi franchement. Vous ennuyez-vous à bord? Regrettez-vous que la destinée vous ait jeté entre les mains du capitaine Nemo? »

Le Canadien resta quelques instants sans répondre. Puis, se croisant les bras :

« Franchement, dit-il, je ne regrette pas ce voyage sous les mers. Je serai content de l'avoir fait; mais pour l'avoir fait, il faut qu'il se termine. Voilà mon sentiment.

— Il se terminera, Ned.

— Où et quand ?

— Où ? je n'en sais rien. Quand ? je ne peux le dire, où plutôt je suppose qu'il s'achèvera lorsque ces mers n'auront plus rien à nous apprendre. Tout ce qui a commencé a forcément une fin en ce monde.

— Je pense comme monsieur, répondit Conseil, et il est fort possible qu'après avoir parcouru toutes les mers du globe, le capitaine Nemo nous donne la volée à tous trois.

— La volée ! s'écria le Canadien. Une volée, voulez-vous dire ?

— N'exagérons pas, maître Land, repris-je. Nous n'avons rien à craindre du capitaine, mais je ne partage pas non plus les idées de Conseil. Nous sommes maîtres des secrets du *Nautilus,* et je n'espère pas que son commandant, pour nous rendre notre liberté, se résigne à les voir courir le monde avec nous.

— Mais alors, qu'espérez-vous donc ? demanda le Canadien.

— Que des circonstances se rencontreront dont nous pourrons, dont nous devrons profiter, aussi bien dans six mois que maintenant.

— Ouais ! fit Ned Land. Et où serons-nous dans six mois, s'il vous plaît, monsieur le naturaliste ?

— Peut-être ici, peut-être en Chine. Vous le savez, le *Nautilus* est un rapide marcheur. Il traverse les océans comme une hirondelle traverse les airs, ou un

express les continents. Il ne craint point les mers fréquentées. Qui nous dit qu'il ne va pas rallier les côtes
de France, d'Angleterre ou d'Amérique, sur lesquelles
une fuite pourra être aussi avantageusement tentée
qu'ici ?

—Monsieur Aronnax, répondit le Canadien, vos arguments pèchent par la base. Vous parlez au futur :
« Nous serons là! Nous serons ici! » Moi je parle au
présent : « Nous sommes ici, et il faut en profiter. »

J'étais serré de près par la logique de Ned Land,
et je me sentais battu sur ce terrain. Je ne savais plus
quels arguments faire valoir en ma faveur.

« Monsieur, reprit Ned, supposons, par impossible,
que le capitaine Nemo vous offre aujourd'hui même la
liberté. Accepterez-vous ?

— Je ne sais, répondis-je.

— Et s'il ajoute que cette offre qu'il vous fait aujourd'hui, il ne la renouvellera pas plus tard, accepterez-vous ? »

Je ne répondis pas.

« Et qu'en pense l'ami Conseil? demanda Ned Land.

— L'ami Conseil, répondit tranquillement le digne
garçon, l'ami Conseil n'a rien à dire. Il est absolument
désintéressé dans la question. Ainsi que son maître,
ainsi que son camarade Ned, il est célibataire. Ni
femme, ni parents, ni enfants ne l'attendent au pays.
Il est au service de monsieur, il pense comme monsieur, il parle comme monsieur, et, à son grand regret,

on ne doit pas compter sur lui pour faire une majorité. Deux personnes seulement sont en présence : monsieur d'un côté, Ned Land de l'autre. Cela dit, l'ami Conseil écoute, et il est prêt à marquer les points. »

Je ne pus m'empêcher de sourire, à voir Conseil annihiler si complétement sa personnalité. Au fond, le Canadien devait être enchanté de ne pas l'avoir contre lui.

« Alors, monsieur, dit Ned Land, puisque Conseil n'existe pas, ne discutons qu'entre nous deux. J'ai parlé, vous m'avez entendu. Qu'avez-vous à répondre?»

Il fallait évidemment conclure, et les faux-fuyants me répugnaient.

« Ami Ned, dis-je, voici ma réponse. Vous avez raison contre moi, et mes arguments ne peuvent tenir devant les vôtres. Il ne faut pas compter sur la bonne volonté du capitaine Nemo. La prudence la plus vulgaire lui défend de nous mettre en liberté. Par contre, la prudence veut que nous profitions de la première occasion de quitter le *Nautilus*.

— Bien, monsieur Aronnax, voilà qui est sagement parlé.

— Seulement, dis-je, une observation, une seule. Il faut que l'occasion soit sérieuse. Il faut que notre première tentative de fuite réussisse; car si elle avorte, nous ne retrouverons pas l'occasion de la reprendre, et le capitaine Nemo ne nous pardonnera pas.

— Tout cela est juste, répondit le Canadien. Mais

votre observation s'applique à toute tentative de fuite qu'elle ait lieu dans deux ans ou dans deux jours. Donc, la question est toujours celle-ci : si une occasion favorable se présente, il faut la saisir.

— D'accord. Et maintenant, me direz-vous, Ned, ce que vous entendez par une occasion favorable ?

— Ce serait celle qui, par une nuit sombre, amènerait le *Nautilus* à peu de distance d'une côte européenne.

— Et vous tenteriez de vous sauver à la nage ?

— Oui, si nous étions suffisamment rapprochés du rivage, et si le navire flottait à la surface. Non, si nous étions éloignés, et si le navire naviguait sous les eaux.

— Et dans ce cas ?

— Dans ce cas, je chercherais à m'emparer du canot. Je sais comment il se manœuvre. Nous nous introduirions à l'intérieur, et les boulons enlevés, nous remonterions à la surface, sans même que le timonier placé à l'avant, s'aperçût de notre fuite.

— Bien, Ned. Épiez donc cette occasion ; mais n'oubliez pas qu'un échec nous perdrait.

— Je ne l'oublierai pas, monsieur.

— Et maintenant, Ned, voulez-vous connaître toute ma pensée sur votre projet ?

— Volontiers, monsieur Aronnax.

— Eh bien, je pense, — je ne dis pas j'espère, — je pense que cette occasion favorable ne se présentera pas.

— Pourquoi cela ?

— Parce que le capitaine **Nemo** ne peut se dissimuler que nous n'avons aucunement renoncé à l'espoir de recouvrer notre liberté, et qu'il se tiendra sur ses gardes, surtout en vue des côtes européennes.

— Je suis de l'avis de monsieur, dit Conseil.

— Nous verrons bien, répondit Ned Land, qui secouait la tête d'un air déterminé.

— Et maintenant, Ned Land, ajoutai-je, restons-en là. Plus un mot sur tout ceci. Le jour où vous serez prêt, vous nous préviendrez et nous vous suivrons. Je m'en rapporte complétement à vous. »

Cette conversation, qui devait avoir plus tard de si graves conséquences, se termina ainsi. Je dois dire maintenant que les faits semblèrent confirmer mes prévisions, au grand désespoir du Canadien. Le capitaine Nemo se défiait-il de nous dans ces mers fréquentées, ou voulait-il seulement se dérober à la vue des nombreux navires de toutes les nations qui sillonnent la Méditerranée? Je l'ignore, mais il se maintint le plus souvent entre deux eaux et au large des côtes. Ou le *Nautilus* émergeait, ne laissant passer que la cage du timonier, ou il s'en allait à de grandes profondeurs, car entre l'archipel grec et l'Asie Mineure nous ne trouvions pas le fond par deux mille mètres.

Aussi, je n'eus connaissance de l'île de Carpathos, l'une des Sporades, que par ce vers de Virgile que le capitaine Nemo me cita, en posant son doigt sur un point du planisphère :

Est in Carpathio Neptuni gurgite vates
Cœruleus Proteus...

C'était, en effet, l'antique séjour de Protée, le vieux pasteur des troupeaux de Neptune, maintenant l'île de Scarpanto, située entre Rhodes et la Crète. Je n'en vis que les soubassements granitiques à travers la vitre du salon.

Le lendemain, 14 février, je résolus d'employer quelques heures à étudier les poissons de l'archipel; mais par un motif quelconque, les panneaux demeurèrent hermétiquement fermés. En relevant la position du *Nautilus,* je remarquai qu'il marchait vers Candie, l'ancienne île de Crète. Au moment où je m'étais embarqué sur l'*Abraham-Lincoln,* cette île venait de s'insurger tout entière contre le despotisme turc. Mais ce qu'était devenue cette insurrection depuis cette époque, je l'ignorais absolument, et ce n'était pas le capitaine Nemo, privé de toute communication avec la terre, qui aurait pu me l'apprendre.

Je ne fis donc aucune allusion à cet événement, lorsque, le soir, je me trouvai seul avec lui dans le salon. D'ailleurs, il me sembla taciturne, préoccupé. Puis, contrairement à ses habitudes, il ordonna d'ouvrir les deux panneaux du salon, et, allant de l'un à l'autre, il observa attentivement la masse des eaux. Dans quel

but? je ne pouvais le deviner, et, de mon côté, j'em-
ployais mon temps à étudier les poissons qui passaient
devant mes yeux.

Entre autres, je remarquai ces gobies aphyses, citées
par Aristote et vulgairement connues sous le nom de
« loches de mer, » que l'on rencontre particulièrement
dans les eaux salées avoisinant le delta du Nil. Près
d'elles se déroulaient des pagres à demi phosphores-
cents, sortes de spares que les Égyptiens rangeaient
parmi les animaux sacrés, et dont l'arrivée dans les
eaux du fleuve annonçait son fécond débordement,
était fêtée par des cérémonies religieuses. Je notai
également des cheilines longues de trois décimètres,
poissons osseux à écailles transparentes, dont la couleur livide est mélangée de taches rouges ; ce sont
de grands mangeurs de végétaux marins, ce qui leur
donne un goût exquis ; aussi ces cheilines étaient-elles
très-recherchées des gourmets de l'ancienne Rome, et
leurs entrailles, accommodées avec des laites de murènes, des cervelles de paons et des langues de phé-
nicoptères, composaient ce plat divin qui ravissait
Vitellius.

Un autre habitant de ces mers attira mon attention
et ramena dans mon esprit tous les souvenirs de l'antiquité. Ce fut le remora, qui voyage attaché au ventre
des requins. Au dire des anciens, ce petit poisson,
accroché à la carène d'un navire, pouvait l'arrêter
dans sa marche, et l'un d'eux, retenant le vaisseau

d'Antoine pendant la bataille d'Actium, facilita ainsi la victoire d'Auguste. A quoi tiennent les destinées des nations ! J'observai également d'admirables anthias qui appartiennent à l'ordre des lutjans, poissons sacrés pour les Grecs qui leur attribuaient le pouvoir de chasser les monstres marins des eaux qu'ils fréquentaient; leur nom signifie *fleur*, et ils le justifiaient par leurs couleurs chatoyantes, leurs nuances comprises dans la gamme du rouge depuis la pâleur du rose jusqu'à l'éclat du rubis, et les fugitifs reflets qui moiraient leur nageoire dorsale. Mes yeux ne pouvaient se détacher de ces merveilles de la mer, quand ils furent frappés soudain par une apparition inattendue.

Au milieu des eaux, un homme apparut, un plongeur portant à sa ceinture une bourse de cuir. Ce n'était pas un corps abandonné aux flots. C'était un homme vivant qui nageait d'une main vigoureuse, disparaissant parfois pour aller respirer à la surface et replongeant aussitôt.

Je me retournai vers le capitaine Nemo, et d'une voix émue :

« Un homme ! un naufragé ! m'écriai-je. Il faut le sauver à tout prix ! »

Le capitaine ne me répondit pas et vint s'appuyer à la vitre.

L'homme s'était rapproché, et, la face collée au panneau, il nous regardait.

A ma profonde stupéfaction, le capitaine Nemo lui fit

un signe. Le plongeur lui répondit de la main, remonta immédiatement vers la surface de la mer, et ne reparut plus.

« Ne vous inquiétez pas, me dit le capitaine. C'est Nicolas, du cap Matapan, surnommé le Pesce. Il est bien connu dans toutes les Cyclades. Un hardi plongeur ! L'eau est son élément, et il y vit plus que sur la terre, allant sans cesse d'une île à l'autre et jusqu'à la Crète.

— Vous le connaissez, capitaine?

— Pourquoi pas, monsieur Aronnax? »

Cela dit, le capitaine Nemo se dirigea vers un meuble placé près du panneau gauche du salon. Près de ce meuble, je vis un coffre cerclé de fer, dont le couvercle portait sur une plaque de cuivre le chiffre du *Nautilus,* avec sa devise *Mobilis in mobile.*

En ce moment, le capitaine, sans se préoccuper de ma présence, ouvrit le meuble, sorte de coffre-fort qui renfermait un grand nombre de lingots.

C'étaient des lingots d'or. D'où venait ce précieux métal qui représentait une somme énorme? Où le capitaine recueillait-il cet or, et qu'allait-il faire de celui-ci?

Je ne prononçai pas un mot. Je regardais. Le capitaine Nemo prit un à un ces lingots et les rangea méthodiquement dans le coffre qu'il remplit entièrement. J'estimai qu'il contenait alors plus de mille kilogrammes d'or, c'est-à-dire près de cinq millions de francs.

Le coffre fut solidement fermé, et le capitaine écrivit sur son couvercle une adresse en caractères qui devaient appartenir au grec moderne.

Ceci fait, le capitaine Nemo pressa un bouton dont le fil correspondait avec le poste de l'équipage. Quatre hommes parurent, et non sans peine ils poussèrent le coffre hors du salon. Puis, j'entendis qu'ils le hissaient au moyen de palans sur l'escalier de fer.

En ce moment le capitaine Nemo se tourna vers moi :

« Et vous disiez, monsieur le professeur ? me demanda-t-il.

— Je ne disais rien, capitaine.

— Alors, monsieur, vous me permettrez de vous souhaiter le bonsoir. »

Et sur ce, le capitaine Nemo quitta le salon.

Je rentrai dans ma chambre très-intrigué, on le conçoit. J'essayai vainement de dormir. Je cherchais une relation entre l'apparition de ce plongeur et ce coffre rempli d'or. Bientôt, je sentis à certains mouvements de roulis et de tangage, que le *Nautilus*, quittant les couches inférieures, revenait à la surface des eaux.

Puis, j'entendis un bruit de pas sur la plate-forme. Je compris que l'on détachait le canot, qu'on le lançait à la mer. Il heurta un instant les flancs du *Nautilus*, et tout bruit cessa.

Deux heures après, le même bruit, les mêmes allées et venues se reproduisaient. L'embarcation, hissée à bord, était rajustée dans son alvéole, et le *Nautilus* se replongeait sous les flots.

Ainsi donc, ces millions avaient été transportés à leur adresse. Sur quel point du continent? Quel était le correspondant du capitaine Nemo ?

Le lendemain, je racontai à Conseil et au Canadien les événements de cette nuit, qui surexcitaient ma curiosité au plus haut point. Mes compagnons ne furent pas moins surpris que moi.

« Mais où prend-il ces millions? » demanda Ned Land.

A cela, pas de réponse possible. Je me rendis au salon après avoir déjeuné, et je me mis au travail. Jusqu'à cinq heures du soir, je rédigeai mes notes. En ce moment, — devais-je l'attribuer à une disposition personnelle, — je sentis une chaleur extrême, et je dus enlever mon vêtement de byssus. Effet incompréhensible, car nous n'étions pas sous de hautes latitudes, et d'ailleurs le *Nautilus,* immergé, ne devait éprouver aucune élévation de température. Je regardai le manomètre. Il marquait une profondeur de soixante pieds, que la chaleur atmosphérique n'aurait pu atteindre.

Je continuai mon travail, mais la température s'éleva au point de devenir intolérable.

« Est-ce que le feu serait à bord? » me demandai-je.

J'allais quitter le salon, quand le capitaine Nemot entra. Il s'approcha du thermomètre, le consulta, et se retournant vers moi :

« Quarante-deux degrés, dit-il.

— Je m'en aperçois, capitaine, répondis-je, et pour peu que cette chaleur augmente, nous ne pourrons la supporter.

— Oh! monsieur le professeur, cette chaleur n'augmentera que si nous le voulons bien.

— Vous pouvez donc la modérer à votre gré?

— Non, je puis m'éloigner du foyer qui la produit.

— Elle est extérieure?

— Sans doute. Nous flottons dans un courant d'eau bouillante.

— Est-il possible? m'écriai-je.

— Regardez. »

Les panneaux s'ouvrirent, et je vis la mer entièrement blanche autour du *Nautilus*. Une fumée de vapeurs sulfureuses se déroulaient au milieu des flots qui bouillonnaient comme l'eau d'une chaudière. J'appuyai ma main sur une des vitres, mais la chaleur était telle que je dus la retirer.

« Où sommes-nous? demandai-je.

— Près de l'île Santorin, monsieur le professeur, me répondit le capitaine, et précisément dans ce canal qui sépare Néa-Kamenni de Paléa-Kamenni. J'ai voulu vous donner le curieux spectacle d'une éruption sous-marine.

— Je croyais, dis-je, que la formation de ces îles nouvelles était terminée.

— Rien n'est jamais terminé dans les parages volcaniques, répondit le capitaine Nemo, et le globe y est toujours travaillé par les feux souterrains. Déjà, en l'an dix-neuf de notre ère, suivant Cassiodore et Pline, une île nouvelle, Théia la divine, apparut à la place même où se sont récemment formés ces îlots. Puis, elle s'abîma sous les flots, pour se remontrer en l'an soixante-neuf et s'abîmer encore une fois. Depuis cette époque jusqu'à nos jours, le travail plutonien fut suspendu. Mais, le 3 février 1866, une nouvel îlot, qu'on nomma l'îlot de George, émergea au milieu des vapeurs sulfureuses, près de Néa-Kamenni, et s'y souda, le 6 du même mois. Sept jours après, le 13 février, l'îlot Aphroessa parut, laissant entre Néa-Kamenni et lui un canal de dix mètres. J'étais dans ces mers quand le phénomène se produisit, et j'ai pu en observer toutes les phases. L'îlot Aphroessa, de forme arrondie, mesurait trois cents pieds de diamètre sur trente pieds de hauteur. Il se composait de laves noires et vitreuses, mêlées de fragments feldspathiques. Enfin, le 10 mars, un îlot plus petit, appelé Réka, se montra près de Néa-Kamenni, et depuis lors, ces trois îlots, soudés ensemble, ne forment plus qu'une seule et même île.

— Et le canal où nous sommes en ce moment? demandai-je.

— Le voici, répondit le capitaine Nemo, en me montrant une carte de l'Archipel. Vous voyez que j'y ai porté les nouveaux îlots.

— Mais ce canal se comblera un jour ?

— C'est probable, monsieur Aronnax, car, depuis 1866, huit petits îlots de lave ont surgi en face du port Saint-Nicolas de Paléa-Kamenni. Il est donc évident que Néa et Paléa se réuniront dans un temps rapproché. Si, au milieu du Pacifique, ce sont les infusoires qui forment les continents, ici, ce sont les phénomènes éruptifs. Voyez, monsieur, voyez le travail qui s'accomplit sous ces flots. »

Je revins vers la vitre. Le *Nautilus* ne marchait plus. La chaleur devenait intolérable. De blanche qu'elle était, la mer se faisait rouge, coloration due à la présence d'un sel de fer. Malgré l'hermétique fermeture du salon, une odeur sulfureuse insupportable se dégageait, et j'apercevais des flammes écarlates dont la vivacité tuait l'éclat de l'électricité.

J'étais en nage, j'étouffais, j'allais cuire. Oui, en vérité, je me sentais cuire!

« On ne peut rester plus longtemps dans cette eau bouillante, dis-je au capitaine.

— Non, ce ne serait pas prudent, » répondit l'impassible Nemo.

Un ordre fut donné. Le *Nautilus* vira de bord et s'éloigna de cette fournaise qu'il ne pouvait impunément braver. Un quart d'heure plus tard, nous respirions à la surface des flots.

La pensée me vint alors que si Ned Land avait choisi ces parages pour effectuer notre fuite, nous ne serions pas sortis vivants de cette mer de feu.

La lendemain, 16 février, nous quittions ce bassin qui, entre Rhodes et Alexandrie, compte des profondeurs de trois mille mètres, et le *Nautilus,* passant au large de Cerigo, abandonnait l'archipel grec, aprè avoir doublé le cap Matapan.

CHAPITRE VII

LA MÉDITERRANÉE EN QUARANTE-HUIT HEURES.

La Méditerranée, la mer bleue par excellence, « la grande mer » des Hébreux, la « mer » des Grecs, le « mare nostrum » des Romains, bordée d'orangers, d'aloès, de cactus, de pins maritimes, embaumée du parfum des myrtes, encadrée de rudes montagnes, saturée d'un air pur et transparent, mais incessamment travaillée par les feux de la terre, est un véritable champ de bataille où Neptune et Pluton se disputent encore l'empire du monde. C'est là, sur ses rivages et sur ses eaux, dit Michelet, que l'homme se retrempe dans l'un des plus puissants climats du globe.

Mais si beau qu'il soit, je n'ai pu prendre qu'un aperçu rapide de ce bassin, dont la superficie couvre deux millions de kilomètres carrés. Les connaissances personnelles du capitaine Nemo me firent même défaut, car l'énigmatique personnage ne parut pas une seule fois pendant cette traversée à grande vitesse. J'estime à six cents lieues environ le chemin que le *Nautilus* parcourut sous les flots de cette mer, et ce voyage, il l'accomplit en deux fois vingt-quatre heures. Partis le matin du 16 février des parages de la Grèce, le 18, au soleil levant, nous avions franchi le détroit de Gibraltar.

Il fut évident pour moi que cette Méditerranée, resserrée au milieu de ces terres qu'il voulait fuir, déplaisait au capitaine Nemo. Ses flots et ses brises lui rapportaient trop de souvenirs, sinon trop de regrets. Il n'avait plus ici cette liberté d'allures, cette indépendance de manœuvres que lui laissaient les océans, et son *Nautilus* se sentait à l'étroit entre ces rivages rapprochés de l'Afrique et de l'Europe.

Aussi, notre vitesse fut-elle de vingt-cinq milles à l'heure, soit douze lieues de quatre kilomètres. Il va sans dire que Ned Land, à son grand ennui, dut renoncer à ses projets de fuite. Il ne pouvait se servir du canot entraîné à raison de douze à treize mètres par seconde. Quitter le *Nautilus* dans ces conditions, c'eût été sauter d'un train marchant avec cette rapidité, manœuvre imprudente s'il en fut. D'ailleurs, notre appareil ne remontait que la nuit à la surface des flots, afin de renouveler sa provision d'air, et il se dirigeait seulement suivant les indications de la boussole et les **relèvements du loch**.

Je ne vis donc de l'intérieur de cette Méditerranée
que ce que le voyageur d'un express aperçoit du paysage
qui fuit devant ses yeux, c'est-à-dire les horizons loin-
tains, et non les premiers plans qui passent comme un
éclair. Cependant, Conseil et moi, nous pûmes observer quelques-uns de ces poissons méditerranéens, que
la puissance de leurs nageoires maintenait quelques
instants dans les eaux du *Nautilus*. Nous restions à
l'affût devant les vitres du salon, et nos notes me permettent de refaire en quelques mots l'ichthyologie de
cette mer.

Des divers poissons qui l'habitent, j'ai vu les uns,
entrevu les autres, sans parler de ceux que la vitesse
du *Nautilus* déroba à mes yeux. Qu'il me soit donc
permis de les classer d'après cette classification fantaisiste. Elle rendra mieux mes rapides observations.

Au milieu de la masse des eaux vivement éclairées
par les nappes électriques, serpentaient quelques-unes
de ces lamproies longues d'un mètre, qui sont communes à presque tous les climats. Des oxyrhinques,
sortes de raies, larges de cinq pieds, au ventre blanc,
au dos gris cendré et tacheté, se développaient comme
de vastes châles emportés par les courants. D'autres
raies passaient si vite que je ne pouvais reconnaître si
elles méritaient ce nom d'aigles qui leur fut donné par
les Grecs, ou ces qualifications de rat, de crapaud et de
chauve-souris, dont les pêcheurs modernes les ont affu-
blées. Des squales-milandres, longs de douze pieds et

particulièrement redoutés des plongeurs, luttaient de
rapidité entre eux. Des renards marins, longs de huit
pieds et doués d'une extrême finesse d'odorat, apparaissaient comme de grandes ombres bleuâtres. Des
dorades, du genre spare, dont quelques-unes mesuraient jusqu'à treize décimètres, se montraient dans
leur vêtement d'argent et d'azur entouré de bandelettes, qui tranchait sur le ton sombre de leurs nageoires ; poissons consacrés à Vénus, et dont l'œil est
enchâssé dans un sourcil d'or ; espèce précieuse, amie
de toutes les eaux, douces ou salées, habitant les fleuves, les lacs et les océans, vivant sous tous les climats,
supportant toutes les températures, et dont la race,
qui remonte aux époques géologiques de la terre, a
conservé toute sa beauté des premiers jours. Des esturgeons magnifiques, longs de neuf à dix mètres, animaux de grande marche, heurtaient d'une queue puissante la vitre des panneaux, montrant leur dos bleuâtre
à petites taches brunes ; ils ressemblent aux squales
dont ils n'égalent pas la force, et se rencontrent dans
toutes les mers ; au printemps, ils aiment à remonter
les grands fleuves, à lutter contre les courants du Volga,
du Danube, du Pô, du Rhin, de la Loire, de l'Oder, et
se nourrissent de harengs, de maquereaux, de saumons
et de gades ; bien qu'ils appartiennent à la classe des
cartilagineux, ils sont délicats ; on les mange frais,
séchés, marinés ou salés, et autrefois, on les portait
triomphalement sur la table de Lucullus. Mais de ces

divers habitants de la Méditerranée, ceux que je pus observer le plus utilement, lorsque le *Nautilus* se rapprochait de la surface, appartenaient au soixante-troisième genre des poissons osseux. C'étaient des scombres-thons, au dos bleu-noir, au ventre cuirassé d'argent, et dont les rayons dorsaux jettent des lueurs d'or. Ils ont la réputation de suivre la marche des navires dont ils recherchent l'ombre fraîche sous les feux du ciel tropical, et ils ne la démentirent pas en accompagnant le *Nautilus* comme ils accompagnèrent autrefois les vaisseaux de Lapérouse. Pendant de longues heures, ils luttèrent de vitesse avec notre appareil. Je ne pouvais me lasser d'admirer ces animaux véritablement taillés pour la course, leur tête petite, leur corps lisse et fusiforme qui chez quelques-uns dépassait trois mètres, leurs pectorales douées d'une remarquable vigueur et leurs caudales fourchues. Ils nageaient en triangle, comme certaines troupes d'oiseaux dont ils égalaient la rapidité, ce qui faisait dire aux anciens que la géométrie et la stratégie leur étaient familières. Et cependant ils n'échappent point aux poursuites des Provençaux, qui les estiment comme les estimaient les habitants de la Propontide et de l'Italie, et c'est en aveugles, en étourdis, que ces précieux animaux vont se jeter et périr par milliers dans les madragues marseillaises.

Je citerai, pour mémoire seulement, ceux des poissons méditerranéens que Conseil ou moi nous ne fîmes

qu'entrevoir. C'étaient des gymnotes-fierasfers blanchâtres qui passaient comme d'insaisissables vapeurs;
des murènes-congres, serpents de trois à quatre mètres
enjolivés de vert, de bleu et de jaune; des gades-mer-
lus, longs de trois pieds, dont le foie forme un morceau délicat; des cœpoles-ténias qui flottaient comme
de fines algues; des trygles que les poëtes appellent
poissons-lyres et les marins poissons-siffleurs, et dont
le museau est orné de deux lames triangulaires et
dentelées qui figurent l'instrument du vieil Homère;
des trygles-hirondelles, nageant avec la rapidité de
l'oiseau dont ils ont pris le nom; des holocentres-mé-
rons, à tête rouge, dont la nageoire dorsale est garnie
de filaments; des aloses agrémentées de taches noires,
grises, brunes, bleues, jaunes, vertes, qui sont sen-
sibles à la voix argentine des clochettes, et de splendides turbots, ces faisans de la mer, sortes de losanges
à nageoires jaunâtres, pointillés de brun, et dont le
côté supérieur, le côté gauche, est généralement mar-
bré de brun et de jaune; enfin des troupes d'admirables mulles-rougets, véritables paradisiers de l'Océan,
que les Romains payaient jusqu'à dix mille sesterces la
pièce, et qu'ils faisaient mourir sous leurs yeux, pour
suivre d'un regard cruel leurs changements de couleur
depuis le rouge cinabre de la vie jusqu'au blanc pâle
de la mort.

Et si je ne pus observer ni miralets, ni balistes, ni
tétrodons, ni hippocampes, ni jouans, ni centrisques,

ni blennies, ni surmulets, ni labres, ni éperlans, ni exocets, ni anchois, ni pagels, ni bogues, ni orphes, ni tous ces principaux représentants de l'ordre des pleuronectes, les limandes, les flez, les plies, les soles, les carrelets, communs à l'Atlantique et à la Méditer-ranée, il faut en accuser la vertigineuse vitesse qui emportait le *Nautilus* à travers ces eaux opulentes.

Quant aux mammifères marins, je crois avoir reconnu, en passant à l'ouvert de l'Adriatique, deux ou trois cachalots, munis d'une nageoire dorsale, du genre des physétères, quelques dauphins du genre des globicé-phales, spéciaux à la Méditerranée et dont la partie antérieure de la tête est zébrée de petites lignes claires, et aussi une douzaine de phoques au ventre blanc, au pelage noir, connus sous le nom de moines et qui ont absolument l'air de Dominicains longs de trois mètres.

Pour sa part, Conseil croit avoir aperçu une tortue large de six pieds, ornée de trois arêtes saillantes diri-gées longitudinalement. Je regrettai de ne pas avoir vu ce reptile, car, à la description que m'en fit Con-seil, je crus reconnaître le luth qui forme une espèce assez rare. Je ne remarquai, pour mon compte, que quelques cacouannes à carapace allongée.

Quant aux zoophytes, je pus admirer, pendant quel-ques instants, une admirable galéolaire orangée qui s'accrocha à la vitre du panneau de bâbord; c'était un long filament ténu, s'arborisant en branches infinies et terminées par la plus fine dentelle qu'eussent jamais filée les rivales d'Arachné. Je ne pus, malheureusement, pêcher cet admirable échantillon, et aucun autre zoophyte méditerranéen ne se fût sans doute offert à mes regards, si le *Nautilus*, dans la soirée du 16, n'eût singulièrement ralenti sa vitesse. Voici dans quelles circonstances.

Nous passions alors entre la Sicile et la côte de Tunis. Dans cet espace resserré entre le cap Bon et le détroit de Messine, le fond de la mer remonte presque subitement. Là s'est formée une véritable crête sur laquelle il ne reste que dix-sept mètres d'eau, tandis que de chaque côté la profondeur est de cent soixante-dix mètres. Le *Nautilus* dut donc manœuvrer prudemment afin de ne pas se heurter contre cette barrière sous-marine.

Je montrai à Conseil, sur la carte de la Méditerranée, l'emplacement qu'occupait ce long récif.

« Mais n'en déplaise à monsieur, fit observer Conseil, c'est comme un isthme véritable qui réunit l'Europe à l'Afrique.

— Oui, mon garçon, répondis-je, il barre en entier le détroit de Libye, et les sondages de Smith ont prouvé que les continents étaient autrefois réunis entre le cap Bon et le cap Furina.

— Je le crois volontiers, dit Conseil.

— J'ajouterai, repris-je, qu'une barrière semblable existe entre Gibraltar et Cuenta, qui, aux temps géologiques, fermait complétement la Méditerranée.

II

— Eh! fit Conseil, si quelque poussée volcanique relevait un jour ces deux barrières au-dessus des flots?

— Ce n'est guère probable, Conseil.

— Enfin que monsieur me permette d'achever : si ce phénomène se produisait, ce serait fâcheux pour M. de Lesseps, qui se donne tant de mal pour percer son isthme !

— J'en conviens ; mais, je te le répète, Conseil, ce phénomène ne se produira pas. La violence des forces souterraines va toujours diminuant. Les volcans, si nombreux aux premiers jours du monde, s'éteignent peu à peu ; la chaleur interne s'affaiblit, la température des couches inférieures du globe baisse d'une quantité appréciable par siècle, et au détriment de notre globe, car cette chaleur, c'est sa vie.

— Cependant, le soleil...

— Le soleil est insuffisant, Conseil. Peut-il rendre la chaleur à un cadavre ?

— Non, que je sache.

— Eh bien, mon ami, la terre sera un jour ce cadavre refroidi. Elle deviendra inhabitable et sera inhabitée comme la lune, qui depuis longtemps a perdu sa chaleur vitale.

— Dans combien de siècles ? demanda Conseil.

— Dans quelques centaines de mille ans, mon garçon.

— Alors, répondit Conseil, nous avons le temps d'achever notre voyage, si toutefois Ned Land ne s'en mêle pas ! »

Et Conseil, rassuré, se remit à étudier le haut-fond que le *Nautilus* rasait de près avec une vitesse modérée.

Là, sous un sol rocheux et volcanique, s'épanouissait toute une flore vivante, des éponges, des holoturies, des cydippes hyalines ornées de cyrrhes rougeâtres et qui émettaient une légère phosphorescence, des béroes, vulgairement connus sous le nom de concombres de mer et baignés dans les miroitements d'un spectre solaire, des comatules ambulantes, larges d'un mètre, et dont la pourpre rougissait les eaux, des euryales arborescentes de la plus grande beauté, des pavonacées à longues tiges, un grand nombre d'oursins comestibles d'espèces variées, et des actinies vertes au tronc grisâtre, au disque brun, qui se perdaient dans leur chevelure olivâtre de tentacules.

Conseil s'était occupé plus particulièrement d'observer les mollusques et les articulés, et bien que la nomenclature en soit un peu aride, je ne veux pas faire tort à ce brave garçon en omettant ses observations personnelles.

Dans l'embranchement des mollusques, il cite de nombreux pétoncles pectiniformes, des spondyles pieds-d'âne qui s'entassaient les uns sur les autres, des donaces triangulaires, des hyalles tridentées, à nageoires jaunes et à coquilles transparentes, des plenrobranches orangés, des œufs pointillés ou semés de points verdâtres, des aplysies connues aussi sous le nom de lièvres de mer, des dolabelles, des acères charnus, des ombrelles spéciales à la Méditerranée, des oreilles de mer dont la coquille produit une nacre très-recherchée, des pétoncles flammulés, des anomies que les Languedociens, dit-on, préfèrent aux huîtres, des clovis si chers aux Marseillais, des praïres doubles blanches et grasses, quelques-uns de ces clams qui abondent sur les côtes de l'Amérique du Nord et dont il se fait un débit si considérable à New-York, des peignes operculaires de couleurs variées, des lithodonces enfoncées dans leurs trous et dont je goûtais fort le goût poivré, des vénéricardes sillonnées dont la coquille à sommet bombé présente des côtes saillantes, des cynthies hérissées de tubercules écarlates, des carniaires à pointe recourbée et semblables à de légères gondoles, des féroles couronnées, des atlantes à coquilles spiraliformes, des thétys grises, tachetées de blanc et recouvertes de leur mantille frangée, des éolides semblables à de petites limaces, des cavolines rampant sur le dos, des auricules et entre autres l'auricule myosotis, à coquille ovale, des scalaires fauves, des littorines, des janthures, des cinéraires, des pétricoles, des lamellaires, des cabochons, des pandores, etc.

Quant aux articulés, Conseil les a, sur ses notes, très-justement divisés en six classes, dont trois appartiennent au monde marin. Ce sont les classes des crustacés, des cirrhopodes et des annélides.

Les crustacés se subdivisent en neuf ordres, et le

premier de ces ordres comprend les décapodes, c'est-
à-dire les animaux dont la tête et le thorax sont le plus
généralement soudés entre eux, dont l'appareil buccal
est composé de plusieurs paires de membres, et qui
possèdent quatre, cinq ou six paires de pattes thora-
ciques ou ambulatoires. Conseil avait suivi la méthode
de notre maître Milne Edwards, qui fait trois sections
des décapodes : les brachyoures, les macroures et les
anomoures. Ces noms sont légèrement barbares, mais
ils sont justes et précis. Parmi les macroures, Conseil
cite des amathies dont le front est armé de deux
grandes pointes divergentes, l'inachus scorpion, qui,
— je ne sais pourquoi, — symbolisait la sagesse chez
les Grecs, des lambres-masséna, des lambres-spini-
manes, probablement égarés sur ce haut-fond, car
d'ordinaire ils vivent à de grandes profondeurs, des
xhantes, des pilumnes, des rhomboïdes, des calap-
piens granuleux, — très-faciles à digérer, fait observer
Conseil, — des corystes édentés, des ébalies, des cymo-
polies, des dorripes laineuses, etc. Parmi les macroures,
subdivisés en cinq familles, les cuirassés, les fouis-
seurs, les astaciens, les salicoques et les ochyzopodes,
il cite des langoustes communes, dont la chair est si
estimée chez les femelles, des scyllares-ours ou cigales
de mer, des gébies riveraines, et toutes sortes d'espèces
comestibles ; mais il ne dit rien de la subdivision des
astaciens qui comprend les homards, car les langoustes
sont les seuls homards de la Méditerranée. Enfin, parmi

les anomoures, il vit des drocines communes, abritées derrière cette coquille abandonnée dont elles s'emparent, des homoles à front épineux, des bernard-l'hermite, des porcellanes, etc.

Là s'arrêtait le travail de Conseil. Le temps lui avait manqué pour compléter la classe des crustacés par l'examen des stomapodes, des amphipodes, des homopodes, des isopodes, des trilobites, des branchiapodes, des ostracodes et des entomostracées. Et pour terminer l'étude des articulés marins, il aurait dû citer la classe des cirrhopodes qui renferme les cyclopes et les argules, puis la classe des annélides qu'il n'eût pas manqué de diviser en tubicoles et en dorsibranches. Mais le *Nautilus*, ayant dépassé le haut-fond du détroit de Libye, reprit dans les eaux plus profondes sa vitesse accoutumée. Dès lors plus de mollusques, plus d'articulés, plus de zoophytes. A peine quelques gros poissons qui passaient comme des ombres.

Pendant la nuit du 16 au 17 février, nous étions entrés dans ce second bassin méditerranéen, dont les plus grandes profondeurs se trouvent par trois mille mètres. Le *Nautilus*, sous l'impulsion de son hélice, glissant sur ses plans inclinés, s'enfonça jusqu'aux dernières couches de la mer.

Là, à défaut des merveilles naturelles, la masse des eaux offrit à mes regards bien des scènes émouvantes et terribles. En effet, nous traversions alors toute cette partie de la Méditerranée si féconde en sinistres. De la

côte algérienne aux rivages de la Provence, que de
navires ont fait naufrage, que de bâtiments ont disparu ! La Méditerranée n'est qu'un lac, comparée aux
vastes plaines liquides du Pacifique, mais c'est un lac
capricieux, aux flots changeants, aujourd'hui propice
et caressant pour la frêle tartane qui semble flotter
entre le double outremer des eaux et du ciel, demain
rageur, tourmenté, démonté par les vents, brisant les
plus forts navires de ses lames courtes qui les frap-
pent à coups précipités.

Ainsi, dans cette promenade rapide à travers les
couches profondes, que d'épaves j'aperçus gisant sur
le sol, les unes déjà empâtées par les coraux, les autres
revêtues seulement d'une couche de rouille, des ancres,
des canons, des boulets, des garnitures de fer, des
branches d'hélice, des morceaux de machines, des
cylindres brisés, des chaudières défoncées, puis des
coques flottant entre deux eaux, celles-ci droites,
celles-là renversées.

De ces navires naufragés, les uns avaient péri par
collision, les autres pour avoir heurté quelque écueil
de granit. J'en vis qui avaient coulé à pic, la mâture
droite, le gréement raidi par l'eau. Ils avaient l'air
d'être à l'ancre dans une immense rade foraine et
d'attendre le moment du départ. Lorsque le *Nautilus*
passait entre eux et les enveloppait de ses nappes électriques, il semblait que ces navires allaient le saluer
de leur pavillon et lui envoyer leur numéro d'ordre !

Mais non, rien que le silence et la mort sur ce champ des catastrophes!

J'observai que les fonds méditerranéens étaient plus encombrés de ces sinistres épaves à mesure que le *Nautilus* se rapprochait du détroit de Gibraltar. Les côtes d'Afrique et d'Europe se resserrent alors, et dans cet étroit espace les rencontres sont fréquentes. Je vis là de nombreuses carènes de fer, des ruines fantastiques de steamers, les uns couchés, les autres debout semblables à des animaux formidables. Un de ces bateaux aux flancs ouverts, sa cheminée courbée, ses roues dont il ne restait plus que la monture, son gouvernail séparé de l'étambot et retenu encore par une chaîne de fer, son tableau d'arrière rongé par les sels marins, se présentait sous un aspect terrible! Combien d'existences brisées dans son naufrage, combien de victimes entraînées sous les flots! Quelque matelot du bord avait-il survécu pour raconter ce terrible désastre ou les flots gardaient-ils encore le secre de ce sinistre? Je ne sais pourquoi, il me vint à la pensée que ce bateau enfoui sous la mer pouvait être l'*Atlas*, disparu corps et biens depuis une vingtaine d'années, et dont on n'a jamais entendu parler! Ah! quelle sinistre histoire serait à faire que celle de ces fonds méditerranéens, de ce vaste ossuaire, où tant de richesses se sont perdues, où tant de victimes ont trouvé la mort!

Cependant le *Nautilus*, indifférent et rapide, courait

à toute hélice au milieu de ces ruines. Le 18 février, vers trois heures du matin, il se présentait à l'entrée du détroit de Gibraltar.

' Là existent deux courants : un courant supérieur, depuis longtemps reconnu, qui amène les eaux de l'Océan dans le bassin de la Méditerranée; puis un contre-courant inférieur, dont le raisonnement a démontré aujourd'hui l'existence. En effet, la somme des eaux de la Méditerranée, incessamment accrue par les flots de l'Atlantique et par les fleuves qui s'y jettent, devrait élever chaque année le niveau de cette mer, car son évaporation est insuffisante pour rétablir l'équilibre. Or, il n'en est pas ainsi, et on a dû naturellement admettre l'existence d'un courant inférieur qui, par le détroit de Gibraltar, verse dans le bassin de l'Atlantique le trop-plein de la Méditerranée.

Fait exact, en effet. C'est de ce contre-courant que profita le *Nautilus*. Il s'avança rapidement par l'étroite passe. Un instant je pus entrevoir les admirables ruines du temple d'Hercule, enfoui, au dire de Pline et d'Avienus, avec l'île basse qui le supportait, et quelques minutes plus tard, nous flottions sur les flots de l'Atlantique.

CHAPITRE VIII.

LA BAIE DE VIGO.

L'Atlantique! vaste étendue d'eau dont la superficie couvre vingt-cinq millions de milles carrés, longue de neuf mille milles sur une largeur moyenne de deux mille sept cents. Importante mer presque ignorée des anciens, sauf peut-être des Carthaginois, ces Hollandais de l'antiquité, qui dans leurs pérégrinations commerciales suivaient les côtes ouest de l'Europe et de l'Afrique! Océan dont les rivages aux sinuosités parallèles embrassent un périmètre immense, arrosé par les plus grands fleuves du monde, le Saint-Laurent, le Mississipi, l'Amazone, la Plata, l'Orénoque, le Niger, le Sénégal, l'Elbe, la Loire, le Rhin, qui lui apportent les eaux des pays les plus civilisés et des contrées les plus sauvages! Magnifique plaine, incessamment sillonnée par les navires de toutes les nations, abritée sous tous les pavillons du monde, et que terminent ces deux pointes terribles, redoutées des navigateurs, le cap Horn et le cap des Tempêtes!

Le *Nautilus* en brisait les eaux sous le tranchant de son éperon, après avoir accompli près de dix mille lieues en trois mois etdemi, parcours supérieur à l'un des grands cercles de la terre. Où allions-nous maintenant, et que nous réservait l'avenir?

Le *Nautilus,* sorti du détroit de Gibraltar, avait pris le large. Il revint à la surface des flots, et nos promenades quotidiennes sur la plate-forme nous furent ainsi rendues.

J'y montai aussitôt, accompagné de Ned Land et de Conseil. A une distance de douze milles apparaissait vaguement le cap Saint-Vincent, qui forme la pointe sud-ouest de la péninsule hispanique. Il ventait un assez fort coup de vent du sud. La mer était grosse, houleuse. Elle imprimait de violentes secousses de roulis au *Nautilus.* Il était presque impossible de se maintenir sur la plate-forme, que d'énormes paquets de mer battaient à chaque instant. Nous redescendîmes donc après avoir humé quelques bouffées d'air.

Je regagnai ma chambre. Conseil revint à sa cabine; mais le Canadien, l'air assez préoccupé, me suivit. Notre rapide passage à travers la Méditerranée ne lui avait pas permis de mettre ses projets à exécution, et il dissimulait peu son désappointement.

Lorsque la porte de ma chambre fut fermée, il s'assit et me regarda silencieusement.

« Ami Ned, lui dis-je, je vous comprends, mais vous n'avez rien à vous reprocher. Dans les conditions où naviguait le *Nautilus,* songer à le quitter eût été de la folie! »

Ned Land ne répondit rien. Ses lèvres serrées, ses sourcils froncés, indiquaient chez lui la violente obses- sion d'une idée fixe.

« Voyons, repris-je, rien n'est désespéré encore. Nous remontons la côte du Portugal. Non loin sont la France et l'Angleterre, où nous trouverions facilement un refuge. Ah! si le *Nautilus,* sorti du détroit de Gibral- tar, avait mis le cap au sud, s'il nous eût entraînés vers ces régions où les continents manquent, je parta- gerais vos inquiétudes. Mais, nous le savons mainte- nant, le capitaine Nemo ne fuit pas les mers civilisées, et dans quelques jours, je crois que vous pourrez agir avec sécurité. »

Ned Land me regarda plus fixement encore, et des- serrant enfin les lèvres :

« C'est pour ce soir, » dit-il.

Je me redressai subitement. J'étais, je l'avoue, peu préparé à cette communication. J'aurais voulu répondre au Canadien, mais les mots ne me vinrent pas.

« Nous étions convenus d'attendre une circonstance, reprit Ned Land. La circonstance, je la tiens. Ce soir, nous ne serons qu'à quelques milles de la côte espa- gnole. La nuit est sombre. Le vent souffle du large. J'ai votre parole, monsieur Aronnax, et je compte sur vous. »

Comme je me taisais toujours, le Canadien se leva, et se rapprochant de moi :

« Ce soir, à neuf heures, dit-il. J'ai prévenu Conseil.

A ce moment-là, le capitaine Nemo sera enfermé dans sa chambre et probablement couché. Ni les mécaniciens ni les hommes de l'équipage ne peuvent nous voir. Conseil et moi nous gagnerons l'escalier central. Vous, monsieur Aronnax, vous resterez dans la bibliothèque à deux pas de nous, attendant mon signal. Les avirons, le mât et la voile sont dans le canot. Je suis même parvenu à y porter quelques provisions. Je me suis procuré une clef anglaise pour dévisser les écrous qui attachent le canot à la coque du *Nautilus*. Ainsi tout est prêt. A ce soir.

— La mer est mauvaise, dis-je.

— J'en conviens, répond le Canadien, mais il faut risquer cela. La liberté vaut qu'on la paye. D'ailleurs, l'embarcation est solide, et quelques milles avec un vent qui porte ne sont pas une affaire. Qui sait si demain nous ne serons pas à cent lieues au large? Que les circonstances nous favorisent, et, entre dix et onze heures, nous aurons débarqué sur quelque point de la terre ferme ou nous serons morts. Donc, à la grâce de Dieu et à ce soir ! »

Sur ce mot, le Canadien se retira, me laissant presque abasourdi. J'avais imaginé que, le cas échéant, j'aurais eu le temps de réfléchir, de discuter. Mon opiniâtre compagnon ne me le permettait pas. Que lui aurais-je dit, après tout? Ned Land avait cent fois raison. C'était presque une circonstance, il en profitait. Pouvais-je revenir sur ma parole et assumer cette

responsabilité de compromettre dans un intérêt tout
personnel l'avenir de mes compagnons? Demain le
capitaine Nemo ne pouvait-il pas nous entraîner au
large de toutes terres?

En ce moment, un sifflement assez fort m'apprit que
les réservoirs se remplissaient, et le *Nautilus* s'enfonça sous les flots de l'Atlantique.

Je demeurai dans ma chambre. Je voulais éviter le
capitaine pour cacher à ses yeux l'émotion qui me
dominait. Triste journée que je passai ainsi, entre le
désir de rentrer en possession de mon libre arbitre et
le regret d'abandonner ce merveilleux *Nautilus*, laissant inachevées mes études sous-marines! Quitter ainsi
cet Océan, « mon Atlantique, » comme je me plaisais à
le nommer, sans en avoir observé les dernières couches, sans lui avoir dérobé ces secrets que m'avaient
révélés les mers des Indes et du Pacifique! Mon roman
me tombait des mains dès le premier volume, mon
rêve s'interrompait au plus beau moment! Quelles
heures mauvaises s'écoulèrent ainsi, tantôt me voyant
en sûreté, à terre, avec mes compagnons, tantôt sou-
haitant, en dépit de ma raison, que quelque circonstance imprévue empêchât la réalisation des projets de
Ned Land!

Deux fois je vins au salon. Je voulais consulter le
compas. Je voulais voir si la direction du *Nautilus* nous
rapprochait, en effet, ou nous éloignait de la côte. Mais
non. Le *Nautilus* se tenait toujours dans les eaux por-

tugaises. Il pointait au nord en prolongeant les rivages de l'Océan.

Il fallait donc en prendre son parti et se préparer à fuir. Mon bagage n'était pas lourd. Mes notes, rien de plus.

Quant au capitaine Nemo, je me demandai ce qu'il penserait de notre évasion, quelles inquiétudes, quels torts peut-être elle lui causerait, et ce qu'il ferait dans le double cas où elle serait révélée ou manquée! Sans doute je n'avais pas à me plaindre de lui, au contraire. Jamais hospitalité ne fut plus franche que la sienne. En le quittant je ne pouvais être taxé d'ingratitude. Aucun serment ne nous liait à lui. C'était sur la force des choses seule qu'il comptait, et non sur notre parole, pour nous fixer à jamais auprès de lui. Mais cette prétention hautement avouée de nous retenir éternellement prisonniers à son bord justifiait toutes nos tentatives.

Je n'avais pas revu le capitaine depuis notre visite à l'île de Santorin. Le hasard devait-il me mettre en sa présence avant notre départ? Je le désirais et je le craignais tout à la fois. J'écoutai si je ne l'entendrais pas marcher dans sa chambre contiguë à la mienne. Aucun bruit ne parvint à mon oreille. Cette chambre devait être déserte.

Alors j'en vins à me demander si cet étrange personnage était à bord. Depuis cette nuit pendant laquelle le canot avait quitté le *Nautilus* pour un service mysté-

rieux, mes idées s'étaient, en ce qui le concernait, légèrement modifiées. Je pensais, bien qu'il eût pu dire,
que le capitaine Nemo devait avoir conservé avec la
terre quelques relations d'une certaine espèce. Ne
quittait-il jamais le *Nautilus?* Des semaines entières
s'étaient souvent écoulées sans que je l'eusse rencontré. Que faisait-il pendant ce temps, et, alors que je
le croyais en proie à des accès de misanthropie, n'ac-
complissait-il pas au loin quelque acte secret dont la
nature m'échappait jusqu'ici ?

Toutes ces idées et mille autres m'assaillirent à la
fois. Le champ des conjectures ne peut être qu'infini
dans l'étrange situation où nous sommes. J'éprouvais
un malaise insupportable. Cette journée d'attente me
semblait éternelle. Les heures sonnaient trop lentement
au gré de mon impatience.

Mon dîner me fut comme toujours servi dans ma
chambre. Je mangeai mal, étant trop préoccupé. Je
quittai la table à sept heures. Cent vingt minutes — je
les comptai — me séparaient encore du moment où je
devais rejoindre Ned Land. Mon agitation redoublait.
Mon pouls battait avec violence. Je ne pouvais rester
immobile. J'allais et venais, espérant calmer par le
mouvement le trouble de mon esprit. L'idée de succom-
ber dans notre téméraire entreprise était le moins
pénible de mes soucis; mais à la pensée de voir notre
projet découvert avant d'avoir quitté le *Nautilus*, à la
pensée d'être ramené devant le capitaine Nemo irrité,

ou, ce qui eût été pis, contristé de mon abandon, mon
cœur palpitait.

Je voulus revoir le salon une dernière fois. Je pris
par les coursives, et j'arrivai dans ce musée où j'avais
passé tant d'heures agréables et utiles. Je regardais
toutes ces richesses, tous ces trésors, comme un homme
à la veille d'un éternel exil et qui part pour ne plus
revenir. Ces merveilles de la nature, ces chefs-d'œuvre
de l'art, entre lesquels depuis tant de jours se con-
centrait ma vie, j'allais les abandonner pour jamais.
J'aurais voulu plonger mes regards par la vitre du
salon à travers les eaux de l'Atlantique ; mais les panneaux étaient hermétiquement fermés, et un manteau
de tôle me séparait de cet Océan que je ne connaissais
pas encore.

En parcourant ainsi le salon, j'arrivai près de la
porte, ménagée dans le pan coupé, qui s'ouvrait sur la
chambre du capitaine. A mon grand étonnement, cette
porte était entre-bâillée. Je reculai involontairement.
Si le capitaine Nemo était dans sa chambre, il pouvait
me voir. Cependant, n'entendant aucun bruit, je m'approchai. La chambre était déserte. Je poussai la porte.
Je fis quelques pas à l'intérieur. Toujours le même
aspect sévère, cénobitique.

En cet instant, quelques eaux-fortes suspendues à la
paroi, et que je n'avais pas remarquées pendant ma
première visite, frappèrent mes regards. C'étaient des
portraits, des portraits de ces grands hommes histori-

ques dont l'existence n'a été qu'un perpétuel dévouement à une grande idée humaine : Kosciusko, le héros
tombé au cri de *Finis Poloniæ*; Botzaris, le Léonidas
de la Grèce moderne; O'Connell, le défenseur de l'Irlande; Washington, le fondateur de l'Union américaine; Manin, le patriote italien; Lincoln, mort sous
la balle d'un esclavagiste, et enfin ce martyr de l'affran-
chissement de la race noire, John Brown, suspendu à
son gibet, tel que l'a si terriblement dessiné le crayon
de Victor Hugo.

Quel lien existait-il entre ces âmes héroïques et
l'âme du capitaine Nemo? Pouvais-je enfin de cette
réunion de portraits dégager le mystère de son existence? Était-il le champion des peuples opprimés, le
libérateur des races esclaves? Avait-il figuré dans les
dernières commotions politiques ou sociales de ce
siècle? Avait-il été l'un des héros de la terrible guerre
américaine, guerre lamentable et à jamais glorieuse?...

Tout à coup l'horloge sonna huit heures. Le battement du premier coup de marteau sur le timbre m'ar-
racha à mes rêves. Je tressaillis comme si un œil
invisible eût pu plonger au plus secret de mes pensées,
et je me précipitai hors de la chambre.

Là, mes regards s'arrêtèrent sur la boussole. Notre
direction était toujours au nord. Le loch indiquait une
vitesse modérée; le manomètre, une profondeur de
soixante pieds environ. Les circonstances favorisaient
donc les projets du Canadien.

Je regagnai ma chambre. Je me vêtis chaudement : bottes de mer, bonnet de loutre, casaque de byssus doublée de peau de phoque. J'étais prêt. J'attendis. Les frémissements de l'hélice troublaient seuls le silence profond qui régnait à bord. J'écoutais, je tendais l'oreille. Quelque éclat de voix ne m'apprendrait-il pas, tout à coup, que Ned Land venait d'être surpris dans ses projets d'évasion? Une inquiétude mortelle m'envahit. J'essayai vainement de reprendre mon sang-froid.

A neuf heures moins quelques minutes, je collai mon oreille près de la porte du capitaine. Nul bruit. Je quittai ma chambre, et je revins au salon, qui était plongé dans une demi-obscurité, mais désert.

J'ouvris la porte communiquant avec la bibliothèque. Même clarté insuffisante, même solitude. J'allai me poster près de la porte qui donnait sur la cage de l'escalier central. J'attendis le signal de Ned Land.

En ce moment, les frémissements de l'hélice diminuèrent sensiblement, puis ils cessèrent tout à fait. Pourquoi ce changement dans les allures du *Nautilus?* Cette halte favorisait-elle ou gênait-elle les desseins de Ned Land? je n'aurais pu le dire.

Le silence n'était plus troublé que par les battements de mon cœur.

Soudain, un léger choc se fit sentir. Je compris que le *Nautilus* venait de s'arrêter sur le fond de l'Océan. Mon inquiétude redoubla. Le signal du Canadien ne m'arrivait pas. J'avais envie de rejoindre Ned Land pour l'engager à remettre sa tentative. Je sentais que notre navigation ne se faisait plus dans les conditions ordinaires...

En ce moment, la porte du grand salon s'ouvrit, et le capitaine Nemo parut. Il m'aperçut, et, sans autre préambule :

« Ah! monsieur le professeur, dit-il d'un ton aimable, je vous cherchais. Savez-vous l'histoire d'Espagne? »

On saurait à fond l'histoire de son propre pays que, dans les conditions où je me trouvais, l'esprit troublé, la tête perdue, on ne pourrait en citer un mot.

« Eh bien, reprit le capitaine Nemo, vous avez entendu ma question? Savez-vous l'histoire d'Espagne?

— Très-mal, répondis-je.

— Voilà bien les savants, dit le capitaine, ils ne savent pas. Alors asseyez-vous, ajouta-t-il, et je vais vous raconter un curieux épisode de cette histoire. »

Le capitaine s'étendit sur un divan, et, machinalement, je pris place auprès de lui, dans la pénombre.

« Monsieur le professeur, me dit-il, écoutez-moi bien. Cette histoire vous intéressera par un certain côté, car elle répondra à une question que sans doute vous n'avez pu résoudre.

— Je vous écoute, capitaine, dis-je, ne sachant où mon interlocuteur voulait en venir, et me demandant si cet incident se rapportait à nos projets de fuite.

— Monsieur le professeur, reprit le capitaine Nemo, si vous le voulez bien, nous remonterons à 1702. Vous n'ignorez pas qu'à cette époque, votre roi Louis XIV, croyant qu'il suffisait d'un geste de potentat pour faire rentrer les Pyrénées sous terre, avait imposé le duc d'Anjou, son petit-fils, aux Espagnols. Ce prince, qui régna plus ou moins mal sous le nom de Philippe V, eut affaire, au dehors, à forte partie.

« En effet, l'année précédente, les maisons royales de Hollande, d'Autriche et d'Angleterre avaient conclu à la Haye un traité d'alliance, dans le but d'arracher la couronne d'Espagne à Philippe V afin de la placer sur la tête d'un archiduc, auquel elles donnèrent prématurément le nom de Charles III.

« L'Espagne dut résister à cette coalition. Mais elle était à peu près dépourvue de soldats et de marins. Cependant l'argent ne lui manquait pas, à la condition toutefois que ses galions, chargés de l'or et de l'argent de l'Amérique, entrassent dans ses ports. Or, vers la fin de 1702, elle attendait un riche convoi que la France faisait escorter par une flotte de vingt-trois vaisseaux commandés par l'amiral de Château-Renaud, car les marines coalisées couraient alors l'Atlantique.

« Ce convoi devait se rendre à Cadix ; mais l'amiral, ayant appris que la flotte anglaise croisait dans ces parages, résolut de rallier un port de France.

« Les commandants espagnols du convoi protestèrent contre cette décision. Ils voulurent être conduits dans un port espagnol, et, à défaut de Cadix, dans la baie de Vigo, située sur la côte nord-ouest de l'Espagne, et qui n'était pas bloquée.

« L'amiral de Château-Renaud eut la faiblesse d'obéir à cette injonction, et les galions entrèrent dans la baie de Vigo.

« Malheureusement cette baie forme une rade ouverte qui ne peut être aucunement défendue. Il fallait donc se hâter de décharger les galions avant l'arrivée des flottes coalisées, et le temps n'eût pas manqué à ce débarquement, si une misérable question de rivalité n'eût surgi tout à coup.

« Vous suivez bien l'enchaînement des faits? me demanda le capitaine Nemo.

— Parfaitement, dis-je, ne sachant encore à quel propos m'était faite cette leçon d'histoire.

— Je continue. Voici ce qui se passa. Les commerçants de Cadix avaient un privilége d'après lequel ils devaient recevoir toutes les marchandises qui venaient des Indes occidentales. Or débarquer les lingots des galions au port de Vigo, c'était aller contre leur droit. Ils se plaignirent donc à Madrid, et ils obtinrent du faible Philippe V que le convoi, sans procéder à son déchargement, resterait en séquestre dans la rade de Vigo, jusqu'au moment où les flottes ennemies se seraient éloignées.

« Or, pendant que l'on prenait cette décision, le 22 octobre 1702, les vaisseaux anglais arrivèrent dans la baie de Vigo. L'amiral de Château-Renaud, malgré ses forces inférieures, se battit courageusement ; mais quand il vit que les richesses du convoi allaient tomber entre les mains des ennemis, il incendia et saborda les galions, qui s'engloutirent avec leurs immenses trésors. »

Le capitaine Nemo s'était arrêté. Je l'avoue, je ne voyais pas encore en quoi cette histoire pouvait m'intéresser.

« Eh bien ? lui demandai-je.

— Eh bien, monsieur Aronnax, me répondit le capitaine Nemo, nous sommes dans cette baie de Vigo, et il ne tient qu'à vous d'en pénétrer les mystères. »

Le capitaine se leva et me pria de le suivre. J'avais eu le temps de me remettre. J'obéis. Le salon était obscur ; mais à travers les vitres transparentes étincelaient les flots de la mer. Je regardai.

Autour du *Nautilus,* dans un rayon d'un demi-mille, les eaux apparaissaient imprégnées de lumière électrique. Le fond sableux était net et clair. Des hommes de l'équipage, revêtus de scaphandres, s'occupaient à déblayer des tonneaux à demi pourris, des caisses éventrées, au milieu d'épaves encore noircies. De ces caisses, de ces barils, s'échappaient des lingots d'or et d'argent, des cascades de piastres et de bijoux. Le sable en était jonché. Puis, chargés de ce précieux butin, ces hommes revenaient au *Nautilus,* y déposaient leur far-

deau et allaient reprendre cette inépuisable pêche d'argent et d'or.

Je comprenais. C'était ici le théâtre de la bataille
du 22 octobre 1702. Ici même avaient coulé les galions
chargés pour le compte du gouvernement espagnol. Ici
le capitaine Nemo venait encaisser, suivant ses be-
soins, les millions dont il lestait son *Nautilus*. C'était
pour lui, pour lui seul que l'Amérique avait livré ses
précieux métaux. Il était l'héritier direct et sans partage de ces trésors arrachés aux Incas, aux vaincus de
Fernand Cortez !

« Saviez-vous, monsieur le professeur, me demanda-
t-il en souriant, que la mer contînt tant de richesses?

— Je savais, répondis-je, que l'on évalue à deux
millions de tonnes l'argent qui est tenu en suspension
dans ses eaux.

— Sans doute; mais, pour extraire cet argent, les
dépenses l'emporteraient sur le profit. Ici, au contraire,
je n'ai qu'à ramasser ce que les hommes ont perdu,
et non-seulement dans cette baie de Vigo, mais encore
sur mille théâtres de naufrages dont ma carte sous-
marine a noté la place. Comprenez-vous maintenant
que je sois riche à milliards?

— Je le comprends, capitaine. Permettez-moi, pourtant, de vous dire qu'en exploitant précisément cette
baie de Vigo, vous n'avez fait que devancer les travaux d'une société rivale.

— Et laquelle?

— Une société qui a obtenu du gouvernement espagnol le privilége de rechercher les galions engloutis. Les actionnaires sont alléchés par l'appât d'un énorme bénéfice, car on évalue à cinq cents millions la valeur de ces richesses naufragées.

— Cinq cents millions! me répondit le capitaine Nemo. Ils y étaient, mais ils n'y sont plus.

— En effet, dis-je. Aussi un bon avis à ces actionnaires serait-il acte de charité. Qui sait pourtant s'il serait bien reçu? Ce que les joueurs regrettent par-dessus tout, d'ordinaire, c'est moins la perte de leur argent que celle de leurs folles espérances. Je les plains moins, après tout, que ces milliers de malheureux auxquels tant de richesses bien réparties eussent pu profiter, tandis qu'elles seront à jamais stériles pour eux ! »

Je n'avais pas plus tôt exprimé ce regret que je sentis qu'il avait dû blesser le capitaine Nemo.

« Stériles ! répondit-il en s'animant. Croyez-vous donc, monsieur, que ces richesses soient perdues, alors que c'est moi qui les ramasse ? Est-ce pour moi, selon vous, que je me donne la peine de recueillir ces trésors ? Qui vous dit que je n'en fais pas un bon usage ? Croyez-vous que j'ignore qu'il existe des êtres souffrants, des races opprimées sur cette terre, des misérables à soulager, des victimes à venger ? Ne comprenez-vous pas ?... »

Le capitaine Nemo s'arrêta sur ces dernières paroles,

8

regrettant peut-être d'avoir trop parlé. Mais j'avais deviné. Quels que fussent les motifs qui l'avaient forcé à chercher l'indépendance sous les mers, avant tout il était resté un homme! Son cœur palpitait encore aux souffrances de l'humanité, et son immense charité s'adressait aux races asservies comme aux individus!

Et je compris alors à qui étaient destinés ces millions expédiés par le capitaine Nemo, lorsque le *Nautilus* naviguait dans les eaux de la Crète insurgée!

CHAPITRE IX.

UN CONTINENT DISPARU.

Le lendemain matin, 19 février, je vis entrer le Canadien dans ma chambre. J'attendais sa visite. Il avait l'air très-désappointé.

« Eh bien, monsieur ? me dit-il.

— Eh bien, Ned, le hasard s'est mis contre nous hier.

— Oui ! il a fallu que ce damné capitaine s'arrêtât précisément à l'heure où nous allions fuir son bateau.

— Oui, Ned, il avait affaire chez son banquier.

— Son banquier ! .

— Ou plutôt sa maison de banque. J'entends par là cet Océan où ses richesses sont plus en sûreté qu'elles ne le seraient dans les caisses d'un État. »

Je racontai alors au Canadien les incidents de la veille, dans le secret espoir de le ramener à l'idée de ne point abandonner le capitaine; mais mon récit n'eut d'autre résultat que le regret énergiquement exprimé par Ned de n'avoir pu faire pour son compte une promenade sur le champ de bataille de Vigo.

« Enfin, dit-il, tout n'est pas fini ! Ce n'est qu'un coup de harpon de perdu ! Une autre fois nous réussirons, et dès ce soir s'il le faut...

— Quelle est la direction du *Nautilus ?* demandai-je.

— Je l'ignore, répondit Ned.

— Eh bien, à midi, nous verrons le point. »

Le Canadien retourna près de Conseil. Dès que je fus habillé, je passai dans le salon. Le compas n'était pas rassurant. La route du *Nautilus* était sud-sud-ouest. Nous tournions le dos à l'Europe.

J'attendis avec une certaine impatience que le point fût reporté sur la carte. Vers onze heures et demie, les réservoirs se vidèrent, et notre appareil remonta à la surface de l'Océan. Je m'élançai vers la plate-forme. Ned Land m'y avait précédé.

Plus de terres en vue. Rien que la mer immense. Quelques voiles à l'horizon, de celles sans doute qui vont chercher jusqu'au cap San-Roque les vents favo-

rables pour doubler le cap de Bonne-Espérance. Le
temps était couvert. Un coup de vent se préparait.

Ned, rageant, essayait de percer l'horizon brumeux.
Il espérait encore que, derrière tout ce brouillard,
s'étendait cette terre si désirée.

A midi, le soleil se montra un instant. Le second
profita de cette éclaircie pour prendre sa hauteur. Puis,
la mer devenant plus houleuse, nous redescendîmes,
et le panneau fut refermé.

Une heure après, lorsque je consultai la carte, je vis
que la position du *Nautilus* était indiquée par 16° 17′
de longitude et 33° 22′ de latitude, à cent cinquante
lieues de la côte la plus rapprochée. Il n'y avait pas
moyen de songer à fuir, et je laisse à penser quelles
furent les colères du Canadien, quand je lui fis connaître notre situation.

Pour mon compte, je ne me désolai pas outre mesure. Je me sentis comme soulagé du poids qui m'op-
pressait, et je pus reprendre avec une sorte de calme
relatif mes travaux habituels.

Le soir, vers onze heures, je reçus la visite très-
inattendue du capitaine Nemo. Il me demanda fort
gracieusement si je me sentais fatigué d'avoir veillé
la nuit précédente. Je répondis négativement.

« Alors, monsieur Aronnax, je vous proposerai une
curieuse excursion.

— Proposez, capitaine.

— Vous n'avez encore visité les fonds sous-marins

que le jour et sous la clarté du soleil. Vous conviendrait-il de les voir par une nuit obscure?

— Très-volontiers.

— Cette promenade sera fatigante, je vous en préviens. Il faudra marcher longtemps et gravir une montagne. Les chemins ne sont pas très-bien entretenus.

— Ce que vous me dites-là, capitaine, redouble ma curiosité. Je suis prêt à vous suivre.

— Venez donc, monsieur le professeur, nous allons revêtir nos scaphandres. »

Arrivé au vestiaire, je vis que ni mes compagnons ni aucun homme de l'équipage ne devait nous suivre pendant cette excursion. Le capitaine Nemo ne m'avait pas même proposé d'emmener Ned ou Conseil.

En quelques instants, nous eûmes revêtu nos appareils. On plaça sur notre dos les réservoirs abondamment chargés d'air, mais les lampes électriques n'étaient pas préparées. Je le fis observer au capitaine.

« Elles nous seraient inutiles, » répondit-il.

Je crus avoir mal entendu, mais je ne pus réitérer mon observation, car la tête du capitaine avait déjà disparu dans son enveloppe métallique. J'achevai de me harnacher, je sentis qu'on me plaçait dans la main un bâton ferré, et quelques minutes plus tard, après la manœuvre habituelle, nous prenions pied sur le fond de l'Atlantique, à une profondeur de trois cents mètres.

Minuit approchait. Les eaux étaient profondément

obscures, mais le capitaine Nemo me montra dans le lointain un point rougeâtre, une sorte de large lueur, qui brillait à deux milles environ du *Nautilus*. Ce qu'était ce feu, quelles matières l'alimentaient, pourquoi et comment il se revivifiait dans la masse liquide, je n'aurais pu le dire. En tout cas, il nous éclairait, vaguement il est vrai, mais je m'accoutumai bientôt à ces ténèbres particulières, et je compris, dans cette circonstance, l'inutilité des appareils Ruhmkorff.

Le capitaine Nemo et moi, nous marchions l'un près de l'autre, directement sur le feu signalé. Le sol plat montait insensiblement. Nous faisions de larges enjambées, nous aidant du bâton ; mais notre marche était lente, en somme, car nos pieds s'enfonçaient souvent dans une sorte de vase pétrie avec des algues et semée de pierres plates.

Tout en avançant, j'entendais une sorte de grésillement au-dessus de ma tête. Ce bruit redoublait parfois et produisait comme un petillement continu. J'en compris bientôt la cause. C'était la pluie qui tombait violemment en crépitant à la surface des flots. Instinctivement, la pensée me vint que j'allais être trempé ! Par l'eau, au milieu de l'eau ! Je ne pus m'empêcher de rire à cette idée baroque. Mais pour tout dire, sous l'épais habit du scaphandre, on ne sent plus le liquide élément, et l'on se croit au milieu d'une atmosphère un peu plus dense que l'atmosphère terrestre, voilà tout.

Après une demi-heure de marche, le sol devint rocailleux. Les méduses, les crustacés microscopiques, les pennatules l'éclairaient légèrement de lueurs phosphorescentes. J'entrevoyais des monceaux de pierres que couvraient quelques millions de zoophytes et des fouillis d'algues. Le pied me glissait souvent sur ces visqueux tapis de varech, et sans mon bâton ferré, je serais tombé plus d'une fois. En me retournant, je voyais toujours le fanal blanchâtre du *Nautilus* qui commençait à pâlir dans l'éloignement.

Ces amoncellements pierreux dont je viens de parler étaient disposés sur le fond océanique suivant une certaine régularité que je ne m'expliquais pas. J'apercevais de gigantesques sillons qui se perdaient dans l'obscurité lointaine et dont la longueur échappait à toute évaluation. D'autres particularités se présentaient aussi, que je ne savais admettre. Il me semblait que mes lourdes semelles de plomb écrasaient une litière d'ossements qui craquaient avec un bruit sec. Qu'était donc cette vaste plaine que je parcourais ainsi? J'aurais voulu interroger le capitaine, mais son langage par signes, qui lui permettait de causer avec ses compagnons, lorsqu'ils le suivaient dans ses excursions sous-marines, était encore incompréhensible pour moi.

Cependant, la clarté rougeâtre qui nous guidait s'accroissait et enflammait l'horizon. La présence de ce er sous les eaux m'intriguait au plus haut degré.

Était-ce quelque effluence électrique qui se manifes-
tait? Allais-je vers un phénomène naturel encore inconnu des savants de la terre? Ou même, — car cette
pensée traversa mon cerveau, — la main de l'homme
intervenait-elle dans cet embrasement? Soufflait-elle
cet incendie? Devais-je rencontrer, sous ces couches
profondes, des compagnons, des amis du capitaine
Nemo, vivant comme lui de cette existence étrange, et
auxquels il allait rendre visite? Rencontrerais-je là-bas
toute une colonie d'exilés, qui, las des misères de la
terre, avaient cherché et trouvé l'indépendance au
plus profond de l'Océan? Toutes ces idées folles, inad-
missibles, me poursuivaient, et dans cette disposition
d'esprit, surexcité sans cesse par la série de merveilles
qui passait sous mes yeux, je n'aurais pas été surpris
de découvrir, au fond de cette mer, une de ces villes
sous-marines que rêvait le capitaine Nemo!

Notre route s'éclairait de plus en plus. La lueur
blanchissante rayonnait au sommet d'une montagne
haute de huit cents pieds environ. Mais ce que j'apercevais n'était qu'une simple réverbération développée
par le cristal des couches d'eau. Le foyer, source de
cette inexplicable clarté, occupait le versant opposé de
la montagne.

Au milieu des dédales pierreux qui sillonnaient le
fond de l'Atlantique, le capitaine Nemo s'avançait sans
hésitation. Il connaissait cette sombre route. Il l'avait
souvent parcourue, sans doute, et ne pouvait s'y perdre.

Je le suivais avec une confiance inébranlable. Il m'apparaissait comme un des génies de la mer, et quand il marchait devant moi, j'admirais sa haute stature qui se découpait en noir sur le fond lumineux de l'horizon.

Il était une heure du matin. Nous étions arrivés aux premières rampes de la montagne. Mais pour les aborder, il fallut s'aventurer par les sentiers difficiles d'un vaste taillis.

Oui ! un taillis d'arbres morts, sans feuilles, sans séve, arbres minéralisés sous l'action des eaux, et que dominaient çà et là des pins gigantesques. C'était comme une houillère encore debout, tenant par ses racines au sol effondré, et dont la ramure, à la manière des fines découpures de papier noir, se dessinait nettement sur le plafond des eaux. Que l'on se figure une forêt du Hartz, accrochée aux flancs d'une montagne, mais une forêt engloutie. Les sentiers étaient encombrés d'algues et de fucus, entre lesquels grouillait un monde de crustacés. J'allais, gravissant les rocs, enjambant les troncs étendus, brisant les lianes de mer qui se balançaient d'un arbre à l'autre, effarouchant les poissons qui volaient de branche en branche. Entraîné, je ne sentais plus la fatigue. Je suivais mon guide qui ne se fatiguait pas.

Quel spectacle ! Comment le rendre? Comment peindre l'aspect de ces bois et de ces rochers dans ce milieu liquide, leurs dessous sombres et farouches, leurs dessus colorés de tons rouges sous cette clarté que doublait la puissance réverbérante des eaux ? Nous gravissions des rocs qui s'éboulaient ensuite par pans énormes, avec un sourd grondement d'avalanche. A droite, à gauche, se creusaient de ténébreuses galeries où se perdait le regard. Ici s'ouvraient de vastes clairières, que la main de l'homme semblait avoir dégagées, et je me demandais parfois si quelque habitant de ces régions sous-marines n'allait pas tout à coup m'apparaître.

Mais le capitaine Nemo montait toujours. Je ne voulais pas rester en arrière. Je le suivais hardiment. Mon bâton me prêtait un utile secours. Un faux pas eût été dangereux sur ces étroites passes évidées aux flancs des gouffres ; mais j'y marchais d'un pied ferme et sans ressentir l'ivresse du vertige. Tantôt je sautais une crevasse dont la profondeur m'eût fait reculer au milieu des glaciers de la terre ; tantôt je m'aventurais sur le tronc vacillant des arbres jetés d'un abîme à l'autre, sans regarder sous mes pieds, n'ayant des yeux que pour admirer les sites sauvages de cette région. Là, des rocs monumentaux, penchant sur leurs bases irrégulièrement découpées, semblaient défier les lois de l'équilibre. Entre leurs genoux de pierre, des arbres poussaient comme un jet sous une pression formidable, et soutenaient ceux qui les soutenaient eux-mêmes. Puis, des tours naturelles, de larges pans taillés à pic comme des courtines, s'inclinaient sous un angle que les lois de la gravitation n'eussent pas autorisé à la surface des régions terrestres.

Et moi-même ne sentais-je pas cette différence due
à la puissante densité de l'eau, quand, malgré mes
lourds vêtements, ma tête de cuivre, mes semelles de
métal, je m'élevais sur des pentes d'une impraticable
raideur, les franchissant pour ainsi dire avec la légè-
reté d'un isard ou d'un chamois!

Au récit que je fais de cette excursion sous les eaux,
je sens bien que je ne pourrai être vraisemblable! Je
suis pourtant l'historien des choses d'apparence impossible, mais qui sont réelles, incontestables. Je n'ai point
rêvé. J'ai vu et senti!

Deux heures après avoir quitté le *Nautilus,* nous
avions franchi la ligne des arbres, et à cent pieds au-
dessus de nos têtes se dressait le pic de la montagne
dont la projection faisait ombre sur l'éclatante irradiation du versant opposé. Quelques arbrisseaux pétrifiés
couraient çà et là en zigzags menaçants. Les poissons
se levaient en masse sous nos pas comme des oiseaux
surpris dans les hautes herbes. La masse rocheuse était
creusée d'impénétrables anfractuosités, de grottes profondes, d'insondables trous, au fond desquels j'entendais remuer des choses formidables. Le sang me refluait
jusqu'au cœur, quand j'apercevais une antenne énorme
qui me barrait la route, ou quelque pince effrayante se
refermant avec bruit dans l'ombre des cavités! Des
milliers de points lumineux brillaient au milieu des
ténèbres. C'étaient les yeux de crustacés gigantesques,
tapis dans leur tanière, des homards géants se redres

sant comme des hallebardiers et remuant leurs pattes avec un cliquetis de ferraille, des crabes titanesques, braqués comme des canons sur leurs affûts, et des poulpes effroyables entrelaçant leurs tentacules, broussaille vivante de serpents.

Quel était ce monde exorbitant que je ne connaissais pas encore? A quel ordre appartenaient ces articulés auxquels le roc formait comme une seconde carapace? Où la nature avait-elle trouvé le secret de leur existence végétative, et depuis combien de siècles vivaient-ils ainsi dans les dernières couches de l'Océan?

Mais je ne pouvais m'arrêter. Le capitaine Nemo, familiarisé avec ces terribles animaux, n'y prenait plus garde. Nous étions arrivés à un premier plateau, où d'autres surprises m'attendaient encore. Là se dessinaient de pittoresques ruines, qui trahissaient la main de l'homme, et non plus celle du Créateur. C'étaient de vastes amoncellements de pierres où l'on distinguait de vagues formes de châteaux, de temples, revêtus d'un monde de zoophytes en fleurs, et auxquels, au lieu de lierre, les algues et les fucus faisaient un épais manteau végétal.

Mais qu'était donc cette portion du globe engloutie par les cataclysmes? Qui avait disposé ces roches et ces pierres comme des dolmens des temps antéhistoriques? Où étais-je, où m'avait entraîné la fantaisie du capitaine Nemo?

J'aurais voulu l'interroger. Ne le pouvant, je l'arrêtai

Je saisis son bras. Mais lui, secouant la tête, et me montrant le dernier sommet de la montagne, sembla me dire :

« Viens ! viens encore ! viens toujours ! »

Je le suivis dans un dernier élan, et en quelques minutes, j'eus gravi le pic qui dominait d'une dizaine de mètres toute cette masse rocheuse.

Je regardai cette pente que nous venions de franchir. La montagne ne s'élevait que de sept à huit cents pieds au-dessus de la plaine; mais de son versant opposé, elle dominait d'une hauteur double le fond en contrebas de cette portion de l'Atlantique. Mes regards s'étendaient au loin et embrassaient un vaste espace éclairé par une fulguration violente. En effet, c'était un volcan que cette montagne. A cinquante pieds au-dessous du pic, au milieu d'une pluie de pierres et de scories, un large cratère vomissait des torrents de lave, qui se dispersaient en cascades de feu au sein de la masse liquide. Ainsi posé, ce volcan, comme un immense flambeau, éclairait la plaine inférieure jusqu'aux dernières limites de l'horizon.

J'ai dit que le cratère sous-marin rejetait des laves, mais non des flammes. Il faut aux flammes l'oxygène de l'air, et elles ne sauraient se développer sous les eaux; mais des coulées de lave, qui ont en elles le principe de leur incandescence, peuvent se porter au rouge blanc, lutter victorieusement contre l'élément liquide et se vaporiser à son contact. De rapides cou-

rants entraînaient tous ces gaz en diffusion, et les torrents laviques glissaient jusqu'au bas de la montagne,
comme des déjections du Vésuve sur un autre Torre
del Greco.

En effet, là, sous mes yeux, ruinée, abîmée, jetée
bas, apparaissait une ville détruite, ses toits effron-
drés, ses temples abattus, ses arcs disloqués, ses
colonnes gisant à terre, où l'on sentait encore les
solides proportions d'une sorte d'architecture toscane;
plus loin, quelques restes d'un gigantesque aqueduc;
ici l'exhaussement empâté d'une acropole, avec les
formes flottantes d'un Parthénon; là, des vestiges de
quai, comme si quelque antique port eût abrité jadis
sur les bords d'un océan disparu les vaisseaux mar-
chands et les trirèmes de guerre; plus loin encore, de
longues lignes de murailles écroulées, de larges rues
désertes, toute une Pompéi enfouie sous les eaux, que
le capitaine Nemo ressuscitait à mes regards!

Où étais-je? Où étais-je? Je voulais le savoir à tout
prix, je voulais parler, je voulais arracher la sphère de
cuivre qui emprisonnait ma tête.

Mais le capitaine Nemo vint à moi et m'arrêta d'un
geste. Puis, ramassant un morceau de pierre crayeuse,
il s'avança vers un roc de basalte noire et traça ce
seul mot :

ATLANTIDE.

Quel éclair traversa mon esprit! L'Atlantide, l'ancienne Méropide de Théopompe, l'Atlantide de Platon, ce continent nié par Origène, Porphyre, Jamblique, d'Anville, Malte-Brun, Humboldt, qui mettaient sa disparition au compte des récits légendaires, admis par Possidonius, Pline, Ammien Marcellin, Tertullien, Engel, Sherer, Tournefort, Buffon, d'Avezac, je l'avais là sous les yeux, portant encore les irrécusables témoignages de sa catastrophe! C'était donc cette région engloutie qui existait en dehors de l'Europe, de l'Asie, de la Libye, au delà des colonnes d'Hercule, où vivait ce peuple puissant des Atlantes, contre lequel se firent les premières guerres de l'ancienne Grèce!

L'historien qui a consigné dans ses écrits les hauts faits de ces temps héroïques, c'est Platon lui-même. Son dialogue de Timée et de Critias a été, pour ainsi dire, tracé sous l'inspiration de Solon, poëte et législateur.

Un jour, Solon s'entretenait avec quelques sages vieillards de Saïs, ville déjà vieille de huit cents ans, ainsi que le témoignaient ses annales gravées sur le mur sacré de ses temples. L'un de ces vieillards raconta l'histoire d'une autre ville plus ancienne de mille ans. Cette première cité athénienne, âgée de neuf cents siècles, avait été envahie et en partie détruite par les Atlantes. Ces Atlantes, disait-il, occupaient un continent immense plus grand que l'Afrique et l'Asie réunies, qui couvrait une surface comprise du douzième degré de latitude au quarantième degré nord. Leur domination s'étendait même à l'Égypte. Ils voulurent l'imposer jusqu'en Grèce, mais ils durent se retirer devant l'indomptable résistance des Hellènes. Des siècles s'écoulèrent. Un cataclysme se produisit, inondations, tremblements de terre. Une nuit et un jour suffirent à l'anéantissement de cette Atlantide, dont les plus hauts sommets, Madère, les Açores, les Canaries, les îles du cap Vert, émergent encore.

Tels étaient ces souvenirs historiques que l'inscription du capitaine Nemo faisait palpiter dans mon esprit. Ainsi donc, conduit par la plus étrange destinée, je foulais du pied l'une des montagnes de ce continent! Je touchais de la main ces ruines mille fois séculaires et contemporaines des époques géologiques! Je marchais là même où avaient marché les contemporains du premier homme! J'écrasais sous mes lourdes semelles ces squelettes d'animaux des temps fabuleux, que ces arbres maintenant minéralisés couvraient autrefois de leur ombre!

Ah! pourquoi le temps me manquait-il! J'aurais voulu descendre les pentes abruptes de cette montagne, parcourir en entier ce continent immense qui sans doute reliait l'Afrique à l'Amérique, et visiter ces grandes cités antédiluviennes. Là, peut-être, sous mes regards, s'étendaient Makhimos, la guerrière, Eusebès, la pieuse, dont les gigantesques habitants vivaient des siècles eners, et auxquels la force ne manquait pas pour entasser ces blocs énormes qui résistaient encore à l'action

des eaux. Un jour peut-être, quelque phénomène érup-
tif les ramènera à la surface des flots, ces ruines en-
glouties! On a signalé de nombreux volcans sous-marins dans cette portion de l'Océan, et bien des navires
ont senti des secousses extraordinaires en passant sur
ces fonds tourmentés. Les uns ont entendu des bruits
sourds qui annonçaient la lutte profonde des éléments;
les autres ont recueilli des cendres volcaniques proje-
tées hors de la mer. Tout ce sol jusqu'à l'équateur est encore travaillé par les forces plutoniennes. Et qui sait si,
dans une époque éloignée, accrus par les déjections
volcaniques et par les couches successives de laves,
des sommets de montagnes ignivomes n'apparaîtront
pas à la surface de l'Atlantique!

Pendant que je rêvais ainsi, tandis que je cherchais
à fixer dans mon souvenir tous les détails de ce paysage
grandiose, le capitaine Nemo, accoudé sur une stèle
moussue, demeurait immobile et comme pétrifié dans
une muette extase. Songeait-il à ces générations dispa-
rues et leur demandait-il le secret de la destinée humaine? Était-ce à cette place que cet homme étrange
venait se retremper dans les souvenirs de l'histoire, et
revivre de cette vie antique, lui qui ne voulait pas de
la vie moderne? Que n'aurais-je donné pour connaître
ses pensées, pour les partager, pour les comprendre!

Nous restâmes à cette place pendant une heure
entière, contemplant la vaste plaine sous l'éclat des
laves qui prenaient parfois une intensité surprenante.

Les bouillonnements intérieurs faisaient courir de rapides frissonnements sur l'écorce de la montagne. Des bruits profonds, nettement transmis par ce milieu liquide, se répercutaient avec une majestueuse ampleur. En ce moment, la lune apparut à travers la masse des eaux et jeta quelques pâles rayons sur le continent englouti. Ce ne fut qu'une lueur, mais d'un indescriptible effet. Le capitaine se leva, jeta un dernier regard à cette immense plaine. Puis de la main il me fit signe de le suivre.

Nous descendîmes rapidement la montagne. La forêt minérale une fois dépassée, j'aperçus le fanal du *Nautilus* qui brillait comme une étoile. Le capitaine marcha droit à lui, et nous étions rentrés à bord au moment où les premières teintes de l'aube blanchissaient la surface de l'Océan.

CHAPITRE X.

LES HOUILLES SOUS-MARINES.

Le lendemain, 20 février, je me réveillai fort tard. Les fatigues de la nuit avaient prolongé mon sommiel jusqu'à onze heures. Je m'habillai promptement.

J'avais hâte de connaître la direction du *Nautilus*. Les instruments m'indiquèrent qu'il courait toujours vers le sud avec une vitesse de vingt milles à l'heure par une profondeur de cent mètres.

Conseil entra. Je lui racontai notre excursion nocturne, et, les panneaux étant ouverts, il put encore entrevoir une partie de ce continent submergé.

En effet, le *Nautilus* rasait à dix mètres du sol seulement la plaine de l'Atlantide. Il filait comme un ballon emporté par le vent au-dessus des prairies terrestres; mais il serait plus vrai de dire que nous étions dans ce salon comme des voyageurs dans le wagon d'un train express. Les premiers plans qui passaient devant nos yeux, c'étaient des rocs découpés fantastiquement, des forêts d'arbres passés du règne végétal au règne minéral, et dont l'immobile silhouette grimaçait sous les flots. C'étaient aussi des masses pierreuses enfouies sous des tapis d'axidies et d'anémones, hérissées de longues hydrophytes verticales, puis des blocs de laves étrangement contournés qui attestaient toute la fureur des expansions plutoniennes.

Tandis que ces sites bizarres resplendissaient sous nos feux électriques, je racontais à Conseil l'histoire de ces Atlantes, qui, au point de vue purement imaginaire, inspirèrent à Bailly tant de pages charmantes. Je lui disais les guerres de ces peuples héroïques. Je discutais la question de l'Atlantide en homme qui ne peut plus douter. Mais Conseil, distrait, m'écoutait peu, et son indifférence à traiter ce point historique me fut bientôt expliquée.

En effet, de nombreux poissons attiraient ses regards, et quand passaient des poissons, Conseil, emporté dans les abîmes de la classification, sortait du monde réel. Dans ce cas, je n'avais plus qu'à le suivre et à reprendre avec lui nos études ichthyologiques.

Du reste, ces poissons de l'Atlantique ne différaient pas sensiblement de ceux que nous avions observés jusqu'ici. C'étaient des raies d'une taille gigantesque, longues de cinq mètres et douées d'une grande force musculaire qui leur permet de s'élancer au-dessus des flots, des squales d'espèces diverses, entre autres un glauque de quinze pieds, à dents triangulaires et aiguës, que sa transparence rendait presque invisible au milieu des eaux, des sagres bruns, des humantins en forme de prismes et cuirassés d'une peau tuberculeuse, des esturgeons semblables à leurs congénères de la Méditerranée, des syngnathes-trompettes, longs d'un pied et demi, jaunes-bruns, pourvus de petites nageoires grises, sans dents ni langue, et qui défilaient comme de fins et souples serpents.

Parmi les poissons osseux, Conseil nota des makaïras noirâtres, longs de trois mètres et armés à leur mâchoire supérieure d'une épée perçante, des vives, aux couleurs animées, connues du temps d'Aristote sous le nom de dragons-marins, et que les aiguillons de leur dorsale rendent très-dangereux à saisir, puis des cory-

phèmes, au dos brun rayé de petites raies bleues et
encadré dans une bordure d'or, de belles dorades, des
chrysostoses-lunes, sorte de disques à reflets d'azur,
qui, éclairés en dessus par les rayons solaires, formaient comme des taches d'argent, enfin des xyphias-
espadons, longs de huit mètres, marchant par troupes,
portant des nageoires jaunâtres taillées en faux et de
longs glaives de six pieds, intrépides animaux, plutôt
herbivores que piscivores, qui obéissaient au moindre
signe de leurs femelles comme des maris bien
stylés.

Mais tout en observant ces divers échantillons de la
faune marine, je ne laissais pas d'examiner les longues
plaines de l'Atlantide. Parfois, de capricieux accidents
du sol obligeaient le *Nautilus* à ralentir sa vitesse, et
il se glissait alors avec l'adresse d'un cétacé dans
d'étroits étranglements de collines. Si ce labyrinthe
devenait inextricable, l'appareil s'élevait alors comme
un ballon, et l'obstacle franchi, il reprenait sa course
rapide à quelques mètres au-dessus du fond. Admirable et charmante navigation, qui rappelait les manœuvres d'une promenade aérostatique, avec cette
différence toutefois que le *Nautilus* obéissait passive-
ment à la main de son timonier.

Vers quatre heures du soir, le terrain, généralement
composé d'une vase épaisse et entremêlée de branches
minéralisées, se modifia peu à peu ; il devint plus rocailleux et parut semé de conglomérats, de tufs basal-

tiques, avec quelques semis de laves et d'obsidiennes sulfureuses. Je pensai que la région des montagnes allait bientôt succéder aux longues plaines, et, en effet, dans certaines évolutions du *Nautilus,* j'aperçus l'horizon méridional barré par une haute muraille qui semblait fermer toute issue. Son sommet dépassait évidemment le niveau de l'Océan. Ce devait être un continent, ou tout au moins une île, soit une des Canaries, soit une des îles du cap Vert. Le point n'ayant pas été fait, — à dessein peut-être, — j'ignorais notre position. En tous cas, une telle muraille me parut marquer la fin de cette Atlantide, dont nous n'avions parcouru, en somme, qu'une minime portion.

La nuit n'interrompit pas mes observations. J'étais resté seul. Conseil avait regagné sa cabine. Le *Nautilus,* ralentissant son allure, voltigeait au-dessus des masses confuses du sol, tantôt les effleurant comme s'il eût voulu s'y poser, tantôt remontant capricieusement à la surface des flots. J'entrevoyais alors quelques vives constellations à travers le cristal des eaux, et précisément cinq ou six de ces étoiles zodiacales qui traînent à la queue d'Orion.

Longtemps encore, je serais resté à ma vitre, admirant les beautés de la mer et du ciel, quand les panneaux se refermèrent. A ce moment le *Nautilus* était arrivé à l'aplomb de la haute muraille. Comment manœuvrerait-il, je ne pouvais le deviner. Je regagnai ma chambre. Le *Nautilus* ne bougeait plus. Je m'endormis avec la ferme intention de me réveiller après quelques heures de sommeil.

Mais, le lendemain, il était huit heures, lorsque je revins au salon. Je regardai le manomètre. Il m'apprit que le *Nautilus* flottait à la surface de l'Océan. J'entendais, d'ailleurs, un bruit de pas sur la plate-forme.

Cependant aucun roulis ne trahissait l'ondulation des lames supérieures. Je montai jusqu'au panneau. Il était ouvert. Mais, au lieu du grand jour que j'attendais, je me vis environné d'une obscurité profonde. Où étions-nous? M'étais-je trompé? Faisait-il encore nuit? Non! Pas une étoile ne brillait, et la nuit n'a point de ces ténèbres absolues.

Je ne savais que penser, quand une voix me dit

« C'est vous, monsieur le professeur?

— Ah! capitaine Nemo, répondis-je, où sommes-nous?

— Sous terre, monsieur le professeur.

— Sous terre! m'écriai-je! Et le *Nautilus* flotte encore?

— Il flotte toujours.

— Mais, je ne comprends pas?

— Attendez quelques instants. Notre fanal va s'allumer, et, si vous aimez les situations claires, vous serez satisfait. »

Je mis le pied sur la plate-forme et j'attendis. L'obscurité était si complète que je n'apercevais même pas le capitaine Nemo. Cependant, en regardant au zénith, exactement au-dessus de ma tête, je crus saisir une lueur indécise, une sorte de demi-jour qui emplissait un trou circulaire. En ce moment, le fanal s'alluma soudain, et son vif éclat fit évanouir cette vague lumière.

Je regardai, après avoir un instant fermé mes yeux éblouis par le jet électrique. Le *Nautilus* était stationnaire. Il flottait auprès d'une berge disposée comme un quai. Cette mer qui le supportait en ce moment, c'était un lac emprisonné dans un cirque de murailles qui mesurait deux milles de diamètre, soit six milles de tour. Son niveau, — le manomètre l'indiquait, — ne pouvait être que le niveau extérieur, car une communication existait nécessairement entre ce lac et la mer. Les hautes parois, inclinées sur leur base, s'arrondissaient en voûte et figuraient un immense entonnoir retourné, dont la hauteur comptait cinq ou six cents mètres. Au sommet s'ouvrait un orifice circulaire par lequel j'avais surpris cette légère clarté, évidemment due au rayonnement diurne.

Avant d'examiner plus attentivement les dispositions intérieures de cette énorme caverne, avant de me demander si c'était là l'ouvrage de la nature ou de l'homme, j'allai vers le capitaine Nemo.

« Où sommes-nous ? dis-je.

— Au centre même d'un volcan éteint, me répondit le capitaine, un volcan dont la mer a envahi l'intérieur à la suite de quelque convulsion du sol. Pendant que vous dormiez, monsieur le professeur, le *Nautilus* a pénétré dans ce lagon par un canal naturel ouvert à dix mètres au-dessous de la surface de l'Océan. C'est ici son port d'attache, un port sûre commode, mystérieux, abrité de tous les rumbs du vent ! Trouvez-moi sur les côtes de vos continents ou de vos îles une rade qui vaille ce refuge assuré contre la fureur des ouragans.

— En effet, répondis-je, ici vous êtes en sûreté, capitaine Nemo. Qui pourrait vous atteindre au centre d'un volcan ? Mais, à son sommet, n'ai-je pas aperçu une ouverture ?

— Oui, son cratère, un cratère empli jadis de laves, de vapeurs et de flammes, et qui maintenant donne passage à cet air vivifiant que nous respirons.

— Mais quelle est donc cette montagne volcanique? demandai-je.

— Elle appartient à un des nombreux îlots dont cette mer est semée. Simple écueil pour les navires, pour nous caverne immense. Le hasard me l'a fait découvrir, et, en cela, le hasard m'a bien servi.

— Mais ne pourrait-on descendre par cet orifice qui forme le cratère du volcan?

— Non, monsieur le professeur. Jusqu'à une centaine de pieds, la base intérieure de cette montagne est praticable, mais au-dessus, les parois surplombent, et leurs rampes ne pourraient être franchies.

— Je vois, capitaine, que la nature vous sert partout

et toujours. Vous êtes en sûreté sur ce lac, et nul que
vous n'en peut visiter les eaux. Mais, à quoi bon ce
refuge ? Le *Nautilus* n'a pas besoin de port.

— Non, monsieur le professeur, mais il a besoin
d'électricité pour se mouvoir, d'éléments pour produire son électricité, de sodium pour alimenter ses
éléments, de charbon pour faire son sodium, et de
houillères pour extraire son charbon. Or, précisément
ici, la mer recouvre des forêts entières qui furent enli-
sées dans les temps géologiques ; minéralisées maintenant et transformées en houille, elles sont pour
moi une mine inépuisable.

— Vos hommes, capitaine, font donc ici le métier
de mineurs ?

— Précisément. Ces mines s'étendent sous les flots
comme les houillères de Newcastle. C'est ici que, revêtus du scaphandre, le pic et la pioche à la main,
mes hommes vont extraire cette houille, que je n'ai
pas même demandée aux mines des continents. Lorsque
je brûle ce combustible pour la fabrication du sodium, la fumée qui s'échappe par le cratère de cette
montagne lui donne encore l'apparence d'un volcan en
activité.

— Et nous les verrons à l'œuvre, vos compagnons?

— Non, pas cette fois, du moins, car je suis pressé
de continuer notre tour du monde sous-marin. Aussi,
me contenterai-je de puiser aux réserves de sodium
que je possède. Le temps de les embarquer, c'est-à-

dire un jour seulement, et nous reprendrons notre voyage. Si donc vous voulez parcourir cette caverne et faire le tour du lagon, profitez de cette journée, monsieur Aronnax. »

Je remerciai le capitaine, et j'allai chercher mes deux compagnons, qui n'avaient pas encore quitté leur cabine. Je les invitai à me suivre sans leur dire où ils se trouvaient.

Ils montèrent sur la plate-forme. Conseil, qui ne s'étonnait de rien, regarda comme une chose très-naturelle de se réveiller sous une montagne après s'être endormi sous les flots. Mais Ned Land n'eut d'autre idée que de chercher si la caverne présentait quelque issue.

Après déjeuner, vers dix heures, nous descendions sur la berge.

« Nous voici donc encore une fois à terre, dit Conseil.

— Je n'appelle pas cela « la terre », répondit le Canadien. Et d'ailleurs, nous ne sommes pas dessus, mais dessous. »

Entre le pied des parois de la montagne et les eaux du lac se développait un rivage sablonneux qui, dans sa plus grande largeur, mesurait cinq cents pieds. Sur cette grève, on pouvait faire aisément le tour du lac. Mais la base des hautes parois formait un sol tourmenté, sur lequel gisaient, dans un pittoresque entassement, des blocs volcaniques et d'énormes pierres

ponces. Toutes ces masses désagrégées, recouvertes
d'un émail poli sous l'action des feux souterrains, resplendissaient au contact des jets électriques du fanal.
La poussière micacée du rivage, que soulevaient nos
pas, s'envolait comme une nuée d'étincelles.

Le sol s'élevait sensiblement en s'éloignant du relais
des flots, et nous fûmes bientôt arrivés à des rampes
longues et sinueuses, véritables raidillons qui permettaient de s'élever peu à peu ; mais il fallait marcher
prudemment au milieu de ces conglomérats, qu'aucun
ciment ne reliait entre eux, et le pied glissait sur ces
trachytes vitreux, faits de cristaux de feldspath et de
quartz.

La nature volcanique de cette énorme excavation
s'affirmait de toutes parts. Je le fis observer à mes
compagnons.

« Vous figurez-vous, leur demandai-je, ce que devait
être cet entonnoir, lorsqu'il s'emplissait de laves bouil-
lantes, et que le niveau de ce liquide incandescent
s'élevait jusqu'à l'orifice de la montagne, comme la
fonte sur les parois d'un fourneau ?

— Je me le figure parfaitement, répondit Conseil.
Mais monsieur me dira-t-il pourquoi le grand fondeur
a suspendu son opération, et comment il se fait que la
fournaise soit remplacée par les eaux tranquilles d'un
lac ?

— Très-probablement, Conseil, parce que quelque
convulsion a produit au-dessous de la surface de

l'Océan cette ouverture qui a servi de passage au *Nautilus*. Alors les eaux de l'Atlantique se sont précipitées à l'intérieur de la montagne. Il y a eu lutte terrible entre les deux éléments, lutte qui s'est terminée à l'avantage de Neptune. Mais bien des siècles se sont écoulés depuis lors, et le volcan submergé s'est changé en grotte paisible.

— Très-bien, répliqua Ned Land. J'accepte l'explication, mais je regrette, dans notre intérêt, que cette ouverture dont parle monsieur le professeur ne soit pas produite au-dessus du niveau de la mer.

— Mais, ami Ned, répliqua Conseil, si ce passage n'eût pas été sous-marin, le *Nautilus* n'aurait pu y pénétrer.

— Et j'ajouterai, maître Land, que les eaux ne se seraient pas précipitées sous la montagne et que le volcan serait resté volcan. Donc vos regrets sont superflus. »

Notre ascension continua. Les rampes se faisaient de plus en plus raides et étroites. De profondes excavations les coupaient parfois, qu'il fallait franchir. Des masses surplombantes voulaient être tournées. On se glissait sur les genoux, on rampait sur le ventre. Mais l'adresse de Conseil et la force du Canadien aidant tous les obstacles furent surmontés.

A une hauteur de trente mètres environ, la nature du terrain se modifia, sans qu'il devînt plus praticable. Aux conglomérats et aux trachytes succédèrent de

noires basaltes; ceux-ci étendus par nappes toutes
grumelées de soufflures; ceux-là formant des prismes
réguliers, disposés comme une colonnade qui supportait les retombées de cette voûte immense, admirable
spécimen de l'architecture naturelle. Puis entre ces
basaltes serpentaient de longues coulées de laves re-
froidies, incrustées de raies bitumineuses, et, par
places, s'étendaient de larges tapis de soufre. Un jour
plus puissant, entrant par le cratère supérieur, inondait
d'une vague clarté toutes ces déjections volcaniques,
à jamais ensevelies au sein de la montagne éteinte.

Cependant notre marche ascensionnelle fut bientôt
arrêtée, à une hauteur de deux cent cinquante pieds
environ, par d'infranchissables obstacles. La voussure
intérieure revenait en surplomb, et la montée dut se
changer en promenade circulaire. A ce dernier plan,
le règne végétal commençait à lutter avec le règne
minéral. Quelques arbustes et même certains arbres
sortaient des anfractuosités de la paroi. Je reconnus
des euphorbes qui laissaient couler leur suc caustique. Des héliotropes, très-inhabiles à justifier leur
nom, puisque les rayons solaires n'arrivaient jamais
jusqu'à eux, penchaient tristement leurs grappes de
fleurs aux couleurs et aux parfums à demi passés.
Çà et là, quelques chrysanthèmes poussaient timide
ment au pied d'aloès à longues feuilles tristes et mala-
dives. Mais entre les coulées de laves, j'aperçus de petites violettes, encore parfumées d'une légère odeur, et

j'avoue que je les respirai avec délices. Le parfum, c'est l'âme de la fleur, et les fleurs de la mer, ces splendides hydrophytes, n'ont pas d'âme !

Nous étions arrivés au pied d'un bouquet de dragonniers robustes, qui écartaient les roches sous l'effort de leurs musculeuses racines, quand Ned Land s'écria :

« Ah ! monsieur, une ruche !

— Une ruche ! répliquai-je, en faisant un geste de parfaite incrédulité.

— Oui ! une ruche, répéta le Canadien, et des abeilles qui bourdonnent autour. »

Je m'approchai et je dus me rendre à l'évidence. Il y avait là, à l'orifice d'un trou creusé dans le tronc d'un dragonnier, quelques milliers de ces ingénieux insectes, si communs dans toutes les Canaries, et dont les produits y sont particulièrement estimés.

Tout naturellement, le Canadien voulut faire sa provision de miel, et j'aurais eu mauvaise grâce à m'y opposer. Une certaine quantité de feuilles sèches mélangées de soufre s'allumèrent sous l'étincelle de son briquet, et il commença à enfumer les abeilles. Les bourdonnements cessèrent peu à peu, et la ruche éventrée livra plusieurs livres d'un miel parfumé. Ned Land en remplit son havre-sac.

« Quand j'aurai mélangé ce miel avec la pâte de l'artocarpus, nous dit-il, je serai en mesure de vous offrir un gâteau succulent.

— Parbleu ! fit Conseil, ce sera du pain d'épice.

— Va pour le pain d'épice, dis-je, mais reprenons cette intéressante promenade. »

A certains détours du sentier que nous suivions alors, le lac apparaissait dans toute son étendue. Le fanal éclairait en entier sa surface paisible, qui ne connaissait ni les rides ni les ondulations. Le *Nautilus* gardait une immobilité parfaite. Sur sa plate-forme et sur la berge s'agitaient les hommes de son équipage, ombres noires nettement découpées au milieu de cette lumineuse atmosphère.

En ce moment, nous contournions la crête élevée de ces premiers plans de roches qui soutenaient la voûte. Je vis alors que les abeilles n'étaient pas les seuls représentants du règne animal à l'intérieur de ce volcan. Des oiseaux de proie planaient et tournoyaient çà et là dans l'ombre, ou s'enfuyaient de leurs nids perchés sur des pointes de roc. C'étaient des éperviers au ventre blanc, et des crécelles criardes. Sur les pentes détalaient aussi, de toute la rapidité de leurs échasses, de belles et grasses outardes. Je laisse à penser si la convoitise du Canadien fut allumée à la vue de ce gibier savoureux, et s'il regretta de ne pas avoir un fusil entre ses mains. Il essaya de remplacer le plomb par les pierres, et après plusieurs essais infructueux, il parvint à blesser une de ces magnifiques outardes. Dire qu'il risqua vingt fois sa vie pour s'en emparer, ce n'est que vérité pure, mais il fit si bien que l'animal alla rejoindre dans son sac les gâteaux de miel.

Nous dûmes alors redescendre vers le rivage, car la crête devenait impraticable. Au-dessus de nous, le cratère béant apparaissait comme une large ouverture de puits. De cette place, le ciel se distinguait assez nettement, et je voyais courir des nuages échevelés par le vent d'ouest, qui laissaient traîner jusqu'au sommet de la montagne leurs brumeux haillons. Preuve certaine que ces nuages se tenaient à une hauteur médiocre, car le volcan ne s'élevait pas à plus de huit cents pieds au-dessus du niveau de l'Océan.

Une demi-heure après le dernier exploit du Canadien, nous avions regagné le rivage intérieur. Ici, la flore était représentée par de larges tapis de cette criste-marine, petite plante ombellifère très-bonne à confire, qui porte aussi les noms de perce-pierre, de passe-pierre et de fenouil-marin. Conseil en récolta quelques bottes. Quant à la faune, elle comptait par milliers des crustacés de toutes sortes, des homards, des crabes-tourteaux, des palémons, des mysis, des faucheurs, des galathées et un nombre prodigieux de coquillages, porcelaines, rochers et patelles.

En cet endroit s'ouvrait une magnifique grotte. Mes compagnons et moi nous prîmes plaisir à nous étendre sur son sable fin. Le feu avait poli ses parois émaillées et étincelantes, toutes saupoudrées de la poussière du mica. Ned Land en tâtait les murailles et cherchait à sonder leur épaisseur. Je ne pus m'empêcher de sourire. La conversation porta alors sur ses éternels projets d'évasion, et je crus pouvoir, sans trop m'avancer, lui donner cette espérance : c'est que le capitaine Nemo n'était descendu au sud que pour renouveler sa provision du sodium. J'espérais donc que, maintenant, il rallierait les côtes de l'Europe et de l'Amérique ; ce qui permettrait au Canadien de reprendre avec plus de succès sa tentative avortée.

Nous étions étendus depuis une heure dans cette grotte charmante. La conversation, animée au début, languissait alors. Une certaine somnolence s'emparait de nous. Comme je ne voyais aucune raison de résister au sommeil, je me laissai aller à un assoupissement profond. Je rêvais, — on ne choisit pas ses rêves, — je rêvais que mon existence se réduisait à la vie végétative d'un simple mollusque. Il me semblait que cette grotte formait la double valve de ma coquille.

Tout à coup, je fus réveillé par la voix de Conseil.

« Alerte ! Alerte ! criait ce digne garçon.

— Qu'y a-t-il ? demandai-je, me soulevant à demi.

— L'eau nous gagne ! »

Je me redressai. La mer se précipitait comme un torrent dans notre retraite, et, décidément, puisque nous n'étions pas des mollusques, il fallait se sauver.

En quelques instants, nous fûmes en sûreté sur le sommet de la grotte même.

« Que se passe-t-il donc ? demanda Conseil. Quelque nouveau phénomène ?

— Eh non ! mes amis, répondis-je, c'est la marée, ce n'est que la marée qui a failli nous surprendre comme le héros de Walter Scott ! L'Océan se gonfle au dehors, et par une loi toute naturelle d'équilibre, le niveau du lac monte également. Nous en sommes quittes pour un demi-bain. Allons nous changer au *Nautilus*. »

Trois quarts d'heure plus tard, nous avions achevé notre promenade circulaire et nous rentrions à bord. Les hommes de l'équipage achevaient en ce moment d'embarquer les provisions de sodium, et le *Nautilus* aurait pu partir à l'instant.

Cependant le capitaine Nemo ne donna aucun ordre. Voulait-il attendre la nuit et sortir secrètement par son passage sous-marin ? Peut-être.

Quoi qu'il en soit, le lendemain, le *Nautilus*, ayant quitté son port d'attache, naviguait au large de toute terre, et à quelques mètres au-dessous des flots de l'Atlantique.

CHAPITRE XI.

LA MER DE SARGASSES.

La direction du *Nautilus* ne s'était pas modifiée. Tout espoir de revenir vers les mers européennes devait donc être momentanément rejeté. Le capitaine Nemo

maintenait le cap vers le sud. Où nous entraînait-il ?
Je n'osais l'imaginer.

Ce jour-là le *Nautilus* traversa une singulière portion de l'océan Atlantique. Personne n'ignore l'existence de ce grand courant d'eau chaude connu sous
le nom de Gulf-Stream. Après être sorti des canaux
de Floride, il se dirige vers le Spitzberg. Mais avant de
pénétrer dans le golfe du Mexique, vers le quarante-
quatrième degré de latitude nord, ce courant se divise
en deux bras; le principal se porte vers les côtes d'Irlande et de Norwége, tandis que le second fléchit vers
le sud à la hauteur des Açores, puis, frappant les rivages africains et décrivant un ovale allongé, il revient
vers les Antilles.

Or, ce second bras, — c'est plutôt un collier qu'un
bras,— entoure de ses anneaux d'eau chaude cette portion de l'Océan froide, tranquille, immobile, que l'on
appelle la mer de Sargasses, véritable lac en plein
Atlantique. Les eaux du grand courant ne mettent pas
moins de trois ans à en faire le tour.

La mer de Sargasses, à proprement parler, couvre
toute la partie immergée de l'Atlantide. Certains
auteurs ont même admis que les nombreuses herbes
dont elle est semée sont arrachées aux prairies de cet
ancien continent. Il est plus probable, cependant, que
ces herbages, algues et fucus, enlevés aux rivages de
l'Europe et de l'Amérique, sont entraînés jusqu'à cette
zone par le Gulf-Stream. Ce fut là une des raisons

qui amenèrent Colomb à supposer l'existence d'un nouveau monde. Lorsque les navires de ce hardi chercheur arrivèrent à la mer de Sargasses, ils naviguèrent non sans peine au milieu de ces herbes qui arrêtaient leur marche au grand effroi des équipages, et ils perdirent trois longues semaines à les traverser.

Telle était cette région que le *Nautilus* visitait en ce moment, une prairie véritable, un tapis serré d'algues, de fucus-natans, de raisins du tropique, si épais, si compacte, que l'étrave d'un bâtiment ne l'eût pas déchiré sans peine. Aussi le capitaine Nemo, ne voulant pas engager son hélice dans cette masse herbeuse, se tint-il à quelques mètres de profondeur au-dessous de la surface des flots.

Ce nom de Sargasses vient du mot espagnol « sargazzo, » qui signifie varech. Ce varech, varech-nageur ou porte-baie, forme principalement ce banc immense. Et voici pourquoi, suivant le savant Maury, l'auteur de la *Géographie physique du globe,* ces hydrophytes se réunissent dans ce paisible bassin de l'Atlantique :

« L'explication qu'on peut donner, dit-il, me semble résulter d'une expérience connue de tout le monde. Si l'on place dans un vase des fragments de bouchons ou de corps flottants quelconques, et que l'on imprime à l'eau de ce vase un mouvement circulaire, on verra les fragments éparpillés se réunir en groupe au centre de la surface liquide, c'est-à-dire au point le moins agité. Dans le phénomène qui nous occupe, le vase

c'est l'Atlantique, le Gulf-Stream, c'est le courant circulaire, et la mer de Sargasses, le point central où
viennent se réunir les corps flottants. »

Je partage l'opinion de Maury, et j'ai pu étudier le
phénomène dans ce milieu spécial où les navires
pénètrent rarement. Au-dessus de nous flottaient des
corps de toute provenance, entassés au milieu de ces
herbes brunâtres, des troncs d'arbres arrachés aux
Andes ou aux Montagnes-Rocheuses et flottés par
l'Amazone ou le Mississipi, de nombreuses épaves, des
restes de quilles ou de carènes, des bordages défon-
cés et tellement alourdis par les coquilles et les ana-
tifes, qu'ils ne pouvaient remonter à la surface de
l'Océan. Et le temps justifiera un jour cette autre opinion de Maury, que ces matières, ainsi accumulées
pendant des siècles, se minéraliseront sous l'action
des eaux et formeront alors d'inépuisables houillères :
réserve précieuse que prépare la prévoyante nature
pour ce moment où les hommes auront épuisé les
mines des continents.

Au milieu de cet inextricable tissu d'herbes et de
fucus, je remarquai de charmants alcyons-stellés aux
couleurs roses, des actinies qui laissaient traîner leur
longue chevelure de tentacules, des méduses vertes,
rouges, bleues, et particulièrement ces grandes rhi-
zostomes de Cuvier, dont l'ombelle bleuâtre est bordée
d'un feston violet.

Toute cette journée du 22 février se passa dans la

mer de Sargasses, où les poissons, amateurs de plantes
marines et de crustacés, trouvent une abondante nourriture. Le lendemain, l'Océan avait repris son aspect
accoutumé.

Depuis ce moment, pendant dix-neuf jours, du 23 février au 12 mars, le *Nautilus,* tenant le milieu de
l'Atlantique, nous emporta avec une vitesse constante
de cent lieues par vingt-quatre heures. Le capitaine
Nemo voulait évidemment accomplir son programme
sous-marin, et je ne doutais pas qu'il ne songeât,
après avoir doublé le cap Horn, à revenir vers les
mers australes du Pacifique.

Ned Land avait donc eu raison de craindre. Dans ces
larges mers, privées d'îles, il ne fallait plus tenter de
quitter le bord. Nul moyen non plus de s'opposer aux
volontés du capitaine Nemo. Le seul parti était de se
soumettre; mais ce qu'on ne devait plus attendre de
la force ou de la ruse, j'aimais à penser qu'on pourrait l'obtenir par la persuasion. Ce voyage terminé, le
capitaine Nemo ne consentirait-il pas à nous rendre
la liberté sous serment de ne jamais révéler son existence ? Serment d'honneur que nous aurions tenu.
Mais il fallait traiter cette délicate question avec le
capitaine. Or, serais-je bien venu à réclamer cette
liberté ? Lui-même n'avait-il pas déclaré, dès le début
et d'une façon formelle, que le secret de sa vie exi-
geait notre emprisonnement perpétuel à bord du *Nautilus?* Mon silence, depuis quatre mois, ne devait-il

pas lui paraître une acceptation tacite de cette situation? Revenir sur ce sujet n'aurait-il pas pour résultat de donner des soupçons qui pourraient nuire à nos projets, si quelque circonstance favorable se présentait plus tard de les reprendre? Toutes ces raisons, je les pesais, je les retournais dans mon esprit, je les soumettais à Conseil, qui n'était pas moins embarrassé que moi. En somme, bien que je ne fusse pas facile à décourager, je comprenais que les chances de jamais revoir mes semblables diminuaient de jour en jour, surtout en ce moment où le capitaine Nemo courait en téméraire vers le sud de l'Atlantique.

Pendant les dix-neuf jours que j'ai mentionnés plus haut, aucun incident particulier ne signala notre voyage. Je vis peu le capitaine. Il travaillait. Dans la bibliothèque je trouvais souvent des livres qu'il laissait entr'ouverts, et surtout des livres d'histoire naturelle. Mon ouvrage sur les fonds sous-marins, feuilleté par lui, était couvert de notes marginales, qui contredisaient parfois mes théories et mes systèmes. Mais le capitaine se contentait d'épurer ainsi mon travail, et il était rare qu'il discutât avec moi. Quelquefois j'entendais résonner les sons mélancoliques de son orgue, dont il jouait avec beaucoup d'expression, mais la nuit seulement, au milieu de la plus secrète obscurité, lorsque le *Nautilus* s'endormait dans les déserts de l'Océan.

Pendant cette partie du voyage, nous naviguâmes

des journées entières à la surface des flots. La mer était comme abandonnée. A peine quelques navires à voiles, en charge pour les Indes, se dirigeant vers le cap de Bonne-Espérance. Un jour nous fûmes poursuivis par les embarcations d'un baleinier qui nous prenait sans doute pour quelque énorme baleine d'un haut prix. Mais le capitaine Nemo ne voulut pas faire perdre à ces braves gens leur temps et leur peine, et il termina la chasse en plongeant sous les eaux. Cet incident avait paru vivement intéresser Ned Land. Je ne crois pas me tromper en disant que le Canadien avait dû regretter que notre cétacé de tôle ne pût être frappé à mort par le harpon de ces pêcheurs.

Les poissons observés par Conseil et par moi, pendant cette période, différaient peu de ceux que nous avions déjà étudiés sous d'autres latitudes. Les principaux furent quelques échantillons de ce terrible genre de cartilagineux, divisé en trois sous-genres qui ne comptent pas moins de trente-deux espèces : des squales-galonnés, longs de cinq mètres, à tête déprimée et plus large que le corps, à nageoire caudale arrondie, et dont le dos porte sept grandes bandes noires parallèles et longitudinales; puis des squales-perlons, gris cendrés, percés de sept ouvertures branchiales et pourvus d'une seule nageoire dorsale placée à peu près vers le milieu du corps.

Passaient aussi de grands chiens de mer, poissons voraces s'il en fut. On a le droit de ne point croire au récit des pêcheurs, mais voici ce qu'ils racontent : on a trouvé dans le corps de l'un de ces animaux une tête de buffle et un veau tout entier ; dans un autre, deux thons et un matelot en uniforme ; dans un autre, un soldat avec son sabre ; dans un autre enfin, un cheval avec son cavalier. Tout ceci, à vrai dire, n'est pas article de foi. Toujours est-il qu'aucun de ces animaux ne se laissa prendre aux filets du *Nautilus,* et que je ne pus vérifier leur voracité.

Des troupes élégantes et folâtres de dauphins nous accompagnèrent pendant des jours entiers. Ils allaient par bandes de cinq ou six, chassant en meute comme les loups dans la campagne ; d'ailleurs non moins voraces que les chiens de mer, si j'en crois un professeur de Copenhague, qui retira de l'estomac d'un dauphin treize marsouins et quinze phoques. C'était, il est vrai, un épaulard, appartenant à la plus grande espèce connue, et dont la longueur dépasse quelquefois vingt-quatre pieds. Cette famille des delphiniens compte dix genres, et ceux que j'aperçus tenaient du genre des delphinorinques, remarquables par un museau excessivement étroit et quatre fois long comme le crâne. Leur corps, mesurant trois mètres, noir en dessus, était en dessous d'un blanc rosé semé de petites taches très-rares.

Je citerai aussi, dans ces mers, de curieux échantillons de ces poissons de l'ordre des acanthoptérigiens et de la famille des sciénoïdes. Quelques auteurs, —

plus poëtes que naturalistes, — prétendent que ces poissons chantent mélodieusement, et que leurs voix réunies forment un concert qu'un chœur de voix humaines ne saurait égaler. Je ne dis pas non, mais ces scènes ne nous donnèrent aucune sérénade à notre passage, et je le regrette.

Pour terminer enfin, Conseil classa une grande quantité de poissons volants. Rien n'était plus curieux que de voir les dauphins leur donner la chasse avec une précision merveilleuse. Quelle que fût la portée de son vol, quelque trajectoire qu'il décrivît, même au-dessus du *Nautilus*, l'infortuné poisson trouvait toujours la bouche du dauphin ouverte pour le recevoir. C'étaient ou des pirapèdes, ou des trigles-milans, à bouche lumineuse, qui pendant la nuit, après avoir tracé des raies de feu dans l'atmosphère, plongeaient sous les eaux sombres comme autant d'étoiles filantes.

Jusqu'au 13 mars, notre navigation se continua dans ces conditions. Ce jour-là, le *Nautilus* fut employé à des expériences de sondages qui m'intéressèrent vivement.

Nous avions fait alors près de treize mille lieues depuis notre départ dans les hautes mers du Pacifique. Le point nous mettait par 45° 37′ de latitude sud et 37° 53′ de longitude ouest. C'étaient ces mêmes parages où le capitaine Denham de l'*Hérald* fila quatorze mille mètres de sonde sans trouver de fond. Là aussi, le lieutenant Parcker, de la frégate américaine *Congress*, n'avait pu atteindre le sol sous-marin par quinze mille cent quarante mètres.

Le capitaine Nemo résolut d'envoyer son *Nautilus* à la plus extrême profondeur afin de contrôler ces différents sondages. Je me préparais à noter tous les résultats de l'expérience. Les panneaux du salon furent ouverts, et les manœuvres commencèrent pour atteindre ces couches si prodigieusement reculées.

On pense bien qu'il ne fut pas question de plonger en remplissant les réservoirs. Peut-être n'eussent-ils pu accroître suffisamment la pesanteur spécifique du *Nautilus*. D'ailleurs, pour remonter, il aurait fallu chasser cette surcharge d'eau, et les pompes n'auraient pas été assez puissantes pour vaincre la pression extérieure.

Le capitaine Nemo résolut d'aller chercher le fond océanique par une diagonale suffisamment allongée, au moyen de ses plans latéraux qui furent placés sous un angle de quarante-cinq degrés avec les lignes d'eau du *Nautilus*. Puis l'hélice fut porté à son maximum de vitesse, et sa quadruple branche battit les flots avec une indescriptible violence.

Sous cette poussée puissante, la coque du *Nautilus* frémit comme une corde sonore et s'enfonça régulièrement sous les eaux. Le capitaine et moi, postés dans le salon, nous suivions l'aiguille du manomètre qui déviait rapidement. Bientôt fut dépassée cette zone

habitable où résident la plupart des poissons. Si quelques-uns de ces animaux ne peuvent vivre qu'à la surface des mers ou des fleuves, d'autres, moins nombreux, se ne tiennent qu'à des profondeurs assez
grandes. Parmi ces derniers, j'observais l'exanche,
espèce de chien de mer muni de six fentes respiratoires, le télescope aux yeux énormes, le malarmat
cuirassé aux thoracines grises, aux pectorales noires,
que protégeait son plastron de plaques osseuses d'un
rouge pâle, puis enfin le grenadier, qui, vivant par
douze cents mètres de profondeur, supporte alors
une pression de cent vingt atmosphères.

Je demandai au capitaine Nemo s'il avait observé
des poissons à des profondeurs plus considérables.

« Des poissons? me répondit-il, rarement. Mais dans
l'état actuel de la science, que présume-t-on, que
sait-on à ce sujet?

— Le voici, capitaine. On sait que, en allant vers
les basses couches de l'Océan, la vie végétale disparaît
plus vite que la vie animale. On sait que, là où se rencontrent encore des êtres animés, ne végète plus une
seule hydrophyte. On sait que les pèlerines, les huîtres,
vivent par deux mille mètres d'eau, et que Mac Clin-
tock, le héros des mers polaires, a retiré une étoile
vivante d'une profondeur de deux mille cinq cents
mètres. On sait que l'équipage du *Bull-Dog*, de la
Marine royale, a pêché une astérie par deux mille six
cent vingt brasses, soit plus d'une lieue de profondeur.

Mais, capitaine Nemo, peut-être me direz-vous qu'on ne sait rien?

— Non, monsieur le professeur, répondit le capitaine, je n'aurai pas cette impolitesse. Toutefois je vous demanderai comment vous expliquez que des êtres puissent vivre à de telles profondeurs?

— Je l'explique par deux raisons, répondis-je : d'abord, parce que les courants verticaux, déterminés par les différences de salure et de densité des eaux, produisent un mouvement qui suffit à entretenir la vie rudimentaire des encrines et des astéries.

— Juste, fit le capitaine.

— Ensuite, parce que, si l'oxygène est la base de la vie, on sait que la quantité d'oxygène dissous dans l'eau de mer augmente avec la profondeur au lieu de diminuer, et que la pression des couches basses contribue à l'y comprimer.

— Ah! on sait cela? répondit le capitaine Nemo, d'un ton légèrement surpris. Eh bien, monsieur le professeur, on a raison de le savoir, car c'est la vérité. J'ajouterai, en effet, que la vessie natatoire des poissons renferme plus d'azote que d'oxygène, quand ces animaux sont pêchés à la surface des eaux, et plus d'oxygène que d'azote, au contraire, quand ils sont tirés des grandes profondeurs. Ce qui donne raison à votre système. Mais continuons nos observations. »

Mes regards se reportèrent sur le manomètre. L'instrument indiquait une profondeur de six mille mètres.

Notre immersion durait depuis une heure. Le *Nautilus*, glissant sur ses plans inclinés, s'enfonçait toujours. Les eaux désertes étaient admirablement transparentes et d'une diaphanéité que rien ne saurait peindre. Une heure plus tard, nous étions par treize mille mètres, — trois lieues et quart environ, — et le fond de l'Océan ne se laissait pas pressentir.

Cependant, par quatorze mille mètres, j'aperçus des pics noirâtres qui surgissaient au milieu des eaux. Mais ces sommets pouvaient appartenir à des montagnes hautes comme l'Himalaya ou le Mont-Blanc, plus hautes même, et la profondeur de ces abîmes demeurait inévaluable.

Le *Nautilus* descendit plus bas encore, malgré les puissantes pressions qu'il subissait. Je sentais ses tôles trembler sous la jointure de leurs boulons; ses barreaux s'arquaient; ses cloisons gémissaient; les vitres du salon semblaient se gondoler sous la pression des eaux. Et ce solide appareil eût cédé sans doute, si, ainsi que l'avait dit son capitaine, il n'eût été capable de résister comme un bloc plein.

En rasant les pentes de ces roches perdues sous les eaux, j'apercevais encore quelques coquilles, des serpula, des spinorbis vivantes et certains échantillons d'astéries.

Mais bientôt ces derniers représentants de la vie animale disparurent, et, au-dessous de trois lieues, le *Nautilus* dépassa les limites de l'existence sous-marine.

comme fait le ballon qui s'élève dans les airs au-dessus des zones respirables. Nous avions atteint une profondeur de seize mille mètres, — quatre lieues, — et les flancs du *Nautilus* supportaient alors une pression de seize cents atmosphères, c'est-à-dire seize cents kilogrammes par chaque centimètre carré de sa surface.

« Quelle situation! m'écriai-je. Parcourir dans ces régions profondes où l'homme n'est jamais parvenu! Voyez, capitaine, voyez ces rocs magnifiques, ces grottes inhabitées, ces derniers réceptacles du globe, où la vie n'est plus possible! Quels sites inconnus et pourquoi faut-il que nous soyons réduits à n'en conserver que le souvenir?

— Vous plairait-il, me demanda le capitaine Nemo, d'en rapporter mieux que le souvenir?

— Que voulez-vous dire par ces paroles?

— Je veux dire que rien n'est plus facile que de prendre une vue photographique de cette région sous-marine. »

Je n'avais pas eu le temps d'exprimer la surprise que me causait cette nouvelle proposition, que, sur un appel du capitaine Nemo, un objectif était apporté dans le salon. Par les panneaux largement ouverts, le milieu liquide éclairé électriquement se distribuait avec une clarté parfaite. Nulle ombre, nulle dégradation de notre lumière factice. Le soleil n'eût pas été plus favorable à une opération de cette nature. Le *Nautilus*, sous la poussée de son hélice, maîtrisée par l'inclinaison de ses plans, demeurait immobile. L'instrument fut braqué sur ces sites du fond océanique, et en quelques secondes, nous avions obtenu un négatif d'une extrême pureté.

C'est l'épreuve positive que j'en donne ici. On y voit ces roches primordiales qui n'ont jamais connu la lumière des cieux, ces granits inférieurs qui forment la puissante assise du globe, ces grottes profondes évidées dans la masse pierreuse, ces profils d'une incomparable netteté et dont le trait terminal se détache en noir, comme s'il était dû au pinceau de certains artistes flamands ; puis, au delà, un horizon de montagnes, une admirable ligne ondulée qui compose les arrière-plans du paysage. Je ne puis décrire cet ensemble de roches lisses, noires, polies, sans une mousse, sans une tache, aux formes étrangement découpées et solidement établies sur ce tapis de sable qui étincelait sous les jets de la lumière électrique.

Cependant le capitaine Nemo, après avoir terminé son opération, m'avait dit :

« Remontons, monsieur le professeur. Il ne faut pas abuser de cette situation, ni exposer trop longtemps le *Nautilus* à de pareilles pressions.

— Remontons, répondis-je.

— Tenez-vous bien. »

Je n'avais pas encore eu le temps de comprendre pourquoi le capitaine me faisait cette recommandation, quand je fus précipité sur le tapis.

Son hélice embrayée sur un signal du capitaine, ses plans dressés verticalement, le *Nautilus,* emporté comme un ballon dans les airs, s'enlevait avec une rapidité foudroyante. Il coupait la masse des eaux avec un frémissement sonore. Aucun détail n'était visible. En quatre minutes, il avait franchi les quatre lieues qui le séparaient de la surface de l'Océan, et, après avoir émergé comme un poisson-volant, il retombait en faisant jaillir les flots à une prodigieuse hauteur.

CHAPITRE XII.

CACHALOTS ET BALEINES.

Pendant la nuit du 13 au 14 mars, le *Nautilus* reprit sa direction vers le sud. Je pensais qu'à la hauteur du cap Horn, il mettrait le cap à l'ouest afin de rallier les mers du Pacifique et d'achever son tour du monde. Il n'en fit rien et continua de remonter vers les régions australes. Où voulait-il donc aller? Au pôle? C'était insensé. Je commençai à croire que les témérités du capitaine justifiaient suffisamment les appréhensions de Ned Land.

Le Canadien, depuis quelque temps, ne me parlait

plus de ses projets de fuite. Il était devenu moins
communicatif, presque silencieux. Je voyais combien
cet emprisonnement prolongé lui pesait. Je sentais ce
qui s'amassait de colère en lui. Lorsqu'il rencontrait
le capitaine, ses yeux s'allumaient d'un feu sombre,
et je craignais toujours que sa violence naturelle ne
le portât à quelque extrémité.

Ce jour-là, 14 mars, Conseil et lui vinrent me trouver dans ma chambre. Je leur demandai la raison de
leur visite.

« Une simple question à vous poser, monsieur, me
répondit le Canadien.

— Parlez, Ned.

— Combien d'hommes croyez-vous qu'il y ait à bord
du *Nautilus?*

— Je ne saurais le dire, mon ami.

— Il me semble, reprit Ned Land, que sa manœuvre
ne nécessite pas un nombreux équipage.

— En effet, répondis-je, dans les conditions où il
se trouve, une dizaine d'hommes au plus doivent suffire à le manœuvrer.

— Eh bien, dit le Canadien, pourquoi y en aurait-
il davantage ?

— Pourquoi? » répliquai-je.

Je regardai fixement Ned Land, dont les intentions
étaient faciles à deviner.

« Parce que, dis-je, si j'en crois mes pressentiments,
si j'ai bien compris l'existence du capitaine, le *Nauti-*

lus n'est pas seulement un navire ; ce doit être un lieu de refuge pour ceux qui, comme son commandant, ont rompu toute relation avec la terre.

— Peut-être, dit Conseil, mais enfin le *Nautilus* et peut contenir qu'un certain nombre d'hommes, ne monsieur ne pourrait-il évaluer ce maximum ?

— Comment cela, Conseil ?

— Par le calcul. Étant donnée la capacité du navire que monsieur connaît, et, par conséquent, la quantité d'air qu'il renferme ; sachant d'autre part ce que chaque homme dépense dans l'acte de la respiration, et comparant ces résultats avec la nécessité où le *Nautilus* est de remonter toutes les vingt-quatre heures...»

La phrase de Conseil n'en finissait pas, mais je vis bien où il voulait en venir.

« Je te comprends, dis-je ; mais ce calcul-là, facile à établir d'ailleurs, ne peut donner qu'un chiffre très-incertain.

— N'importe, reprit Ned Land, en insistant.

— Voici le calcul, répondis-je. Chaque homme dépense en une heure l'oxygène contenu dans cent litres d'air, soit en vingt-quatre heures l'oxygène contenu dans deux mille quatre cents litres. Il faut donc chercher combien de fois le *Nautilus* renferme deux mille quatre cents litres d'air.

— Précisément, dit Conseil.

— Or, repris-je, la capacité du *Nautilus* étant de quinze cents tonneaux, et celle du tonneau de mille

litres, le *Nautilus* renferme quinze cent mille litres
d'air, qui, divisés par deux mille quatre cents... »

Je calculai rapidement au crayon :

« ... donnent au quotient six cent vingt-cinq. Ce qui
revient à dire que l'air contenu dans le *Nautilus*
pourrait rigoureusement suffire à six cent vingt-cinq
hommes pendant vingt-quatre heures.

— Six cent vingt-cinq ! répéta Ned.

— Mais tenez pour certain, ajoutai-je, que, tant passagers que marins ou officiers, nous ne formons pas la
dixième partie de ce chiffre.

— C'est encore trop pour trois hommes ! murmura
Conseil.

— Donc, mon pauvre Ned, je ne puis que vous
conseiller la patience.

— Et même mieux que la patience, répondit Conseil, la résignation. »

Conseil avait employé le mot juste.

« Après tout, reprit-il, le capitaine Nemo ne peut
pas aller toujours au sud ! Il faudra bien qu'il s'arrête,
ne fût-ce que devant la banquise, et qu'il revienne
vers des mers plus civilisées ! Alors il sera temps de
reprendre les projets de Ned Land. »

Le Canadien secoua la tête, passa la main sur son
front, ne répondit pas, et se retira.

« Que monsieur me permette de lui faire une observation, me dit alors Conseil. Ce pauvre Ned pense à
tout ce qu'il ne peut pas avoir. Tout lui revient de

sa vie passée. Tout lui semble regrettable de ce qui
nous est interdit. Ses anciens souvenirs l'oppressent
et il a le cœur gros. Il faut le comprendre. Qu'est-ce
qu'il a à faire ici? Rien. Il n'est pas un savant comme
monsieur, et ne saurait prendre le même goût qu'
nous aux choses admirables de la mer. Il risquerai'
tout pour pouvoir entrer dans une taverne de son
pays!»

Il est certain que la monotonie du bord devait paraître insupportable au Canadien, habitué à une vie
libre et active. Les événements qui pouvaient le pas-
sionner étaient rares. Cependant, ce jour-là, un incident vint lui rappeler ses beaux jours de harponneur.

Vers onze heures du matin, étant à la surface de
l'Océan, le *Nautilus* tomba au milieu d'une troupe de
baleines : rencontre qui ne me surprit pas, car je savais que ces animaux, chassés à outrance, se sont
réfugiés dans les bassins des hautes latitudes.

Le rôle joué par la baleine dans le monde marin et
son influence sur les découvertes géographiques ont
été considérables. C'est elle qui, entraînant à sa suite
les Basques d'abord, puis les Asturiens, les Anglais et
les Hollandais, les enhardit contre les dangers de
l'Océan et les conduisit d'une extrémité de la terre
à l'autre. Les baleines aiment à fréquenter les mers
australes et boréales. D'anciennes légendes prétendent
même que ces cétacés amenèrent les pêcheurs jusqu'à
sept lieues seulement du pôle Nord. Si le fait est faux.

il sera vrai un jour, et c'est probablement ainsi, en chassant la baleine dans les régions arctiques ou antarctiques, que les hommes atteindront les deux points inconnus du globe.

Nous étions assis sur la plate-forme par une mer tranquille; mais le mois d'octobre de ces latitudes nous donnait de belles journées d'automne. Ce fut le Canadien, — il ne pouvait s'y tromper, — qui signala une baleine à l'horizon dans l'est. En regardant attentivement, on voyait un dos noirâtre s'élever et s'abaisser alternativement au-dessus des flots, à cinq milles du *Nautilus*.

« Ah! s'écria Ned Land, si j'étais à bord d'un baleinier, voilà une rencontre qui me ferait plaisir! C'est un animal de grande taille. Voyez avec quelle puissance ses évents rejettent des colonnes d'air et de vapeur! Mille diables! pourquoi faut-il que je sois enchaîné sur ce morceau de tôle!

— Quoi! Ned, répondis-je, vous n'êtes pas encore revenu de vos vieilles idées de pêche?

— Est-ce qu'un pêcheur de baleines, monsieur, peut oublier son ancien métier? Est-ce qu'on se lasse jamais des émotions d'une pareille chasse?

— Vous n'avez jamais pêché dans ces mers, Ned?

— Jamais, monsieur. Dans les mers boréales seulement, et autant dans le détroit de Behring que dans celui de Davis.

— Alors la baleine australe vous est encore inconnuc. C'est la baleine franche que vous avez chassée jusqu'ici, et elle ne se hasarderait pas à passer les eaux chaudes de l'équateur.

— Ah! monsieur le professeur, que me dites-vous là? répliqua le Canadien d'un ton passablement incrédule.

— Je dis ce qui est.

— Par exemple! Moi qui vous parle, en soixante-cinq, voilà deux ans et demi, j'ai amarriné près du Groënland une baleine qui portait encore dans son flanc le harpon poinçonné d'un baleinier de Behring. Or je vous demande comment, après avoir été frappé à l'ouest de l'Amérique, l'animal serait venu se faire tuer à l'est, s'il n'avait, après avoir doublé soit le cap Horn, soit le cap de Bonne-Espérance, franchi l'équateur !

— Je pense comme l'ami Ned, dit Conseil, et j'attends ce que répondra monsieur.

— Monsieur vous répondra, mes amis, que les baleines sont localisées, suivant leurs espèces, dans certaines mers qu'elles ne quittent pas. Et si l'un de ces animaux est venu du détroit de Behring dans celui de Davis, c'est tout simplement parce qu'il existe un passage d'une mer à l'autre, soit sur les côtes septentrionales de l'Amérique, soit sur celles de l'Asie.

— Faut-il vous croire? demanda le Canadien, en fermant un œil.

— Il faut croire monsieur, répondit Conseil.

— Dès lors, reprit le Canadien, puisque je n'ai jamais pêché dans ces parages, je ne connais point les baleines qui les fréquentent?

— Je vous l'ai dit, Ned.

— Raison de plus pour faire leur connaissance, répliqua Conseil.

— Voyez! voyez! s'écria le Canadien, la voix émue. Elle s'approche! Elle vient sur nous! Elle me nargue! Elle sait que je ne peux rien contre elle! »

Ned frappait du pied. Sa main frémissait en brandissant un harpon imaginaire.

« Ces cétacés, demanda-t-il, sont-ils aussi gros que ceux des mers boréales?

— À peu près, Ned.

— C'est que j'ai vu de grosses baleines, monsieur, des baleines qui mesuraient jusqu'à cent pieds de longueur. Je me suis même laissé dire que le Hulla-mock et l'Umgallick des îles Aléoutiennes dépassaient quelquefois cent cinquante pieds.

— Ceci me paraît exagéré, répondis-je. Ces animaux ne sont que des baleinoptères, pourvus de nageoires dorsales, et, de même que les cachalots, ils sont géné-ralement plus petits que la baleine franche.

— Ah! s'écria le Canadien, dont les regards ne quittaient pas l'Océan, elle se rapproche, elle vient dans les eaux du *Nautilus*. »

Puis, reprenant sa conversation :

« Vous parlez, dit-il, du cachalot comme d'une petite

II.   II.

bête. On cite cependant des cachalots gigantesques. Ce sont des cétacés intelligents. Quelques-uns, dit-on, se couvrent d'algues et de fucus. On les prend pour les îlots, on campe dessus, on s'y installe, on fait du feu...

— On y bâtit des maisons, dit Conseil.

— Oui, farceur, répondit Ned Land. Puis, un beau jour, l'animal plonge et entraîne tous ses habitants au fond de l'abîme.

— Comme dans les voyages de Simbad le marin, répliquai-je en riant. Ah! maître Land, il paraît que vous aimez les histoires extraordinaires! Quels cacha- lots que les vôtres! J'espère que vous n'y croyez pas.

— Monsieur le naturaliste, répondit sérieusement le Canadien, il faut tout croire de la part des baleines. — Comme elle marche, celle-ci! Comme elle se dé- robe! — On prétend que ces animaux-là peuvent faire le tour du monde en quinze jours.

— Je ne dis pas non.

— Mais ce que vous ne savez sans doute pas, mon- sieur Aronnax, c'est que, au commencement du monde, les baleines nageaient plus rapidement encore.

— Ah! vraiment, Ned! Et pourquoi cela?

— Parce qu'alors elles avaient la queue en travers, comme les poissons, c'est-à-dire que cette queue, comprimée verticalement, frappait l'eau de gauche à droite et de droite à gauche. Mais le Créateur, s'aper- cevant qu'elles marchaient trop vite, leur tordit la queue, et depuis ce temps-là elles battent les flots de haut en bas, au détriment de leur rapidité.

— Bon, Ned, dis-je en reprenant une expression du Canadien, faut-il vous croire?

— Pas trop, répondit Ned Land, et pas plus que si je vous disais qu'il existe des baleines longues de trois cents pieds et pesant cent mille livres.

— C'est beaucoup, en effet, dis-je. Cependant il faut avouer que certains cétacés acquièrent un développement considérable, puisque, dit-on, ils fournissent jusqu'à cent vingt tonnes d'huile.

— Pour ça, je l'ai vu, dit le Canadien.

— Je le crois volontiers, Ned, comme je crois que certaines baleines égalent en grosseur cent éléphants. Jugez des effets produits par une telle masse lancée à toute vitesse.

— Est-il vrai, demanda Conseil, qu'elles peuvent couler des navires ?

— Des navires, je ne le crois pas, répondis-je. On raconte cependant qu'en 1820, précisément dans ces mers du Sud, une baleine se précipita sur l'*Essex* et le fit reculer avec une vitesse de quatre mètres par seconde. Des lames pénétrèrent par l'arrière, et l'*Essex* sombra presque aussitôt. »

Ned me regarda d'un air narquois.

« Pour mon compte, dit-il, j'ai reçu un coup de queue de baleine, — dans mon canot, cela va sans dire. Mes compagnons et moi, nous avons été lancés a une hauteur de six mètres. Mais auprès de la baleine de monsieur le professeur, la mienne n'était qu'un baleineau.

— Est-ce que ces animaux-là vivent longtemps! demanda Conseil.

— Mille ans, répondit le Canadien sans hésiter.

— Et comment le savez-vous, Ned?

— Parce qu'on le dit.

— Et pourquoi le dit-on?

— Parce qu'on le sait.

— Non, Ned, on ne le sait pas, mais on le suppose, et voici le raisonnement sur lequel on s'appuie : Il y a quatre cents ans, lorsque les pêcheurs chassèrent pour la première fois les baleines, ces animaux avaient une taille supérieure à celle qu'ils acquièrent aujourd'hui. On suppose donc, assez logiquement, que l'infériorité des baleines actuelles vient de ce qu'elles n'ont pas eu le temps d'atteindre leur complet développement. C'est ce qui a fait dire à Buffon que ces cétacés pouvaient et devaient même vivre mille ans. Vous entendez ? »

Ned Land n'entendait pas. Il n'écoutait plus. La baleine s'approchait toujours. Il la dévorait des yeux.

« Ah ! s'écria-t-il, ce n'est plus une baleine, c'est dix, c'est vingt, c'est un troupeau tout entier! Et ne pouvoir rien faire ! Être là pieds et poings liés !

— Mais, ami Ned, dit Conseil, pourquoi ne pas demander au capitaine Nemo la permission de chasser?... »

Conseil n'avait pas achevé sa phrase, que Ned Land s'était affalé par le panneau et courait à la recherche du capitaine. Quelques instants après, tous deux reparaissaient sur la plate-forme.

Le capitaine Nemo observa le troupeau de cétacés qui s'ébattait sur les eaux à un mille du *Nautilus*.

« Ce sont des baleines australes, dit-il. Il y a là la fortune d'une flotte de baleiniers.

— Eh bien, monsieur, demanda le Canadien, ne pourrais-je leur donner la chasse, ne fût-ce que pour ne pas oublier mon ancien métier de harponneur?

— A quoi bon, répondit le capitaine Nemo, chasser uniquement pour détruire? Nous n'avons que faire d'huile de baleine à bord.

— Cependant, monsieur, reprit le Canadien, dans la mer Rouge, vous nous avez autorisés à poursuivre un dugong.

— Il s'agissait alors de procurer de la viande fraîche à mon équipage. Ici, ce serait tuer pour tuer. Je sais bien que c'est un privilége réservé à l'homme, mais je n'admets pas ces passe-temps meurtriers. En détruisant la baleine australe comme la baleine franche, êtres inoffensifs et bons, vos pareils, maître Land, commettent une action blâmable. C'est ainsi qu'ils ont déjà dépeuplé toute la baie de Baffin, et qu'ils anéantiront une classe d'animaux utiles. Laissez donc tranquilles ces malheureux cétacés. Ils ont bien assez de leurs ennemis naturels, les cachalots, les espadons et les scies, sans que vous vous en mêliez. »

Je laisse à imaginer la figure que faisait le Canadien pendant ce cours de morale. Donner de semblables raisons à un chasseur, c'était perdre ses paroles. Ned Land regardait le capitaine Nemo et ne comprenait évidemment pas ce qu'il voulait lui dire. Cependant le capitaine avait raison : l'acharnement barbare et inconsidéré des pêcheurs fera disparaître un jour la dernière baleine de l'Océan.

Ned Land siffla entre les dents son *Yankee doodle,* fourra ses mains dans ses poches·et nous tourna le dos.

Cependant le capitaine Nemo observait le troupeau de cétacés, et s'adressant à moi :

« J'avais raison de prétendre que, sans compter l'homme, les baleines ont assez d'autres ennemis naturels. Celles-ci vont avoir affaire à forte partie avant peu. Apercevez-vous, monsieur Aronnax, à huit milles sous le vent, ces points noirâtres qui sont en mouvement ?

— Oui, capitaine, répondis-je.

— Ce sont des cachalots, animaux terribles, que j'ai quelquefois rencontrés par troupes de deux à trois cents. Quant à ceux-là, bêtes cruelles et malfaisantes, on a raison de les exterminer. »

Le Canadien se retourna vivement à ces derniers mots.

« Eh bien, capitaine, dis-je, il est temps encore, dans l'intérêt même des baleines...

— Inutile de s'exposer, monsieur le professeur. Le *Nautilus* suffira à disperser ces cachalots. Il est armé d'un éperon d'acier qui vaut bien le harpon de maître Land, j'imagine ? »

Le Canadien ne se gêna pas pour hausser les épaules. Attaquer des cétacés à coups d'éperon ! Qui avait jamais entendu parler de cela ?

« Attendez, monsieur Aronnax, dit le capitaine Nemo. Nous vous montrerons une chasse que vous ne connaissez pas encore. Pas de pitié pour ces féroces cétacés. Ils ne sont que bouche et dents ! »

Bouche et dents ! On ne pouvait mieux peindre le cachalot macrocéphale, dont la taille dépasse quelquefois vingt-cinq mètres. La tête énorme de ce cétacé occupe environ le tiers de son corps. Mieux armé que la baleine, dont la mâchoire supérieure est seulement garnie de fanons, il est muni de vingt-cinq grosses dents, hautes de vingt centimètres, cylindriques et coniques à leur sommet, et qui pèsent deux livres chacune. C'est à la partie supérieure de cette énorme tête et dans de grandes cavités séparées par des cartilages, que se trouvent trois à quatre cents kilogrammes de cette huile précieuse, dite « blanc de baleine ». Le cachalot est un animal disgracieux, plutôt têtard que poisson, suivant la remarque de Frédol. Il est mal construit, étant pour ainsi dire « manqué » dans toute la partie gauche de sa charpente, et n'y voyant guère que de l'œil droit.

Cependant le monstrueux troupeau s'approchait toujours. Il avait aperçu les baleines et se préparait à les attaquer. On pouvait préjuger d'avance la victoire des cachalots, non-seulement parce qu'ils sont mieux bâtis pour l'attaque que leurs inoffensifs adversaires, mais aussi parce qu'ils peuvent rester plus longtemps sous les flots, sans venir respirer à leur surface.

Il n'était que temps d'aller au secours des baleines. Le *Nautilus* se mit entre deux eaux. Conseil, Ned et moi, nous prîmes place devant les vitres du salon. Le capitaine Nemo se rendit près du timonier pour manœuvrer son appareil comme un engin de destruction Bientôt je sentis les battements de l'hélice se précipiter et notre vitesse s'accroître.

Le combat était déjà commencé entre les cachalots et les baleines lorsque le *Nautilus* arriva. Il manœuvra de manière à couper la troupe de macrocéphales. Ceux-ci, tout d'abord, se montrèrent peu émus à la vue du nouveau monstre qui se mêlait à la bataille. Mais bientôt ils durent se garer de ses coups.

Quelle lutte! Ned Land lui-même, bientôt enthousiasmé, finit par battre des mains. Le *Nautilus* n'était plus qu'un harpon formidable, brandi par la main de son capitaine. Il se lançait contre ces masses charnues et les traversait de part en part, laissant après son passage deux grouillantes moitiés d'animal. Les formidables coups de queue qui frappaient ses flancs, il ne les sentait pas. Les chocs qu'il produisait, pas davantage. Un cachalot exterminé, il courait à un autre, virant sur place pour ne pas manquer sa proie, allant de l'avant, de l'arrière, docile à son gouvernail, plongeant quand le cétacé s'enfonçait dans les couches profondes, remontant avec lui lorsqu'il revenait à la surface, le frappant de plein ou d'écharpe, le coupant ou le déchirant, et dans toutes les directions et sous toutes les allures, le perçant de son terrible éperon.

Quel carnage! quels bruits à la surface des flots! quels sifflements aigus et quels ronflements particuliers à ces animaux épouvantés! Au milieu de ces couches ordinairement si paisibles, leur queue créait de véritables houles.

Pendant une heure se prolongea cet homérique massacre, auquel les macrocéphales ne pouvaient se soustraire. Plusieurs fois, dix ou douze réunis essayèrent d'écraser le *Nautilus* sous leur masse. On voyait, à la vitre, leur gueule énorme pavée de dents, leur œil formidable. Ned Land, qui ne se possédait plus, les menaçait et les injuriait. On sentait qu'ils se cramponnaient à notre appareil, comme des chiens qui coiffent un ragot sous les taillis. Mais le *Nautilus,* forçant son hélice, les emportait, les entraînait ou les ramenait vers le niveau supérieur des eaux, sans se soucier ni de leur poids énorme ni de leurs puissantes étreintes.

Enfin la masse des cachalots s'éclaircit, les flots redevinrent tranquilles. Je sentis que nous remontions à la surface de l'Océan. Le panneau fut ouvert, et nous nous précipitâmes sur la plate-forme.

La mer était couverte de cadavres mutilés. Une explosion formidable n'eût pas divisé, déchiré, déchiqueté avec plus de violence ces masses charnues. Nous flottions au milieu de corps gigantesques, bleuâtres sur le dos, blanchâtres sous le ventre, et tout bossués d'énormes protubérances. Quelques cachalots épouvantés fuyaient à l'horizon. Les flots étaient teints en rouge sur un espace de plusieurs milles, et le *Nautilus* nageait au milieu d'une mer de sang.

Le capitaine Nemo nous rejoignit.

« Eh bien, maître Land? dit-il.

— Eh bien, monsieur, répondit le Canadien, chez lequel l'enthousiasme s'était calmé, c'est un spectacle terrible, en effet. Mais je ne suis pas un boucher, je suis un chasseur, et ceci n'est qu'une boucherie.

— C'est un massacre d'animaux malfaisants, répondit le capitaine, et le *Nautilus* n'est pas un couteau de boucher.

— J'aime mieux mon harpon, répliqua le Canadien.

— Chacun son arme, » répondit le capitaine, en regardant fixement Ned Land.

Je craignais que celui-ci ne se laissât emporter à quelque violence qui aurait eu des conséquences déplorables. Mais sa colère fut détournée par la vue d'une baleine que le *Nautilus* accostait en ce moment.

L'animal n'avait pu échapper à la dent des cachalots. Je reconnus la baleine australe, à tête déprimée, qui est entièrement noire. Anatomiquement elle se distingue de la baleine blanche et du Nord-Caper par la soudure des sept vertèbres cervicales, et elle compte deux côtes de plus que ses congénères. Le malheureux cétacé, couché sur le flanc, le ventre troué de morsures, était mort. Au bout de sa nageoire mutilée pendait encore un petit baleineau qu'il n'avait pu sauver du massacre. Sa bouche ouverte laissait couler l'eau qui murmurait comme un ressac à travers ses fanons.

Le capitaine Nemo conduisit le *Nautilus* près du cadavre de l'animal. Deux de ses hommes montèrent sur le flanc de la baleine, et je vis, non sans étonnement, qu'ils retiraient de ses mamelles tout le lait qu'elles contenaient, c'est-à-dire la valeur de deux à trois tonneaux.

Le capitaine m'offrit une tasse de ce lait encore chaud. Je ne pus m'empêcher de lui marquer ma répugnance pour ce breuvage. Il m'assura que ce lait était excellent et qu'il ne se distinguait en aucune façon du lait de vache.

Je le goûtai et je fus de son avis. C'était donc pour nous une réserve utile, car ce lait, sous la forme de beurre salé ou de fromage, devait apporter une agréable variété à notre ordinaire.

De ce jour-là, je remarquai avec inquiétude que les dispositions de Ned Land envers le capitaine Nemo devenaient de plus en plus mauvaises, et je résolus de surveiller de près les faits et gestes du Canadien.

CHAPITRE XIII.

LA BANQUISE.

Le *Nautilus* avait repris son imperturbable direction vers le sud. Il suivait le cinquantième méridien avec une vitesse considérable. Voulait-il donc atteindre le pôle? Je ne le pensais pas, car jusqu'ici toutes les tentatives pour s'élever jusqu'à ce point du globe avaient échoué. La saison, d'ailleurs, était déjà fort avancée, puisque le 13 mars des terres antarctiques correspond au 13 septembre des régions boréales, qui commence la période équinoxiale.

Le 14 mars, j'aperçus des glaces flottantes par 55ᵉ de latitude, simples débris blafards de vingt à vingt-cinq pieds, formant des écueils sur lesquels la mer déferlait. Le *Nautilus* se maintenait à la surface de l'Océan. Ned Land, ayant déjà pêché dans les mers arctiques, était familiarisé avec ce spectacle des ice-bergs. Conseil et moi, nous l'admirions pour la première fois.

Dans l'atmosphère, vers l'horizon du sud, s'étendait une bande blanche d'un éblouissant aspect. Les baleiniers anglais lui ont donné le nom de « ice-blinck. » Quelque épais que soient les nuages, ils ne peuvent l'obscurcir. Elle annonce la présence d'un pack ou banc de glace.

En effet, bientôt apparurent des blocs plus considérables dont l'éclat se modifiait suivant les caprices de la brume. Quelques-unes de ces masses montraient des veines vertes, comme si le sulfate de cuivre en eût tracé les lignes ondulées. D'autres, semblables à d'énormes améthystes, se laissaient pénétrer par la lumière. Celles-ci réverbéraient les rayons du jour sur les mille facettes de leurs cristaux. Celles-là, nuancées des vifs reflets du calcaire, auraient suffi à la construction de toute une ville de marbre.

Plus nous descendions au sud, plus ces îles flottantes gagnaient en nombre et en importance. Les oiseaux polaires y nichaient par milliers. C'étaient des pétrels, des damiers, des puffins, qui nous assourdissaient de leurs cris. Quelques-uns, prenant le *Nautilus* pour le cadavre d'une baleine, venaient s'y reposer et piquaient de coups de bec sa tôle sonore.

Pendant cette navigation au milieu des glaces le capitaine Nemo se tint souvent sur la plate-forme. Il observait avec attention ces parages abandonnés Je voyais son calme regard s'animer parfois. Se disait-il que dans ces mers polaires interdites à l'homme, il était là chez lui, maître de ces infranchissables espaces? Peut-être. Mais il ne parlait pas. Il restait immobile, ne revenant à lui que lorsque ses instincts de manœuvrier reprenaient le dessus. Dirigeant alors son *Nautilus* avec une adresse consommée, il évitait habilement le choc de ces masses dont quelques-unes mesuraient une longueur de plusieurs milles sur une hauteur qui variait de soixante-dix à quatre-vingts mètres. Souvent l'horizon paraissait entièrement fermé. A la hauteur du soixantième degré de latitude, toute passe avait disparu. Mais le capitaine Nemo, cherchant avec soin, trouvait bientôt quelque étroite ouverture par laquelle il se glissait audacieusement, sachant bien, cependant, qu'elle se refermerait derrière lui.

Ce fut ainsi que le *Nautilus,* guidé par cette main habile, dépassa toutes ces glaces, classées, suivant leur forme ou leur grandeur, avec une précision qui enchantait Conseil : ice-berg ou montagnes, ice-fields ou champs unis et sans limites, drift-ice ou glaces flottantes, packs ou champs brisés, nommés palchs, quand ils sont circulaires, et streams lorsqu'ils sont faits de morceaux allongés.

La température était assez basse. Le thermomètre, exposé à l'air extérieur, marquait deux ou trois degrés au-dessous de zéro. Mais nous étions chaudement habillés de fourrures, dont les phoques ou les ours marins avaient fait les frais. L'intérieur du *Nautilus*, régulièrement chauffé par ses appareils électriques, défiait les froids les plus intenses. D'ailleurs, il lui eût suffi de s'enfoncer à quelques mètres au-dessous des flots pour y trouver une température supportable.

Deux mois plus tôt, nous aurions joui sous cette latitude d'un jour perpétuel; mais déjà la nuit se faisait pendant trois ou quatre heures, et plus tard elle devait jeter six mois d'ombre sur ces régions circumpolaires.

Le 15 mars, la latitude des îles New-Sethland et des Orkney du Sud fut dépassée. Le capitaine m'apprit qu'autrefois de nombreuses tribus de phoques habitaient ces terres; mais les baleiniers anglais et américains, dans leur rage de destruction, massacrant les adultes et les femelles pleines, là où existait l'animation de la vie, avaient laissé après eux le silence de la mort.

Le 16 mars, vers huit heures du matin, le *Nautilus*, suivant le cinquante-cinquième méridien, coupa le cercle polaire antarctique. Les glaces nous entouraient de toutes parts et fermaient l'horizon. Cependant le capitaine Nemo marchait de passe en passe et s'élevait toujours.

« Mais où va-t-il? demandai-je.

— Devant lui, répondait Conseil. Après tout, lorsqu'il ne pourra pas aller plus loin, il s'arrêtera.

— Je n'en jurerais pas! » répondis-je.

Et, pour être franc, j'avouerai que cette excursion

aventureuse ne me déplaisait point. A quel degré m'émerveillaient les beautés de ces régions nouvelles, je ne saurais l'exprimer. Les glaces prenaient des attitudes superbes. Ici, leur ensemble formait une ville orientale, avec ses minarets et ses mosquées innombrables; là, une cité écroulée, et comme jetée à terre par une convulsion du sol. Aspects incessamment variés par les obliques rayons du soleil, ou perdus dans les brumes grises au milieu des ouragans de neige. Puis, de toutes parts des détonations, des éboulements, de grandes culbutes d'ice-bergs, qui changeaient le décor comme le paysage d'un diorama.

Lorsque le *Nautilus* était immergé au moment où se rompaient ces équilibres, le bruit se propageait sous les eaux avec une effrayante intensité, et la chute de ces masses créait de redoutables remous jusque dans les couches profondes de l'Océan. Le *Nautilus* roulait et tanguait alors comme un navire abandonné à la furie des éléments.

Souvent, ne voyant plus aucune issue, je pensais que nous étions définitivement prisonniers; mais, l'instinct le guidant, sur le plus léger indice, le capitaine Nemo découvrait des passes nouvelles. Il ne se trompait jamais en observant les minces filets d'eau bleuâtre qui sillonnaient les ice-fields. Aussi ne mettais-je pas en doute qu'il n'eût aventuré déjà le *Nautilus* au milieu des mers antarctiques.

Cependant, dans la journée du 16 mars, les champs

de glace nous barraient absolument la route. Ce n'était
pas encore la banquise, mais de vastes ice-fields cimen-
tés par le froid. Cet obstacle ne pouvait arrêter le capitaine Nemo, et il se lança contre l'ice-field avec une
effroyable violence. Le *Nautilus* entrait comme un coin
dans cette masse friable, et la divisait avec des cra-
quements terribles. C'était l'antique bélier poussé par
une puissance infinie. Les débris de glace, haut proje-
tés, retombaient en grêle autour de nous. Par sa seule
force d'impulsion, notre appareil se creusait un che-
nal. Quelquefois, emporté par son élan, il montait sur
le champ de glace et l'écrasait de son poids, ou par
instants, enfourné sous l'ice-field, il le divisait par un
simple mouvement de tangage qui produisait de larges
déchirures.

Pendant ces journées, de violents grains nous assaillirent. Par certaines brumes épaisses, on ne se fût
pas vu d'une extrémité de la plate-forme à l'autre.
Le vent sautait brusquement à tous les points du compas. La neige s'accumulait en couches si dures qu'il
fallait la briser à coups de pic. Rien qu'à la température de cinq degrés au-dessous de zéro, toutes les
parties extérieures du *Nautilus* se recouvraient de
glaces. Un gréement n'aurait pu se manœuvrer, car
tous les garants eussent été engagés dans la gorge
des poulies. Un bâtiment sans voiles et mû par un
moteur électrique qui se passait de charbon pouvait
seul affronter d'aussi hautes latitudes.

Dans ces conditions, le baromètre se tint généralement très-bas. Il tomba même à 73° 5'. Les indica·
tions de la boussole n'offraient plus aucune garantie.
Ses aiguilles affolées marquaient des directions con-
tradictoires, en s'approchant du pôle magnétique méridional, qui ne se confond pas avec le sud du monde.
En effet, suivant Hansten, ce pôle est situé à peu près
par 70° de latitude et 130° de longitude, et d'après
les observations de Duperré, par 135° de longitude et
70° 30' de latitude. Il fallait faire alors des observations nombreuses sur les compas transportés à diffé-
rentes parties du navire et prendre une moyenne.
Mais souvent, on s'en rapportait à l'estime pour relever la route parcourue, méthode peu satisfaisante au
milieu de ces passes sinueuses dont les points de
repère changent incessamment.

Enfin, le 18 mars, après vingt assauts inutiles, le
Nautilus se vit définitivement enrayé. Ce n'était plus
ni les streams, ni les palks, ni les ice-fields, mais une
interminable et immobile barrière formée de montagnes soudées entre elles.

« La banquise! » me dit le Canadien.

Je compris que pour Ned Land comme pour tous
les navigateurs qui nous avaient précédés, c'était
l'infranchissable obstacle. Le soleil ayant un instant
paru vers midi, le capitaine Nemo obtint une observation assez exacte qui donnait à notre situation
51° 30' de longitude et 67° 39' de latitude méridionale.

C'était déjà un point avancé des régions antarctiques.

De mer, de surface liquide, il n'y avait plus apparence devant nos yeux. Sous l'éperon du *Nautilus* s'étendait une vaste plaine tourmentée, enchevêtrée de blocs confus, avec tout ce pêle-mêle capricieux qui caractérise la surface d'un fleuve quelque temps avant la débâcle des glaces, mais sur des proportions gigantesques. Çà et là, des pics aigus, des aiguilles déliées s'élevant à une hauteur de deux cents pieds; plus loin, une suite de falaises taillées à pic et revêtues de teintes grisâtres, vastes miroirs qui reflétaient quelques rayons de soleil à demi noyés dans les brumes. Puis, sur cette nature désolée, un silence farouche, à peine rompu par le battement d'ailes des pétrels ou des puffins. Tout était gelé alors, même le bruit.

Le *Nautilus* dut donc s'arrêter dans son aventureuse course au milieu des champs de glace.

« Monsieur, me dit ce jour-là Ned Land, si votre capitaine va plus loin !...

— Eh bien?

— Ce sera un maître homme.

— Pourquoi, Ned?

— Parce que personne ne peut franchir la banquise. Il est puissant, votre capitaine; mais, mille diables! il n'est pas plus puissant que la nature, et là où elle a mis des bornes, il faut que l'on s'arrête, bon gré, mal gré.

— En effet, Ned Land, et cependant j'aurais voulu

savoir ce qu'il y a derrière cette banquise! Un mur-voilà ce qui m'irrite le plus!

— Monsieur a raison, dit Conseil. Les murs n'ont été inventés que pour agacer les savants. Il ne devrait y avoir de murs nulle part.

— Bon! fit le Canadien. Derrière cette banquise, on sait bien ce qui se trouve.

— Quoi donc? demandai-je.

— De la glace, et toujours de la glace!

— Vous êtes certain de ce fait, Ned, répliquai-je, mais moi je ne le suis pas. Voilà pourquoi je voudrais aller voir.

— Eh bien, monsieur le professeur, répondit le Canadien, renoncez à cette idée. Vous êtes arrivé à la banquise, ce qui est déjà suffisant, et vous n'irez pas plus loin, ni votre capitaine Nemo, ni son *Nautilus*. Et qu'il le veuille ou non, nous reviendrons vers le nord, c'est-à-dire au pays des honnêtes gens. »

Je dois convenir que Ned Land avait raison, et tant que les navires ne seront pas faits pour naviguer sur les champs de glace, ils devront s'arrêter devant la banquise.

En effet, malgré ses efforts, malgré les moyens puissants employés pour disjoindre les glaces, le *Nautilus* fut réduit à l'immobilité. Ordinairement, qui ne peut aller plus loin en est quitte pour revenir sur ses pas. Mais ici, revenir était aussi impossible qu'avancer, car les passes s'étaient refermées derrière nous, et pour

peu que notre appareil demeurât stationnaire, il ne
tarderait pas à être bloqué. Ce fut même ce qui arriva
vers deux heures du soir, et la jeune glace se forma
sur ses flancs avec une étonnante rapidité. Je dus
avouer que la conduite du capitaine Nemo était plus
qu'imprudente.

J'étais en ce moment sur la plate-forme. Le capitaine,
qui observait la situation depuis quelques instants,
me dit :

« Et bien, monsieur le professeur, qu'en pensez-vous?

— Je pense que nous sommes pris, capitaine.

— Pris! Et comment l'entendez-vous?

— J'entends que nous ne pouvons aller ni en avant,
ni en arrière, ni d'aucun côté. C'est, je crois, ce qui
s'appelle « pris », du moins sur les continents habités.

— Ainsi, monsieur Aronnax, vous pensez que le
Nautilus ne pourra pas se dégager?

— Difficilement, capitaine, car la saison est déjà trop
avancée pour que vous comptiez sur une débâcle des
glaces.

— Ah! monsieur le professeur, répondit le capitaine
Nemo d'un ton ironique, vous serez donc toujours le
même! Vous ne voyez qu'empêchements et obstacles!
Moi, je vous affirme que non-seulement le *Nautilus* se
dégagera, mais qu'il ira plus loin encore!

— Plus loin au sud? demandai-je en regardant le
capitaine.

— Oui, monsieur, il ira au pôle.

— Au pôle! m'écriai-je, ne pouvant retenir un mouvement d'incrédulité.

— Oui! répondit froidement le capitaine, au pôle antarctique, à ce point inconnu où se croisent tous les méridiens du globe. Vous savez si je fais du *Nautilus* ce que je veux. »

Oui! je le savais. Je savais cet homme audacieux jusqu'à la témérité! Mais vaincre ces obstacles qui hérissent le pôle sud, plus inaccessible que ce pôle nord non encore atteint par les plus hardis navigateurs, n'était-ce pas une entreprise absolument insensée, et que seul l'esprit d'un fou pouvait concevoir!

Il me vint alors à l'idée de demander au capitaine Nemo s'il avait déjà découvert ce pôle que n'avait jamais foulé le pied d'une créature humaine.

« Non, monsieur, me répondit-il, et nous le découvrirons ensemble. Là où d'autres ont échoué, je n'échouerai pas. Jamais je n'ai promené mon *Nautilus* aussi loin sur les mers australes; mais, je vous le répète, il ira plus loin encore.

— Je veux vous croire, capitaine, repris-je d'un ton un peu ironique. Je vous crois! Allons en avant! Il n'y a pas d'obstacles pour nous! Brisons cette banquise! Faisons-la sauter, et si elle résiste, donnons des ailes au *Nautilus,* afin qu'il puisse passer par-dessus!

— Par dessus? monsieur le professeur, répondit tranquillement le capitaine Nemo. Non point par-dessus, mais par-dessous.

— Par dessous ! » m'écriai-je.

Une subite révélation des projets du capitaine venait d'illuminer mon esprit. J'avais compris. Les merveilleuses qualités du *Nautilus* allaient le servir encore dans cette surhumaine entreprise !

« Je vois que nous commençons à nous entendre, monsieur le professeur, me dit le capitaine, souriant à demi. Vous entrevoyez déjà la possibilité, — moi, je dirai le succès, — de cette tentative. Ce qui est impraticable avec un navire ordinaire devient facile au *Nautilus*. Si un continent émerge au pôle, il s'arrêtera devant ce continent. Mais si, au contraire, c'est la mer libre qui le baigne, il ira au pôle même !

— En effet, dis-je, entraîné par le raisonnement du capitaine, si la surface de la mer est solidifiée par les glaces, ses couches inférieures sont libres, par cette raison providentielle qui a placé à un degré supérieur à celui de la congélation le maximum de densité de l'eau de mer. Et, si je ne me trompe, la partie immergée de cette banquise est à la partie émergeante comme quatre est à un ?

— A peu près, monsieur le professeur. Pour un pied que les ice-bergs ont au-dessus de la mer, ils en ont trois au-dessous. Or, puisque ces montagnes de glace ne dépassent pas une hauteur de cent mètres, elles ne s'enfoncent que de trois cents. Or, qu'est-ce que trois cents mètres pour le *Nautilus* ?

— Rien, monsieur.

— Il pourra même aller chercher à une profondeu₁ plus grande cette température uniforme des eaux marines, et là nous braverons impunément les trente ou quarante degrés de froid de la surface.

— Juste, monsieur, très-juste, répondis-je en m'animant.

— La seule difficulté, reprit le capitaine Nemo, sera de rester plusieurs jours immergés sans renouveler notre provision d'air.

— N'est-ce que cela? répliquai-je. Le *Nautilus* a de vastes réservoirs, nous les remplirons, et ils nous fourniront tout l'oxygène dont nous aurons besoin.

— Bien imaginé, monsieur Aronnax, répondit en souriant le capitaine. Mais ne voulant pas que vous puissiez m'accuser de témérité, je vous soumets d'avance toutes mes objections.

— En avez-vous encore à faire?

— Une seule. Il est possible, si la mer existe au pôle sud, que cette mer soit entièrement prise, et, par conséquent, que nous ne puissions revenir à sa surface!

— Bon, monsieur, oubliez-vous que le *Nautilus* est armé d'un redoutable éperon, et ne pourrons-nous le lancer diagonalement contre ces champs de glace q₁ s'ouvriront au choc?

— Eh! monsieur le professeur, vous avez des id· aujourd'hui!

— D'ailleurs, capitaine, ajoutai-je en m'enthousias· mant de plus belle, pourquoi ne rencontrerait-on pas la mer libre au pôle sud comme au pôle nord? Les pôles du froid et les pôles de la terre ne se confondent ni dans l'hémisphère austral ni dans l'hémisphère boréal, et jusqu'à preuve contraire, on doit supposer ou un continent ou un océan dégagé de glaces à ces deux points du globe.

— Je le crois aussi, monsieur Aronnax, répondit le capitaine Nemo. Je vous ferai seulement observer qu'après avoir émis tant d'objections contre mon projet, maintenant vous m'écrasez d'arguments en sa faveur. »

Le capitaine Nemo disait vrai. J'en étais arrivé à le vaincre en audace ! C'était moi qui l'entraînais au pôle ! Je le devançais, je le distançais... Mais non ! pauvre fou ! Le capitaine Nemo savait mieux que toi le pour et le contre de la question, et il s'amusait à te voir emporté dans les rêveries de l'impossible !

Cependant, il n'avait pas perdu un instant. A un signal le second parut. Ces deux hommes s'entretinrent rapidement dans leur incompréhensible langage, et soit que le second eût été antérieurement prévenu, soit qu'il trouvât le projet praticable, il ne laissa voir aucune surprise.

Mais si impassible qu'il fût, il ne montra pas une plus complète impassibilité que Conseil, lorsque j'annonçai à ce digne garçon notre intention de pousser jusqu'au pôle sud. Un « comme il plaira à monsieur » accueillit ma communication, et je dus m'en contenter. Quant à Ned Land, si jamais épaules se levèrent haut, ce furent celles du Canadien.

« Voyez-vous, monsieur, me dit-il, vous et votre capitaine Nemo, vous me faites pitié !

— Mais nous irons au pôle, maître Ned.

— Possible, mais vous n'en reviendrez pas ! »

Et Ned Land rentra dans sa cabine, « pour ne pas faire un malheur, » dit-il en me quittant.

Cependant les préparatifs de cette audacieuse tentative venaient de commencer. Les puissantes pompes du *Nautilus* refoulaient l'air dans les réservoirs et l'emmagasinaient à une haute pression. Vers quatre heures, le capitaine Nemo m'annonça que les panneaux de la plate-forme allaient être fermés. Je jetai un dernier regard sur l'épaisse banquise que nous allions franchir. Le temps était clair, l'atmosphère assez pure, le froid très-vif, 12° au-dessous de zéro ; mais le vent s'étant calmé, cette température ne semblait pas trop insupportable.

Une dizaine d'hommes montèrent sur les flancs du *Nautilus* et, armés de pics, ils cassèrent la glace autour de la carène qui fut bientôt dégagée. Opération rapidement pratiquée, car la jeune glace était mince encore. Tous nous rentrâmes à l'intérieur. Les réservoirs habituels se remplirent de cette eau tenue libre à la flottaison. Le *Nautilus* ne tarda pas à descendre.

J'avais pris place au salon avec Conseil. Par la vitre ouverte, nous regardions les couches inférieures de l'Océan austral. Le thermomètre remontait. L'aiguille du manomètre déviait sur le cadran.

A trois cents mètres environ, ainsi que l'avait prévu le capitaine Nemo, nous flottions sous la surface ondulée de la banquise. Mais le *Nautilus* s'immergea plus bas encore. Il atteignit une profondeur de huit cents mètres. La température de l'eau, qui donnait douze degrés à la surface, n'en accusait plus que onze. Deux degrés étaient déjà gagnés. Il va sans dire que la température du *Nautilus,* élevée par ses appareils de chauffage, se maintenait à un degré très-supérieur. Toutes les manœuvres s'accomplissaient avec une extraordinaire précision.

« On passera, n'en déplaise à monsieur, » me dit Conseil.

— J'y compte bien ! » répondis-je avec le ton d'une profonde conviction.

Sous cette mer libre, le *Nautilus* avait pris directement le chemin du pôle, sans s'écarter du cinquante-deuxième méridien. De 67°30′ à 90°, vingt-deux degrés et demi en latitude restaient à parcourir, c'est-à-dire un peu plus de cinq cents lieues. Le *Nautilus* prit une vitesse moyenne de vingt-six milles à l'heure, la vitesse d'un train express. S'il la conservait, quarante heures lui suffisaient pour atteindre le pôle.

Pendant une partie de la nuit, la nouveauté de la situation nous retint, Conseil et moi, à la vitre du salon. La mer s'illuminait sous l'irradiation électrique

du fanal. Mais elle était déserte. Les poissons ne
séjournaient pas dans ces eaux prisonnières. Ils ne
trouvaient là qu'un passage pour aller de l'Océan
antarctique à la mer libre du pôle. Notre marche était
rapide. On la sentait telle aux tressaillements de la
longue coque d'acier.

Vers deux heures du matin, j'allai prendre quelques
heures de repos. Conseil m'imita. En traversant les
coursives, je ne rencontrai pas le capitaine Nemo. Je
supposai qu'il se tenait dans la cage du timonier.

Le lendemain 19 mars, à cinq heures du matin, je
repris mon poste dans le salon. Le loch électrique
m'indiqua que la vitesse du *Nautilus* avait été modérée.
Il remontait alors vers la surface, mais prudemment,
en vidant lentement ses réservoirs.

Mon cœur battait. Allions-nous émerger et retrouver
l'atmosphère libre du pôle?

Non. Un choc m'apprit que le *Nautilus* avait heurté
la surface inférieure de la banquise, très-épaisse
encore, à en juger par la matité du bruit. En effet,
nous avions « touché, » pour employer l'expression marine, mais en sens inverse et par trois mille pieds de
profondeur. Ce qui donnait quatre mille pieds de glace
au-dessus de nous, dont mille émergeaient. La banquise présentait alors une hauteur supérieure à celle
que nous avions relevée sur ses bords. Circonstance
peu rassurante.

Pendant cette journée, le *Nautilus* recommença plu-

sieurs fois cette même expérience, et toujours il vint se
heurter contre la muraille qui plafonnait au-dessus de
lui. A de certains instants, il la rencontra par neuf
cents mètres, ce qui accusait douze cents mètres
d'épaisseur dont trois cents mètres s'élevaient au-dessus de la surface de l'Océan. C'était le double de la
hauteur que présentait la banquise, au moment où le
Nautilus s'était enfoncé sous les flots.

Je notai soigneusement ces diverses profondeurs, et
j'obtins ainsi le profil sous-marin de cette chaîne qui
se développait sous les eaux.

Le soir, aucun changement n'était survenu dans
notre situation. Toujours la glace entre quatre cents
et cinq cents mètres de profondeur. Diminution évi-
dente, mais quelle épaisseur encore entre nous et la
surface de l'Océan !

Il était huit heures alors. Depuis quatre heures déjà,
l'air aurait dû être renouvelé à l'intérieur du *Nautilus*,
suivant l'habitude quotidienne du bord. Cependant, je
ne souffrais pas trop, bien que le capitaine Nemo n'eût
pas encore demandé à ses réservoirs un supplément
d'oxygène.

Mon sommeil fut pénible pendant cette nuit. Espoir
et crainte m'assiégeaient tour à tour. Je me relevai
plusieurs fois. Les tâtonnements du *Nautilus* conti-
nuaient. Vers trois heures du matin, j'observai que la
surface inférieure de la banquise se rencontrait seulement par cinquante mètres de profondeur. Cent cin-

quante pieds nous séparaient alors de la surface des eaux. La banquise redevenait peu à peu ice-field. La montagne se refaisait plaine.

Mes yeux ne quittaient plus le manomètre. Nous remontions toujours en suivant, par une diagonale, la surface resplendissante qui étincelait sous les rayons électriques. La banquise s'abaissait en dessus et en dessous par des rampes allongées. Elle s'amincissait de mille en mille.

Enfin, à six heures du matin, ce jour mémorable du 19 mars, la porte du salon s'ouvrit. Le capitaine Nemo parut.

« La mer libre! » dit-il.

CHAPITRE XIV.

LE POLE SUD.

Je me précipitai vers la plate-forme.

Oui! La mer libre. A peine quelques glaçons épars, les ice-bergs mobiles; au loin une mer étendue; un monde d'oiseaux dans les airs, et des myriades de poissons sous ces eaux qui, suivant les fonds, variaient du bleu intense au vert-olive. Le thermomètre marquait trois degrés centigrades au-dessus de zéro. C'était comme un printemps relatif enfermé derrière cette banquise, dont les masses éloignées se profilaient sur l'horizon du nord.

« Sommes-nous au pôle? demandai-je au capitaine, le cœur palpitant.

— Je l'ignore, me répondit-il. A midi nous ferons le point.

— Mais le soleil se montrera-t-il à travers ces brumes? dis-je en regardant le ciel grisâtre.

— Si peu qu'il paraisse, il me suffira, » répondit le capitaine.

A dix milles du *Nautilus,* vers le sud, un îlot solitaire s'élevait à une hauteur de deux cents mètres. Nous marchions vers lui, mais prudemment, car cette mer pouvait être semée d'écueils.

Une heure après, nous avions atteint l'îlot. Deux heures plus tard, nous achevions d'en faire le tour. Il mesurait quatre à cinq milles de circonférence. Un étroit canal le séparait d'une terre considérable, un continent peut-être, dont nous ne pouvions apercevoir les limites. L'existence de cette terre semblait donner raison aux hypothèses de Maury. L'ingénieux Américain a remarqué, en effet, qu'entre le pôle Sud et le soixantième parallèle, la mer est couverte de glaces flottantes, de dimensions énormes, qui ne se rencontrent jamais dans l'Atlantique nord. De ce fait, il a tiré cette conclusion que le cercle antarctique renferme des terres considérables, puisque les ice-bergs ne peuvent se.former en pleine mer, mais seulement sur des côtes. Suivant ses calculs, la masse des glaces qui enveloppent le pôle austral forme une vaste calotte dont la largeur doit atteindre quatre mille kilomètres.

Cependant, le *Nautilus,* par crainte d'échouer, s'était arrêté à trois encâblures d'une grève que dominait un superbe amoncellement de roches. Le canot fut lancé à la mer. Le capitaine, deux de ses hommes portant les instruments, Conseil et moi, nous nous y embarquâmes. Il était dix heures du matin. Je n'avais pas vu · Ned Land. Le Canadien, sans doute, ne voulait pas se déjuger en présence du pôle Sud.

Quelques coups d'aviron amenèrent le canot sur le sable, où il s'échoua. Au moment où Conseil allait sauter à terre, je le retins.

« Monsieur, dis-je au capitaine Nemo, à vous l'honneur de mettre pied le premier sur cette terre.

— Oui, monsieur, répondit le capitaine, et si je n'hésite pas à fouler ce sol du pôle, c'est que, jusqu'ici, aucun être humain n'y a laissé la trace de ses pas. »

Cela dit, il sauta légèrement sur le sable. Une vive émotion lui faisait battre le cœur. Il gravit un roc qui terminait en surplomb un petit promontoire, et là, les bras croisés, le regard ardent, immobile, muet, il sembla prendre possession de ces régions australes. Après cinq minutes passées dans cette extase, il se retourna vers nous.

« Quand vous voudrez, monsieur, » me cria-t-il.

Je débarquai, suivi de Conseil, laissant les deux hommes dans le canot.

Le sol sur un long espace présentait un tuf de couleur rougeâtre, comme s'il eût été fait de brique pilée. Des scories, des coulées de lave, des pierres ponces le recouvraient. On ne pouvait méconnaître son origine volcanique. En de certains endroits, quelques légères fumeroles, dégageant une odeur sulfureuse, attestaient que les feux intérieurs conservaient encore leur puissance expansive. Cependant, ayant gravi un haut escarpement, je ne vis aucun volcan dans un rayon de plusieurs milles. On sait que dans ces contrées antarctiques, James Ross a trouvé les cratères de l'Erébus et du Terror en pleine activité sur le cent soixante-septième méridien et par 77°32′ de latitude.

La végétation de ce continent désolé me parut extrêmement restreinte. Quelques lichens de l'espèce *Usnea melanoxantha* s'étalaient sur les roches noires. Certaines plantules microscopiques, des diatomées rudimentaires, sortes de cellules disposées entre deux coquilles quartzeuses, de longs fucus pourpres et cramoisis, supportés sur de petites vessies natatoires et que le ressac jetait à la côte, composaient toute la maigre flore de cette région.

Le rivage était parsemé de mollusques, de petites moules, de patelles, de buccardes lisses, en forme de cœurs, et particulièrement de clios au corps oblong

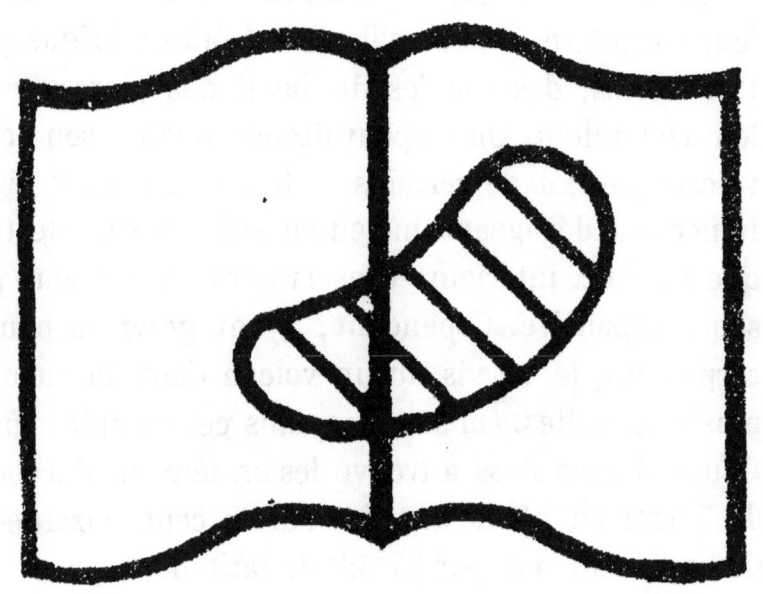

Illisibilité partielle

et membraneux, dont la tête est formée de deux lobes arrondis. Je vis aussi des myriades de ces clios boréales, longues de trois centimètres, dont la baleine avale un monde à chaque bouchée. Ces charmants ptéropodes, véritables papillons de la mer, animaient les eaux libres sur la lisière du rivage.

Entre autres zoophytes apparaissaient dans les hauts fonds quelques arborescences coralligènes, de celles qui, suivant James Ross, vivent dans les mers antarctiques jusqu'à mille mètres de profondeur; puis, de petits alcyons appartenant à l'espèce *Procellaria pelagica,* ainsi qu'un grand nombre d'astéries particulières à ces climats, et d'étoiles de mer   llaient le sol.

Mais où la vie surabondait, c'ét   es airs. Là volaient et voletaient par milliers d   aux d'espèces variées, qui nous assourdissaient de   urs cris. D'autres encombraient les roches, nous regardant passer sans crainte et se pressant familièrement sous nos pas. C'étaient des pingouins aussi agiles et souples dans l'eau, où on les a confondus parfois avec de rapides bonites, qu'ils sont gauches et lourds sur terre. Ils poussaient des cris baroques et formaient des assemblées nombreuses, sobres de gestes, mais prodigues de clameurs.

Parmi les oiseaux, je remarquai des chionis, de la famille des échassiers, gros comme des pigeons, blancs de couleur, le bec court et conique, l'œil encadré d'un cercle rouge. Conseil en fit provision, car ces volatiles, convenablement préparés, forment un mets agréable. Dans les airs passaient des albatros fuligineux d'une envergure de quatre mètres, justement appelés les vautours de l'Océan, des pétrels gigantesques, entre autres des *quebrante-huesos,* aux ailes arquées, qui sont grands mangeurs de phoques, des damiers, sortes de petits canards dont le dessus du corps est noir et blanc, enfin toute une série de pétrels, les uns blanchâtres, aux ailes bordées de brun, les autres bleus et spéciaux aux mers antarctiques, ceux-là « si huileux, dis-je à Conseil, que les habitants des îles Féroë se contentent d'y adapter une mèche avant de les allumer.

— Un peu plus, répondit Conseil, ce seraient des lampes parfaites ! Après ça, on ne peut exiger que la nature les ait préalablement munis d'une mèche ! »

A un demi-mille, le sol se montra tout criblé de nids de manchots, sortes de terriers disposés pour la ponte, et dont s'échappaient de nombreux oiseaux. Le capitaine Nemo en fit chasser plus tard quelques centaines, car leur chair noire est très-mangeable. Ils poussaient des braiements d'âne. Ces animaux, de la taille d'une oie, ardoisés sur le corps, blancs en dessous et cravatés d'un liséré citron, se laissaient tuer à coups de pierres sans chercher à s'enfuir.

Cependant, la brume ne se levait pas, et, à onze heures, le soleil n'avait point encore paru. L'invisibilité de cet astre ne laissait pas de m'inquiéter. Sans lui, pas d'observations possibles. Comment déterminer alors si nous avions atteint le pôle?

Lorsque je rejoignis le capitaine Nemo, je le trouvai silencieusement accoudé sur un roc et regardant le ciel. Il paraissait impatient, contrarié. Mais qu'y faire ? Cet homme audacieux et puissant ne commandait pas au soleil comme à la mer.

Midi arriva sans que l'astre du jour se fût montré un seul instant. On ne pouvait même reconnaître la place qu'il occupait derrière le rideau de brume. Bientôt cette brume vint à se résoudre en neige.

« A demain, » me dit simplement le capitaine, et nous regagnâmes le *Nautilus* au milieu des tourbillons de l'atmosphère.

Pendant notre absence, les filets avaient été tendus, et j'observai avec intérêt les poissons que l'on venait de haler à bord. Les mers antarctiques servent de refuge à un très-grand nombre de migrateurs, qui fuient les tempêtes des zones moins élevées pour tomber, il est vrai, sous la dent des marsouins et des phoques. Je notai quelques cottes australes, longues d'un décimètre, espèce de cartilagineux blanchâtres traversés de bandes livides et armés d'aiguillons, puis des chimères antarctiques, longues de trois pieds, le corps très-allongé, la peau blanche, argentée et lisse, la tête arrondie, le dos muni de trois nageoires, le museau terminé par une trompe qui se recourbe vers la bouche. Je goûtai leur chair; mais je la trouvai insipide, malgré l'opinion de Conseil qui s'en accommoda fort.

La tempête de neige dura jusqu'au lendemain. Il était impossible de se tenir sur la plate-forme. Du salon où je notais les incidents de cette excursion au continent polaire, j'entendais les cris des pétrels et des albatros qui se jouaient au milieu de la tourmente. Le *Nautilus* ne resta pas immobile, et, prolongeant la côte, il s'avança encore d'une dizaine de milles au sud, au milieu de cette demi-clarté que laissait le soleil en rasant les bords de l'horizon.

Le lendemain 20 mars, la neige avait cessé. Le froid était un peu plus vif. Le thermomètre marquait deux degrés au-dessous de zéro. Les brouillards se levèrent, et j'espérai que, ce jour-là, notre observation pourrait s'effectuer.

Le capitaine Nemo n'ayant pas encore paru, le canot nous prit, Conseil et moi, et nous mit à terre. La nature du sol était la même, volcanique. Partout des traces de laves, de scories, de basaltes, sans que j'aperçusse le cratère qui les avait vomis. Ici comme là-bas, des myriades d'oiseaux animaient cette partie du continent polaire. Mais cet empire, ils le partageaient alors avec de vastes troupeaux de mammifères marins qui nous regardaient de leurs doux yeux. C'étaient des phoques d'espèces diverses, les uns étendus sur le sol, les autres couchés sur des glaçons en dérive, plusieurs sortant de la mer ou y rentrant. Ils ne se sauvaient pas à notre approche, n'ayant jamais eu affaire à l'homme, et j'en comptai là de quoi approvisionner quelques centaines de navires.

« Ma foi, dit Conseil, il est heureux que Ned Land ne nous ait pas accompagnés !

— Pourquoi cela, Conseil ?

— Parce que l'enragé chasseur aurait tout tué.

— Tout, c'est beaucoup dire ; mais je crois, en effet, que nous n'aurions pu empêcher notre ami le Canadien de harponner quelques-uns de ces magnifiques cétacés. Ce qui eût désobligé le capitaine Nemo, car il ne verse pas inutilement le sang des bêtes inoffensives.

— Il a raison.

— Certainement, Conseil. Mais, dis-moi, n'as-tu pas déjà classé ces superbes échantillons de la faune marine ?

— Monsieur sait bien, répondit Conseil, que je ne suis pas très-ferré sur la pratique. Quand monsieur m'aura appris le nom de ces animaux...

— Ce sont des phoques et des morses.

— Deux genres qui appartiennent à la famille des pinnipèdes, se hâta de dire mon savant Conseil, ordre des carnassiers, groupe des unguiculés, sous-classe des monodelphiens, classe des mammifères, embranchement des vertébrés.

— Bien, Conseil, répondis-je ; mais ces deux genres, phoques et morses, se divisent en espèces, et si je ne me trompe, nous aurons ici l'occasion de les observer. Marchons. »

Il était huit heures du matin. Quatre heures nous

restaient à employer jusqu'au moment où le soleil pourrait être utilement observé. Je dirigeai nos pas vers une vaste baie qui s'échancrait dans la falaise granitique du rivage.

Là, je puis dire qu'à perte de vue autour de nous, les terres et les glaçons étaient encombrés de mammifères marins, et je cherchais involontairement du regard le vieux Protée, le mythologique pasteur qui gardait ces immenses troupeaux de Neptune. C'étaient particulièrement des phoques. Ils formaient des groupes distincts, mâles et femelles, le père veillant sur sa famille, la mère allaitant ses petits, quelques jeunes, déjà forts, s'émancipant à quelques pas. Lorsque ces mammifères voulaient se déplacer, ils allaient par petits sauts dus à la contraction de leur corps, et ils s'aidaient assez gauchement de leur imparfaite nageoire, qui, chez le lamentin, leur congénère, forme un véritable avant-bras. Je dois dire, que dans l'eau, leur élément par excellence, ces animaux à l'épine dorsale mobile, au bassin étroit, au poil ras et serré, aux pieds palmés, nagent admirablement. Au repos et sur terre, ils prenaient des attitudes extrêmement gracieuses. Aussi les anciens, observant leur physionomie douce, leur regard expressif que ne saurait surpasser le plus beau regard de femme, leurs yeux veloutés et limpides, leurs poses charmantes, et les poétisant à leur manière, métamorphosèrent-ils les mâles en tritons, et les femelles en sirènes.

Je fis remarquer à Conseil le développement considérable des lobes cérébraux chez ces intelligents cétacés. Aucun mammifère, l'homme excepté, n'a la matière cérébrale plus riche. Aussi les phoques sont-ils
susceptibles de recevoir une certaine éducation ; ils se
domestiquent aisément, et je pense, avec certains naturalistes, que, convenablement dressés, ils pourraient
rendre de grands services comme chiens de pêche.

La plupart de ces animaux dormaient sur les rochers ou sur le sable. Parmi ces phoques proprement
dits qui n'ont point d'oreilles externes, — différant en
cela des otaries dont l'oreille est saillante, — j'observai plusieurs variétés de sténorhynques, longs de trois
mètres, blancs de poils, à têtes de bull-dogs, armés
de dix dents à chaque mâchoire, quatre incisives en
haut et en bas et deux grandes canines découpées en
forme de fleur de lis. Entre eux se glissaient des éléphants marins, sortes de phoques à trompe courte et
mobile, les géants de l'espèce, qui sur une circonférence de vingt pieds mesuraient une longueur de dix
mètres. Ils ne faisaient aucun mouvement à notre approche.

« Ce ne sont pas des animaux dangereux ? me demanda Conseil.

— Non, répondis-je, à moins qu'on ne les attaque.
Lorsqu'un phoque défend son petit, sa fureur est terrible, et il n'est pas rare qu'il mette en pièces l'embarcation des pêcheurs.

— Il est dans son droit, répliqua Conseil.

— Je ne dis pas non. »

Deux milles plus loin, nous étions arrêtés par le promontoire qui couvrait la baie contre les vents du sud. Il tombait d'aplomb à la mer et écumait sous le ressac. Au delà éclataient de formidables rugissements, tels qu'un troupeau de ruminants en eût pu produire.

« Bon, fit Conseil, un concert de taureaux ?

— Non, dis-je, un concert de morses.

— Ils se battent ?

— Ils se battent ou ils jouent.

— N'en déplaise à monsieur, il faut voir cela.

— Il faut le voir, Conseil. »

Et nous voilà franchissant les roches noirâtres, au milieu d'éboulements imprévus, et sur des pierres que la glace rendait fort glissantes. Plus d'une fois, je roulai au détriment de mes reins. Conseil, plus prudent ou plus solide, ne bronchait guère, et me relevait, disant :

« Si monsieur voulait avoir la bonté d'écarter les jambes, monsieur conserverait mieux son équilibre. »

Arrivé à l'arête supérieure du promontoire, j'aperçus une vaste plaine blanche, couverte de morses. Ces animaux jouaient entre eux. C'étaient des hurlements de joie, non de colère.

Les morses ressemblent aux phoques par la forme de leurs corps et par la disposition de leurs membres. Mais les canines et les incisives manquent à leur mâ-

choire inférieure, et, quant aux canines supérieures, ce
sont deux défenses longues de quatre-vingts centimètres
qui en mesurent trente trois à la circonférence de leur
alvéole. Ces dents, faites d'un ivoire compacte et sans
stries, plus dur que celui des éléphants et moins
prompt à jaunir, sont très-recherchées. Aussi les
morses sont-ils en butte à une chasse inconsidérée qui
les détruira bientôt jusqu'au dernier, puisque les chas-
seurs, massacrant indistinctement les femelles pleines
et les jeunes, en détruisent chaque année plus de
quatre mille.

En passant auprès de ces curieux animaux, je pus
les examiner à loisir, car ils ne se dérangeaient pas.
Leur peau était épaisse et rugueuse, d'un ton fauve
tirant sur le roux, leur pelage court et peu fourni.
Quelques-uns avaient une longueur de quatre mètres.
Plus tranquilles et moins craintifs que leurs congénères
du nord, ils ne confiaient point à des sentinelles choi-
sies le soin de surveiller les abords de leur campement.

Après avoir examiné cette cité des morses, je songeai à revenir sur mes pas. Il était onze heures, et
si le capitaine Nemo se trouvait dans des conditions
favorables pour observer, je voulais être présent à
son opération. Cependant, je n'espérais pas que le
soleil se montrât ce jour-là. Des nuages écrasés sur
l'horizon le dérobaient encore à nos yeux. Il semblait
que cet astre jaloux ne voulût pas révéler à des êtres
humains ce point inabordable du globe.

Cependant, je songeai à revenir vers le *Nautilus*. Nous suivîmes un étroit raidillon qui courait sur le sommet de la falaise. A onze heures et demie, nous étions arrivés au point de débarquement. Le canot échoué avait déposé le capitaine à terre. Je l'aperçus debout sur un bloc de basalte. Ses instruments étaient près de lui. Son regard se fixait sur l'horizon du nord, près duquel le soleil décrivait alors sa courbe allongée.

Je pris place auprès de lui et j'attendis sans parler. Midi arriva, et, ainsi que la veille, le soleil ne se montra pas.

C'était une fatalité. L'observation manquait encore. Si demain elle ne s'accomplissait pas, il faudrait renoncer définitivement à relever notre situation.

En effet, nous étions précisément au 20 mars. Demain, 21, jour de l'équinoxe, réfraction non comptée le soleil disparaîtrait sous l'horizon pour six mois, et avec sa disparition commencerait la longue nuit polaire. Depuis l'équinoxe de septembre, il avait émergé de l'horizon septentrional, s'élevant par des spirales allongées jusqu'au 21 décembre. A cette époque, solstice de ces contrées boréales, il avait commencé à redescendre, et le lendemain il devait lancer ses derniers rayons.

Je communiquai mes observations et mes craintes au capitaine Nemo.

« Vous avez raison, monsieur Aronnax, me dit-il, si demain je n'obtiens la hauteur du soleil, je ne pourrai avant six mois reprendre cette opération. Mais aussi, précisément parce que les hasards de ma navigation m'ont amené, le 21 mars, dans ces mers, mon point sera facile à relever, si, à midi, le soleil se montre à nos yeux.

— Pourquoi, capitaine?

— Parce que, lorsque l'astre du jour décrit des spirales si allongées, il est difficile de mesurer exactement sa hauteur au-dessus de l'horizon, et les instruments sont exposés à commettre de graves erreurs.

— Comment procéderez-vous donc?

— Je n'emploierai que mon chronomètre, me répondit le capitaine Nemo. Si demain, 21 mars, à midi, le disque du soleil, en tenant compte de la réfraction, est coupé exactement par l'horizon du nord, c'est que je suis au pôle sud.

— En effet, dis-je. Pourtant, cette affirmation n'est pas mathématiquement rigoureuse, parce que l'équinoxe ne tombe pas nécessairement à midi.

— Sans doute, monsieur; mais l'erreur ne sera pas de cent mètres, et il ne nous en faut pas davantage. A demain donc. »

Le capitaine Nemo retourna à bord. Conseil et moi, nous restâmes jusqu'à cinq heures à arpenter la plage, observant et étudiant. Je ne récoltai aucun objet curieux, si ce n'est un œuf de pingouin, remarquable par sa grosseur, et qu'un amateur eût payé plus de mille francs. Sa couleur isabelle, les raies et les caractères

qui l'ornaient comme autant d'hiéroglyphes, en faisaient un bibelot rare. Je le remis entre les mains de
Conseil, et le prudent garçon, au pied sûr, le tenant
comme une précieuse porcelaine de Chine, le rapporta
intact au *Nautilus*.

Là je déposai cet œuf rare sous une des vitrines du
musée. Je soupai avec appétit d'un excellent morceau
de foie de phoque dont le goût rappelait celui de la
viande de porc. Puis je me couchai, non sans avoir
invoqué, comme un Indou, les faveurs de l'astre radieux.

Le lendemain, 21 mars, dès cinq heures du matin,
je montai sur la plate-forme. J'y trouvai le capitaine
Nemo.

« Le temps se dégage un peu, me dit-il. J'ai bon espoir. Après déjeuner, nous nous rendrons à terre pour
choisir un poste d'observation. »

Ce point convenu, j'allai trouver Ned Land. J'aurais
voulu l'emmener avec moi. L'obstiné Canadien refusa,
et je vis bien que sa taciturnité comme sa fâcheuse
humeur s'accroissaient de jour en jour. Après tout, je
ne regrettai pas son entêtement dans cette circonstance. Véritablement, il y avait trop de phoques à
terre, et il ne fallait pas soumettre ce pêcheur irréflé-
chi à cette tentation.

Le déjeuner terminé, je me rendis à terre. Le *Nautilus* s'était encore élevé de quelques milles pendant
la nuit. Il était au large, à une grande lieue d'une

côte que dominait un pic aigu de quatre à cinq cents mètres. Le canot portait avec moi le capitaine Nemo, deux hommes de l'équipage et les instruments, c'est-à-dire un chronomètre, une lunette et un baromètre.

Pendant notre traversée, je vis de nombreuses baleines qui appartenaient aux trois espèces particulières aux mers australes, la baleine franche ou « right-whale » des Anglais, qui n'a pas de nageoire dorsale, le hump-back, baléinoptère à ventre plissé, aux vastes nageoires blanchâtres qui, malgré son nom, ne forment pourtant pas des ailes, et le fin-back, brun jaunâtre, le plus vif des cétacés. Ce puissant animal se fait entendre de loin, lorsqu'il projette à une grande hauteur ses colonnes d'air et de vapeur, qui ressemblent à des tourbillons de fumée. Ces différents mammifères s'ébattaient par troupes dans les eaux tranquilles, et je vis bien que ce bassin du pôle antarctique servait maintenant de refuge aux cétacés trop vivement traqués par les pêcheurs.

Je remarquai également de longs cordons blanchâtres de salpes, sortes de mollusques agrégés, et des méduses de grande taille qui se balançaient entre le remous des lames.

A neuf heures, nous accostions la terre. Le ciel s'éclaircissait. Les nuages fuyaient dans le sud. Les brumes abandonnaient la surface froide des eaux. Le capitaine Nemo se dirigea vers le pic dont il voulait sans doute faire son observatoire. Ce fut une ascension pénible sur des laves aiguës et des pierres ponces, au milieu d'une atmosphère souvent saturée par les émanations sulfureuses des fumerolles. Le capitaine, pour un homme déshabitué de fouler la terre, gravissait les pentes les plus raides avec une souplesse, une agilité que je ne pouvais égaler, et qu'eût enviée un chasseur d'isards.

Il nous fallut deux heures pour atteindre le sommet de ce pic moitié porphyre, moitié basalte. De là, nos regards embrassaient une vaste mer qui, vers le nord, traçait nettement sa ligne terminale sur le fond du ciel. A nos pieds, des champs éblouissants de blancheur. Sur notre tête, un pâle azur, dégagé de brumes. Au nord, le disque du soleil comme une boule de feu déjà écornée par le tranchant de l'horizon. Du sein des eaux s'élevaient en gerbes magnifiques des jets liquides par centaines. Au loin, le *Nautilus,* comme un cétacé endormi. Derrière nous, vers le sud et l'est, une terre immense, un amoncellement chaotique de rochers et de glaces dont on n'apercevait pas la limite.

Le capitaine Nemo, en arrivant au sommet du pic, releva soigneusement sa hauteur au moyen du baromètre, car il devait en tenir compte dans son observation.

A midi moins le quart, le soleil, vu alors par réfraction seulement, se montra comme un disque d'or et dispersa ses derniers rayons sur ce continent abandonné, à ces mers que l'homme n'a jamais sillonnées encore.

Le capitaine Nemo, muni d'une lunette à réticules, qui, au moyen d'un miroir, corrigeait la réfraction, observa l'astre qui s'enfonçait peu à peu au-dessous de l'horizon en suivant une diagonale très-allongée. Je tenais le chronomètre. Mon cœur battait fort. Si la disparition du demi-disque du soleil coïncidait avec le midi du chronomètre, nous étions au pôle même.

« Midi ! m'écriai-je.

— Le pôle sud ! » répondit le capitaine Nemo d'une voix grave, en me donnant la lunette qui montrait l'astre du jour précisément coupé en deux portions égales par l'horizon.

Je regardai les derniers rayons couronner le pic et les ombres monter peu à peu sur ses rampes.

En ce moment, le capitaine Nemo, appuyant sa main sur mon épaule, me dit :

« Monsieur, en 1600, le Hollandais Ghéritk, entraîné par les courants et les tempêtes, atteignit le 64° de latitude sud et découvrit les New-Shetland. En 1773, le 17 janvier, l'illustre Cook, suivant le trente-huitième méridien, arriva par 67° 30′ de latitude, et en 1774, le 30 janvier, sur le cent neuvième méridien, il atteignit 71° 15′ de latitude. En 1819, le Russe Bellinghausen se trouva sur le soixante-neuvième parallèle, et en 1821, sur le soixante-sixième par 111° de longitude ouest. En 1820, l'Anglais Brunsfield fut arrêté sur le soixante-cinquième degré. La même année, l'Américain Morrel, dont les récits sont douteux, remontant sur le quarante-deuxième méridien, découvrait la mer libre par 70° 14′ de latitude. En 1825, l'Anglais Powell ne pouvait dépasser le soixante-deuxième degré. La même année, un simple pêcheur de phoques, l'Anglais Weddel s'élevait jusqu'à 72° 14′ de latitude sur le trente-cinquième méridien, et jusqu'à 74° 15′ sur le trente-sixième. En 1829, l'Anglais Forster, commandant le *Chanticleer,* prenait possession du continent antarctique par 63° 26′ de latitude et 66° 26′ de longitude. En 1831, l'Anglais Biscoë, le 1ᵉʳ février, découvrait la terre d'Enderby par 68° 50′ de latitude; en 1832, le 5 février, la terre d'Adélaïde par 67° de latitude, et le 21 février, la terre de Graham par 64° 45′ de latitude. En 1838, le Français Dumont d'Urville, arrêté devant la banquise par 62° 57′ de latitude, relevait la terre Louis-Philippe; deux ans plus tard, dans une nouvelle pointe au sud, il nommait par 66° 30′, le 21 janvier, la terre Adélie, et huit jours après, par 64° 40′, la côte Clarie. En 1838, l'Anglais Wilkes s'avançait jusqu'au soixante-neuvième parallèle sur le centième méridien. En 1839, l'Anglais Balleny découvrait la terre Sabrina, sur la limite du cercle polaire. Enfin, en 1842, l'Anglais James Ross, montant l'*Erebus* et le *Terror,* le 12 janvier, par 76° 56′ de latitude et 171° 7′ de longitude est, trouvait la terre Victoria; le 23 du même mois, il relevait le soixante-quatorzième parallèle, le plus haut point atteint jusqu'alors; le 27, il était par 76° 8′, le 28, par

77° 32, le 2 février, par 78° 4', et en 1842, il revenait au soixante-onzième degré qu'il ne put dépasser. Eh bien, moi, capitaine Nemo, ce 21 mars 1868, j'ai atteint le pôle sud sur le quatre-vingt-dixième degré, et je prends possession de cette partie du globe égale au sixième des continents reconnus.

— Au nom de qui, capitaine ?

— Au mien, monsieur ! »

Et ce disant, le capitaine Nemo déploya un pavillon noir, portant un N d'or brodé sur son étamine. Puis, se retournant vers l'astre du jour dont les derniers rayons léchaient l'horizon de la mer :

« Adieu, soleil, s'écria-t-il ! Disparais, astre radieux ! Couche-toi sous cette mer libre, et laisse une nuit de six mois étendre ses ombres sur mon nouveau domaine ! »

CHAPITRE XV.

ACCIDENT OU INCIDENT ?

Le lendemain, 22 mars, à six heures du matin, les préparatifs de départ furent commencés. Les dernières lueurs du crépuscule se fondaient dans la nuit. Le froid était vif. Les constellations resplendissaient avec une surprenante intensité. Au zénith brillait cette admirable Croix du Sud, l'étoile polaire des régions antarctiques.

Le thermomètre marquait douze degrés au-dessous de zéro, et, quand le vent fraîchissait, il causait de piquantes morsures. Les glaçons se multipliaient sur l'eau libre. La mer tendait à se prendre partout. De nombreuses plaques noirâtres, étalées à sa surface, annonçaient la prochaine formation de la jeune glace. Évidemment, le bassin austral, gelé pendant les six mois de l'hiver, était absolument inaccessible. Que devenaient les baleines pendant cette période? Sans doute, elles allaient par-dessous la banquise chercher des mers plus praticables. Quant aux phoques et aux morses, habitués à vivre sous les plus durs climats, ils restaient sur ces parages glacés. Ces animaux ont l'instinct de creuser des trous dans les ice-fields et de les maintenir toujours ouverts. C'est par ces trous qu'ils viennent respirer; lorsque les oiseaux, chassés par le froid, ont émigré vers le nord, ces mammifères marins demeurent les seuls maîtres du continent polaire.

Cependant les réservoirs d'eau s'étaient remplis, et le *Nautilus* descendait lentement. A une profondeur de mille pieds, il s'arrêta. Son hélice battit les flots, et il s'avança droit au nord avec une vitesse de quinze milles à l'heure. Vers le soir, il flottait déjà sous l'immense carapace glacée de la banquise.

Les panneaux du salon avaient été fermés par prudence, car la coque du *Nautilus* pouvait se heurter à quelque bloc immergé. Aussi je passai cette journée à mettre mes notes au net. Mon esprit était tout entier à ses souvenirs du pôle. Nous avions atteint ce point inaccessible sans fatigues, sans danger, comme si notre wagon flottant eût glissé sur les rails d'un chemin de fer. Et maintenant, le retour commençait véritable*ment. Me réserverait-il encore de pareilles surprises? Je le pensais, tant la série des merveilles sous-marines est inépuisable! Cependant, depuis cinq mois et demi que le hasard nous avait jetés à ce bord, nous avions franchi quatorze mille lieues, et sur ce parcours plus étendu que l'équateur terrestre, combien d'incidents ou curieux ou terribles avaient charmé notre voyage : la chasse dans les forêts de Crespo, l'échouement du détroit de Torrès, le cimetière de corail, les pêcheries de Ceylan, le tunnel arabique, les feux de Santorin, les millions de la baie du Vigo, l'Atlantide, le pôle Sud! Pendant la nuit, tous ces souvenirs, passant de rêve en rêve, ne laissèrent pas mon cerveau sommeiller un instant.

A trois heures du matin, je fus réveillé par un choc violent. Je m'étais redressé sur mon lit et j'écoutais au milieu de l'obscurité, quand je fus précipité brusquement au milieu de la chambre. Évidemment, le *Nautilus* donnait une bande considérable après avoir touché.

Je m'accotai aux parois et je me traînai par les coursives jusqu'au salon qu'éclairait le plafond lumineux. Les meubles étaient renversés. Heureusement, les vitrines, solidement saisies par le pied, avaient résisté. Les tableaux de tribord, sous le déplacement de la verticale, se collaient aux tapisseries, tandis que ceux de bâbord s'en écartaient d'un pied par leur bordure inférieure. Le *Nautilus* était donc couché sur tribord, et, de plus, complétement immobile.

A l'intérieur j'entendais un bruit de pas, des voix confuses. Mais le capitaine Nemo ne parut point. Au moment où j'allais quitter le salon, Ned Land et Conseil entrèrent.

« Qu'y a-t-il? leur dis-je aussitôt.

—Je venais le demander à monsieur, répondit Conseil.

— Mille diables! s'écria le Canadien, je le sais bien, moi! Le *Nautilus* a touché, et, à en juger par la gite qu'il donne, je ne crois pas qu'il s'en tire comme la première fois dans le détroit de Torrès.

—Mais au moins, demandai-je, est-il revenu à la surface de la mer?

— Nous l'ignorons, répondit Conseil.

— Il est facile de s'en assurer, » répondis-je.

Je consultai le manomètre. A ma grande surprise, il indiquait une profondeur de trois cent soixante mètres.

« Qu'est-ce que cela veut dire? m'écriai-je.

— Il faut interroger le capitaine Nemo, dit Conseil.

— Mais où le trouver? demanda Ned Land.

— Suivez-moi, » dis-je à mes deux compagnons.

Nous quittâmes le salon. Dans la bibliothèque, personne. Je supposai que le capitaine Nemo devait être posté dans la cage du timonier. Le mieux était d'attendre. Nous revînmes tous trois au salon.

Je passerai sous silence les récriminations du Canadien. Il avait beau jeu pour s'emporter. Je le laissai exhaler sa mauvaise humeur tout à son aise, sans lui répondre.

Nous étions ainsi depuis vingt minutes, cherchant à surprendre les moindres bruits qui se produisaient à l'intérieur du *Nautilus,* quand le capitaine Nemo entra. Il ne sembla pas nous voir. Sa physionomie, habituellement si impassible, révélait une certaine inquiétude. Il observa silencieusement la boussole, le manomètre, et vint poser son doigt sur un point du planisphère, dans cette partie qui représentait les mers australes.

Je ne voulus pas l'interrompre. Seulement, quelques instants plus tard, lorsqu'il se tourna vers moi, je lui dis en retournant contre lui une expression dont il s'était servi au détroit de Torrès :

« Un incident, capitaine ?

— Non, monsieur, répondit-il, un accident cette fois.

— Grave ?

— Peut-être.

— Le danger est-il immédiat ?

— Non.

— Le *Nautilus* s'est échoué ?

— Oui.

— Et cet échouement est venu ?...

— D'un caprice de la nature, non de l'impéritie des hommes. Pas une faute n'a été commise dans nos manœuvres. Toutefois on ne saurait empêcher l'équilibre de produire ses effets. On peut braver les lois humaines, mais non résister aux lois naturelles. »

Singulier moment que choisissait le capitaine Nemo pour se livrer à cette réflexion philosophique. En somme, sa réponse ne m'apprenait rien.

« Puis-je savoir, monsieur, lui demandai-je, quelle est la cause de cet accident?

— Un énorme bloc de glace, une montagne entière s'est retournée, me répondit-il. Lorsque les ice-bergs sont minés à leur base par des eaux plus chaudes ou par des chocs réitérés, leur centre de gravité remonte. Alors ils se retournent en grand, ils culbutent. C'est ce qui est arrivé. L'un de ces blocs, en se renversant, a heurté le *Nautilus* qui flottait sous les eaux. Puis, glissant sous sa coque et le relevant avec une irrésistible force, il l'a ramené dans des couches moins denses, où il se trouve couché sur le flanc.

— Mais ne peut-on dégager le *Nautilus* en vidant ses réservoirs, de manière à le remettre en équilibre?

— C'est ce qui se fait en ce moment, monsieur. Vous pouvez entendre les pompes fonctionner. Voyez l'aiguille du manomètre. Elle indique que le *Nautilus* remonte, mais le bloc de glace remonte avec lui, et, jusqu'à ce qu'un obstacle arrête son mouvement ascensionnel, notre position ne sera pas changée. »

En effet, le *Nautilus* donnait toujours la même bande sur tribord. Sans doute, il se redresserait, lorsque le bloc s'arrêterait lui-même. Mais à ce moment, qui sait si nous n'aurions pas heurté la partie supérieure de la banquise, si nous ne serions pas effroyablement pressés entre les deux surfaces glacées ?

Je réfléchissais à toutes les conséquences de cette situation. Le capitaine Nemo ne cessait d'observer le manomètre. Le *Nautilus*, depuis la chute de l'ice-berg, avait remonté de cent cinquante pieds environ ; mais il faisait toujours le même angle avec la perpendiculaire.

Soudain un léger mouvement se fit sentir dans la coque. Évidemment, le *Nautilus* se redressait un peu. Les objets suspendus dans le salon reprenaient sensiblement leur position normale. Les parois se rapprochaient de la verticalité. Personne de nous ne parlait. Le cœur ému, nous observions, nous sentions le redressement. Le plancher redevenait horizontal sous nos pieds. Dix minutes s'écoulèrent.

« Enfin, nous sommes droits ! m'écriai-je.

— Oui, dit le capitaine Nemo, se dirigeant vers la porte du salon.

— Mais flotterons-nous ? lui demandai-je.

— Certainement, répondit-il. Dès que les réservoirs auront été vidés, le *Nautilus* remontera à la surface de la mer. »

Le capitaine sortit, et je vis bientôt que, par ses ordres, on avait arrêté la marche ascensionnelle du *Nautilus*. En effet, il aurait bientôt heurté la partie inférieure de la banquise, et mieux valait le maintenir entre deux eaux.

« Nous l'avons échappé belle ! dit alors Conseil.

— Oui. Nous pouvions être écrasés entre ces blocs de glace, ou tout au moins emprisonnés. Et alors, faute de pouvoir renouveler l'air... Oui ! nous l'avons échappé belle !

— Si c'est fini ! » murmura Ned Land.

Je ne voulus pas entamer avec le Canadien une discussion sans utilité, et je ne répondis pas. D'ailleurs, les panneaux s'ouvrirent en ce moment, et la lumière extérieure fit irruption à travers la vitre dégagée.

Nous étions en pleine eau, ainsi que je l'ai dit; mais, à une distance de dix mètres, sur chaque côté du *Nautilus,* s'élevait une éblouissante muraille de glace. Au-dessus et au-dessous, même muraille; au-dessus, parce que la surface inférieure de la banquise se développait comme un plafond immense; au-dessous, parce que le bloc culbuté, ayant glissé peu à peu, avait trouvé sur les murailles latérales deux points d'appui qui le maintenaient dans cette position. Le *Nautilus* était emprisonné dans un véritable tunnel de glace, d'une largeur de vingt mètres environ, rempli d'une eau tranquille. Il lui était donc facile d'en sortir en marchant soit en avant soit en arrière, et de reprendre ensuite, à quelques centaines de mètres plus bas, un libre passage sous la banquise.

Le plafond lumineux avait été éteint, et cependant le salon resplendissait d'une lumière intense. C'est que la puissante réverbération des parois de glace y renvoyait violemment les nappes du fanal. Je ne saurais peindre l'effet des rayons voltaïques sur ces grands blocs capricieusement découpés, dont chaque angle, chaque arête, chaque facette jetait une lueur différente, suivant la nature des veines qui couraient dans la glace. Mine éblouissante de gemmes, et particulièrement de saphirs qui croisaient leurs jets bleus avec le jet vert des émeraudes. Çà et là des nuances opalines d'une douceur infinie couraient au milieu de points ardents, véritables diamants de feu dont l'œil ne pouvait soutenir l'éclat. La puissance du fanal était centuplée, comme celle d'une lampe à travers les lames lenticulaires d'un phare de premier ordre.

« Que c'est beau ! Que c'est beau ! s'écria Conseil.

— Oui ! dis-je, c'est un admirable spectacle. N'est-ce pas, Ned ?

— Eh ! mille diables ! oui, riposta Ned Land. C'est superbe ! Je rage d'être forcé d'en convenir. On n'a jamais rien vu de pareil. Mais ce spectacle-là pourra nous coûter cher. Et, s'il faut tout dire, je pense que nous voyons ici des choses que Dieu a voulu interdire aux regards de l'homme ! »

Ned avait raison. C'était trop beau. Tout à coup, un cri de Conseil me fit retourner.

« Qu'y a-t-il? demandai-je.

— Que monsieur ferme les yeux! Que monsieur ne regarde pas! »

Conseil, ce disant, appliquait vivement ses mains sur ses paupières.

« Mais qu'as-tu, mon garçon?

— Je suis ébloui, aveuglé ! »

Mes regards se portèrent involontairement vers la vitre, mais je ne pus supporter le feu qui la dévorait.

Je compris ce qui s'était passé. Le *Nautilus* venait de se mettre en marche à grande vitesse. Tous les éclats tranquilles des murailles de glace s'étaient alors changés en raies fulgurantes. Les feux de ces myriades de diamants se confondaient. Le *Nautilus*, emporté par son hélice, voyageait dans un fourreau d'éclairs.

Les panneaux du salon se refermèrent alors. Nous tenions nos mains sur nos yeux tout imprégnés de ces lueurs concentriques qui flottent devant la rétine, lorsque les rayons solaires l'ont trop violemment frappée. Il fallut un certain temps pour calmer ce trouble de nos regards.

Enfin, nos mains s'abaissèrent.

« Ma foi, je ne l'aurais jamais cru, dit Conseil.

— Et moi, je ne le crois pas encore ! riposta le Canadien.

— Quand nous reviendrons sur terre, ajouta Conseil, blasés sur tant de merveilles de la nature, que penserons-nous de ces misérables continents et des petits ouvrages sortis de la main des hommes! Non! le monde habité n'est plus digne de nous! »

De telles paroles dans la bouche d'un impassible Flamand montrent à quel degré d'ébullition était monté notre enthousiasme. Mais le Canadien ne manqua pas d'y jeter sa goutte d'eau froide.

« Le monde habité! dit-il en secouant la tête. Soyez tranquille, ami Conseil, nous n'y reviendrons pas! »

Il était alors cinq heures du matin. En ce moment, un choc se produisit à l'avant du *Nautilus*. Je compris que son éperon venait de heurter un bloc de glace. Ce devait être une fausse manœuvre, car ce tunnel sous-marin, obstrué de blocs, n'offrait pas une navigation facile. Je pensai donc que le capitaine Nemo, modifiant sa route, tournerait ces obstacles ou suivrait les sinuosités du tunnel. En tout cas, la marche en avant ne pouvait être absolument enrayée. Toutefois, contre mon attente, le *Nautilus* prit un mouvement rétrograde très-prononcé.

« Nous revenons en arrière? dit Conseil.

— Oui, répondis-je. Il faut que, de ce côté, le tunnel soit sans issue.

— Et alors?...

— Alors, dis-je, la manœuvre est bien simple. Nous retournerons sur nos pas, et nous sortirons par l'orifice sud. Voilà tout. »

En parlant ainsi, je voulais paraître plus rassuré que je ne l'étais réellement. Cependant le mouvement rétrograde du *Nautilus* s'accélérait, et, marchant à contre-hélice, il nous entraînait avec une grande rapidité.

« Ce sera un retard, dit Ned.

— Qu'importent quelques heures de plus ou de moins, pourvu qu'on sorte ! »

Je me promenai pendant quelques instants du salon à la bibliothèque. Mes compagnons, assis, se taisaient. Je me jetai bientôt sur un divan, et je pris un livre que mes yeux parcoururent machinalement.

Un quart d'heure après. Conseil. s'étant approché de moi, me dit :

« Est-ce bien intéressant ce que lit monsieur ?

— Très-intéressant, répondis-je.

— Je le crois. C'est le livre de monsieur que lit monsieur !

— Mon livre ? »

En effet, je tenais à la main l'ouvrage des *Grands Fonds sous-marins*. Je ne m'en doutais même pas. Je fermai le livre et repris ma promenade. Ned et Conseil se levèrent pour se retirer.

« Restez, mes amis, dis-je en les retenant. Restons ensemble jusqu'au moment où nous sortirons de cette impasse.

— Comme il plaira à monsieur, » répondit Conseil.

Quelques heures s'écoulèrent. J'observai souvent les instruments suspendus à la paroi du salon. Le manomètre indiquait que le *Nautilus* se maintenait à une profondeur constante de trois cents mètres, la boussole, qu'il se dirigeait toujours au sud, le loch, qu'il marchait avec une vitesse de vingt milles à l'heure, vitesse excessive dans un espace aussi resserré. Mais le capitaine Nemo savait qu'il ne pouvait trop se hâter, et qu'alors les minutes valaient des siècles.

A huit heures vingt-cinq, un second choc eut lieu, à l'arrière cette fois. Je pâlis. Mes compagnons s'étaient rapprochés de moi. J'avais saisi la main de Conseil. Nous nous interrogions du regard, et plus directement que si les mots eussent interprété notre pensée.

En ce moment, le capitaine entra dans le salon. J'allai à lui.

« La route est barrée au sud ? lui demandai-je.

— Oui, monsieur. L'ice-berg en se retournant a fermé toute issue.

— Nous sommes bloqués ?

— Oui. »

CHAPITRE XVI.

FAUTE D'AIR.

Ainsi, autour du *Nautilus*, au-dessus, au-dessous, un impénétrable mur de glace. Nous étions prisonniers de la banquise! Le Canadien avait frappé une table de son formidable poing. Conseil se taisait. Je regardai le capitaine. Sa figure avait repris son impassibilité habituelle. Il s'était croisé les bras. Il réfléchissait. Le *Nautilus* ne bougeait plus.

Le capitaine prit alors la parole :

« Messieurs, dit-il d'une voix calme, il y a deux manières de mourir dans les conditions où nous sommes. »

Cet inexplicable personnage avait l'air d'un professeur de mathématiques qui fait une démonstration à ses élèves.

« La première, reprit-il, c'est de mourir écrasés. La seconde, c'est de mourir asphyxiés. Je ne parle pas de la possibilité de mourir de faim, car les approvisionnements du *Nautilus* dureront certainement plus que nous. Préoccupons-nous donc des chances d'écrasement ou d'asphyxie.

— Quant à l'asphyxie, capitaine, répondis-je, elle

n'est pas à craindre, car nos réservoirs sont pleins.

— Juste, reprit le capitaine Nemo, mais ils ne donneront que deux jours d'air. Or, voilà trente-six heures que nous sommes enfouis sous les eaux, et déjà l'atmosphère alourdie du *Nautilus* devrait être renouvelée. Dans quarante-huit heures, notre réserve sera épuisée.

— Eh bien, capitaine, soyons délivrés avant quarante-huit heures !

— Nous le tenterons, du moins, en perçant la muraille qui nous entoure.

— De quel côté? demandai-je.

— C'est ce que la sonde nous apprendra. Je vais échouer le *Nautilus* sur le banc inférieur, et mes hommes, revêtus de scaphandres, attaqueront l'ice-berg par sa paroi la moins épaisse.

— Peut-on ouvrir les panneaux du salon?

— Sans inconvénient. Nous ne marchons plus. »

Le capitaine Nemo sortit. Bientôt des sifflements m'apprirent que l'eau s'introduisait dans les réservoirs. Le *Nautilus* s'abaissa lentement et reposa sur le fond de glace par une profondeur de trois cent cinquante mètres, profondeur à laquelle était immergé le banc de glace inférieur.

« Mes amis, dis-je, la situation est grave, mais je compte sur votre courage et sur votre énergie.

— Monsieur, me répondit le Canadien, ce n'est pas en ce moment que je vous ennuierai de mes récriminations. Je suis prêt à tout faire pour le salut commun.

— Bien, Ned, dis-je en tendant la main au Canadien.

— J'ajouterai, reprit-il, qu'habile à manier le pic comme le harpon, si je puis être utile au capitaine, il peut disposer de moi.

— Il ne refusera pas votre aide. Venez, Ned. »

Je conduisis le Canadien à la chambre où les hommes du *Nautilus* revêtaient leurs scaphandres. Je fis part au capitaine de la proposition de Ned, qui fut acceptée. Le Canadien endossa son costume de mer et fut aussitôt prêt que ses compagnons de travail. Chacun d'eux portait sur son dos l'appareil Rouquayrol auquel les réservoirs avaient fourni un large contingent d'air pur. Emprunt considérable, mais nécessaire, fait à la réserve du *Nautilus*. Quant aux lampes Ruhmkorff, elles devenaient inutiles au milieu de ces eaux lumineuses et saturées de rayons électriques.

Lorsque Ned fut habillé, je rentrai dans le salon dont les vitres étaient découvertes, et, posté près de Conseil, j'examinai les couches ambiantes qui supportaient le *Nautilus*.

Quelques instants après, nous voyions une douzaine d'hommes de l'équipage prendre pied sur le banc de glace, et parmi eux Ned Land, reconnaissable à sa haute taille. Le capitaine Nemo les accompagnait.

Avant de procéder au creusement des murailles, il fit pratiquer des sondages qui devaient assurer la bonne direction des travaux. De longues sondes furent enfoncées dans les parois latérales; mais après quinze mètres, elles étaient encore arrêtées par l'épaisse muraille. Il était inutile de s'attaquer à la surface plafonnante, puisque c'était la banquise elle-même, qui mesurait plus de quatre cents mètres de hauteur. Le capitaine Nemo fit alors sonder la surface inférieure. Là, dix mètres de paroi nous séparaient de l'eau. Telle était l'épaisseur de cet ice-field. Dès lors, il s'agissait d'en découper un morceau égal en superficie à la ligne de flottaison du *Nautilus.* C'était environ six mille cinq cents mètres cubes à détacher, afin de creuser un trou par lequel nous descendrions au-dessous du champ de glace.

Le travail fut immédiatement commencé et conduit avec une infatigable opiniâtreté. Au lieu de creuser autour du *Nautilus,* ce qui eût entraîné de plus grandes difficultés, le capitaine Nemo fit dessiner l'immense fosse à huit mètres de sa hanche de bâbord. Puis, ses hommes la taraudèrent simultanément sur plusieurs points de sa circonférence. Bientôt, le pic attaqua vigoureusement cette matière compacte, et de gros blocs furent détachés de la masse. Par un curieux effet de pesanteur spécifique, ces blocs, moins lourds que l'eau, s'envolaient pour ainsi dire à la voûte du tunnel, qui s'épaississait par le haut de ce dont il diminuait par le bas. Mais peu importait, du moment que la paroi inférieure s'amincissait d'autant.

Après deux heures d'un travail énergique, Ned Land

rentra épuisé. Ses compagnons et lui furent remplacés par de nouveaux travailleurs auxquels nous nous joignîmes, Conseil et moi. Le second du *Nautilus* nous dirigeait.

L'eau me parut singulièrement froide, mais je me réchauffai promptement en maniant le pic. Mes mouvements étaient très-libres, bien qu'ils se produisissent sous une pression de trente atmosphères.

Quand je rentrai, après deux heures de travail, pour prendre quelque nourriture et quelque repos, je trouvai une notable différence entre le fluide pur que me fournissait l'appareil Rouquayrol et l'atmosphère du *Nautilus*, déjà chargée d'acide carbonique. L'air n'avait pas été renouvelé depuis quarante-huit heures, et ses qualités vivifiantes étaient considérablement affaiblies. Cependant, en un laps de douze heures, nous n'avions enlevé qu'une tranche de glace épaisse d'un mètre sur la superficie dessinée, soit environ six cents mètres cubes. En admettant que le même travail fût accompli par douze heures, il fallait encore cinq nuits et quatre jours pour mener à bonne fin cette entreprise.

« Cinq nuits et quatre jours! dis-je à mes compagnons, et nous n'avons que pour deux jours d'air dans ces réservoirs.

— Sans compter, reprit Ned, qu'une fois sortis de cette damnée prison, nous serons encore emprisonnés sous la banquise et sans communication possible avec l'atmosphère! »

Réflexion juste. Qui pouvait alors prévoir le minimum de temps nécessaire à notre délivrance? L'asphyxie ne nous aurait-elle pas étouffés avant que le *Nautilus* eût pu revenir à la surface des flots? Était-il destiné à périr dans ce tombeau de glace avec tous ceux qu'il renfermait? La situation paraissait terrible. Mais chacun l'avait envisagée en face, et tous étaient décidés à faire leur devoir jusqu'au bout.

Suivant mes prévisions, pendant la nuit, une nouvelle tranche d'un mètre fut enlevée à l'immense alvéole. Mais, le matin, quand, revêtu de mon scaphandre, je parcourus la masse liquide par une température de six à sept degrés au-dessous de zéro, je remarquai que les murailles latérales se rapprochaient peu à peu. Les couches d'eau éloignées de la fosse, que n'échauffaient pas le travail des hommes et le jeu des outils, marquaient une tendance à se solidifier. En présence de ce nouveau et imminent danger, que devenaient nos chances de salut, et comment empêcher la solidification de ce milieu liquide, qui eût fait éclater comme du verre les parois du *Nautilus?*

Je ne fis point connaître ce nouveau danger à mes deux compagnons. A quoi bon risquer d'abattre cette énergie qu'ils employaient au pénible travail du sauvetage? Mais, lorsque je fus revenu à bord, je fis observer au capitaine Nemo cette grave complication.

« Je le sais, me dit-il de ce ton calme que ne pouvaient modifier les plus terribles conjonctures. C'est un danger de plus, mais je ne vois aucun moyen d'y parer. La seule chance de salut, c'est d'aller plus vite que la solidification. Il s'agit d'arriver premiers. Voilà tout. »

Arriver premiers! Enfin j'aurais dû être habitué à ces façons de parler!

Cette journée, pendant plusieurs heures, je maniai le pic avec opiniâtreté. Ce travail me soutenait. D'ailleurs, travailler, c'était quitter le *Nautilus,* c'était respirer directement cet air pur emprunté aux réservoirs et fourni par les appareils, c'était abandonner une atmosphère appauvrie et viciée.

Vers le soir, la fosse s'était encore creusée d'un mètre. Quand je rentrai à bord, je faillis être asphyxié par l'acide carbonique dont l'air était saturé. Ah! que n'avions-nous les moyens chimiques qui eussent permis de chasser ce gaz délétère! L'oxygène ne nous manquait pas. Toute cette eau en contenait une quantité considérable, et en la décomposant par nos puissantes piles, elle nous eût restitué le fluide vivifiant. J'y avais bien songé, mais à quoi bon, puisque l'acide carbonique, produit de notre respiration, avait envahi toutes les parties du navire? Pour l'absorber, il eût fallu remplir des récipients de potasse caustique et les agiter incessamment. Or, cette matière manquait à bord, et rien ne la pouvait remplacer.

Ce soir-là, le capitaine Nemo dut ouvrir les robinets de ses réservoirs et lancer quelques colonnes d'air pur à l'intérieur du *Nautilus*. Sans cette précaution, nous ne nous serions pas réveillés.

Le lendemain, 26 mars, je repris mon travail de mineur en entamant le cinquième mètre. Les parois latérales et la surface inférieure de la banquise s'épaississaient visiblement. Il était évident qu'elles se rejoindraient avant que le *Nautilus* fût parvenu à se dégager. Le désespoir me prit un instant. Mon pic fut près de s'échapper de mes mains. A quoi bon creuser, si je devais périr étouffé, écrasé par cette eau qui se faisait pierre, un supplice que la férocité des sauvages n'eût pas même inventé? Il me semblait que j'étais entre les formidables mâchoires d'un monstre qui se rapprochaient irrésistiblement.

En ce moment, le capitaine Nemo, dirigeant le travail, travaillant lui-même, passa près de moi. Je le touchai de la main et je lui montrai les parois de notre prison. La muraille de tribord s'était avancée à moins de quatre mètres de la coque du *Nautilus*.

Le capitaine me comprit et me fit signe de le suivre. Nous rentrâmes à bord. Mon scaphandre ôté, je l'accompagnai dans le salon.

« Monsieur Aronnax, me dit-il, il faut tenter quelque héroïque moyen, ou nous allons être scellés dans cette eau solidifiée comme dans du ciment.

— Oui, dis-je, mais que faire?

— Ah! s'écria-t-il, si mon *Nautilus* était assez fort pour supporter cette pression sans en être écrasé?

— Eh bien? demandai-je, ne saisissant pas l'idée du capitaine.

— Ne comprenez-vous pas, reprit-il, que cette congélation de l'eau nous viendrait en aide! Ne voyez-vous pas que par sa solidification, elle ferait éclater ces champs de glace qui nous emprisonnent, comme elle fait, en se gelant, éclater les pierres les plus dures! Ne sentez-vous pas qu'elle serait un agent de salut au lieu d'être un agent de destruction!

— Oui, capitaine, peut-être. Mais quelque résistance à l'écrasement que possède le *Nautilus*, il ne pourrait supporter cette épouvantable pression et s'aplatirait comme une feuille de tôle.

— Je le sais, monsieur. Il ne faut donc pas compter sur les secours de la nature, mais sur nous-mêmes. Il faut s'opposer à cette solidification. Il faut l'enrayer. Non-seulement, les parois latérales se resserrent, mais il ne reste pas dix pieds d'eau à l'avant ou à l'arrière du *Nautilus*. La congélation nous gagne de tous les côtés.

— Combien de temps, demandai-je, l'air des réservoirs nous permettra-t-il de respirer à bord? »

Le capitaine me regarda en face.

« Après-demain, dit-il, les réservoirs seront vides! »

Une sueur froide m'envahit. Et cependant, devais-je m'étonner de cette réponse? Le 22 mars, le *Nautilus* s'était plongé sous les eaux libres du pôle. Nous étions au 26. Depuis cinq jours, nous vivions sur les réserves

du bord! Et ce qui restait d'air respirable, il fallait
le conserver aux travailleurs. Au moment où j'écris ces
choses, mon impression est tellement vive encore,
qu'une terreur involontaire s'empare de tout mon être,
et que l'air semble manquer à mes poumons!

Cependant, le capitaine Nemo réfléchissait, silencieux, immobile. Visiblement, une idée lui traversait
l'esprit. Ma ̂ ̂ paraissait la repousser. Il se répondait
négativement à lui-même. Enfin, ces mots s'échappèrent de ses lèvres :

« L'eau bouillante ! murmura-t-il.

— L'eau bouillante? m'écriai-je.

— Oui, monsieur. Nous sommes renfermés dans un
espace relativement restreint. Est-ce que des jets d'eau
bouillante, constamment injectée par les pompes du
Nautilus, n'élèveraient pas la température de ce milieu
et ne retarderaient pas sa congélation?

— Il faut l'essayer, dis-je résolûment.

— Essayons, monsieur le professeur. »

Le thermomètre marquait alors moins sept degrés
à l'extérieur. Le capitaine Nemo me conduisit aux cui-
sines où fonctionnaient de vastes appareils distillatoires
qui fournissaient de l'eau potable par évaporation. Ils
se chargèrent d'eau, et toute la chaleur électrique des
piles fut lancée à travers les serpentins baignés par
le liquide. En quelques minutes, cette eau avait atteint
cent degrés. Elle fut dirigée vers les pompes pendant
qu'une eau nouvelle la remplaçait au fur et à mesure.

La chaleur développée par les piles était telle que l'eau froide, puisée à la mer, après avoir seulement traverse les appareils, arrivait bouillante aux corps de pompe.

L'injection commença, et trois heures après, le thermomètre marquait extérieurement six degrés au-dessous de zéro. C'était un degré de gagné. Deux heures plus tard, le thermomètre n'en marquait que quatre.

« Nous réussirons, dis-je au capitaine, après avoir suivi et contrôlé par de nombreuses remarques les progrès de l'opération.

— Je le pense, me répondit-il. Nous ne serons pas écrasés. Nous n'avons plus que l'asphyxie à craindre. »

Pendant la nuit, la température de l'eau remonta à un degré au-dessous de zéro. Les injections ne purent la porter à un point plus élevé. Mais comme la congélation de l'eau de mer ne se produit qu'à moins deux degrés, je fus enfin rassuré contre les dangers de la solidification.

Le lendemain, 27 mars, six mètres de glace avaient été arrachés de l'alvéole. Quatre mètres seulement restaient à enlever. C'étaient encore quarante-huit heures de travail. L'air ne pouvait plus être renouvelé à l'intérieur du *Nautilus*. Aussi cette journée alla-t-elle toujours en empirant.

Une lourdeur intolérable m'accablait. Vers trois heures du soir, ce sentiment d'angoisse fut porté en moi à un degré violent. Des bâillements me disloquaient les mâchoires. Mes poumons haletaient en cherchant ce fluide comburant, indispensable à la respiration, et qui se raréfiait de plus en plus. Une torpeur morale s'empara de moi. J'étais étendu sans force, presque sans connaissance. Mon brave Conseil, pris des mêmes symptômes, souffrant des mêmes souffrances, ne me quittait pas. Il me prenait la main, il m'encourageait, et je l'entendais encore murmurer :

« Ah ! si je pouvais ne pas respirer pour laisser plus d'air à monsieur ! »

Les larmes me venaient aux yeux de l'entendre parler ainsi.

Si notre situation, à tous, était intolérable à l'intérieur, avec quelle hâte, avec quel bonheur, nous revêtions nos scaphandres pour travailler à notre tour ! Les pics résonnaient sur la couche glacée. Les bras se fatiguaient, les mains s'écorchaient, mais qu'étaient ces fatigues, qu'importaient ces blessures ! L'air vital arrivait aux poumons ! On respirait ! On respirait !

Et cependant, personne ne prolongeait au delà du temps voulu son travail sous les eaux. Sa tâche accomplie, chacun remettait à ses compagnons haletants le réservoir qui devait lui verser la vie. Le capitaine Nemo donnait l'exemple et se soumettait le premier à cette sévère discipline. L'heure arrivée, il cédait son appareil à un autre et rentrait dans l'atmosphère viciée du bord, toujours calme, sans une défaillance, sans un murmure.

Ce jour-là, le travail habituel fut accompli avec plus

de vigueur encore. Deux mètres seulement restaient à enlever sur toute la superficie. Deux mètres seulement nous séparaient de la mer libre. Mais les réservoirs étaient presque vides d'air. Le peu qu'ils contenaient devait être conservé aux travailleurs. Pas un atome pour le *Nautilus!*

Lorsque je rentrai à bord, je fus à demi suffoqué. Quelle nuit ! Je ne saurais la peindre. De telles souffrances ne peuvent être décrites. Le lendemain, ma respiration était horriblement oppressée. Aux douleurs de tête se mêlaient d'étourdissants vertiges qui faisaient de moi un homme ivre. Mes compagnons éprouvaient les mêmes symptômes. Quelques hommes de l'équipage râlaient.

Ce jour-là, le sixième de notre emprisonnement, le capitaine Nemo, trouvant trop lents la pioche et le pic, résolut d'écraser la couche de glaces qui nous séparait encore de la nappe liquide. Cet homme avait conservé son sang-froid et son énergie. Il domptait par sa force morale les douleurs physiques. Il pensait, il combinait, il agissait.

D'après son ordre, le bâtiment fut soulagé, c'est-à-dire soulevé de la couche glacée par un changement de pesanteur spécifique. Lorsqu'il flotta, on le hala de manière à l'amener au-dessus de l'immense fosse dessinée suivant sa ligne de flottaison. Puis, ses réservoirs d'eau s'emplissant, il descendit et s'emboîta dans l'alvéole.

En ce moment, tout l'équipage rentra à bord, et la double porte de communication fut fermée. Le *Nautilus* reposait alors sur la couche de glace qui ne mesurait pas un mètre d'épaisseur et que les sondes avaient trouée en mille endroits.

Les robinets des réservoirs furent alors ouverts en grand, et cent mètres cubes d'eau s'y précipitèrent, accroissant de cent mille kilogrammes le poids du *Nautilus*.

Nous attendions, nous écoutions, oubliant nos souffrances, espérant encore. Nous jouions notre salut sur un dernier coup.

Malgré les bourdonnements qui emplissaient ma tête, j'entendis bientôt des frémissements sous la coque du *Nautilus*. Un dénivellement se produisit. La glace craqua avec un fracas singulier, pareil à celui du papier qui se déchire, et le *Nautilus* s'abaissa.

« Nous passons ! » murmura Conseil à mon oreille.

Je ne pus lui répondre. Je saisis sa main. Je la pressai dans une convulsion involontaire.

Tout à coup, emporté par son effroyable surcharge, le *Nautilus* s'enfonça comme un boulet sous les eaux, c'est-à-dire qu'il tomba comme il eût fait dans le vide !

Alors toute la force électrique fut mise sur les pompes qui aussitôt commencèrent à chasser l'eau des réservoirs. Après quelques minutes, notre chute fut enrayée. Bientôt même le manomètre indiqua un mouvement ascensionnel. L'hélice, marchant à toute vitesse, fit tressaillir la coque de tôle jusque dans ses boulons, et nous entraîna vers le nord.

Mais que devait durer cette navigation sous la banquise jusqu'à la mer libre? Un jour encore? Je serais mort avant!

A demi étendu sur un divan de la bibliothèque, je suffoquais. Ma face était violette, mes lèvres bleues, mes facultés suspendues. Je ne voyais plus, je n'entendais plus. La notion du temps avait disparu de mon esprit. Mes muscles ne pouvaient se contracter.

Les heures qui s'écoulèrent ainsi, je ne saurais les évaluer. Mais j'eus la conscience de mon agonie qui commençait. Je compris que j'allais mourir...

Soudain je revins à moi. Quelques bouffées d'air pénétraient dans mes poumons. Étions-nous remontés à la surface des flots? Avions-nous franchi la banquise?

Non! C'étaient Ned et Conseil, mes deux braves amis, qui se sacrifiaient pour me sauver. Quelques atomes d'air restaient encore au fond d'un appareil. Au lieu de le respirer, ils l'avaient conservé pour moi, et, tandis qu'ils suffoquaient, ils me versaient la vie goutte à goutte. Je voulus repousser l'appareil, ils me tinrent les mains, et pendant quelques instants, je respirai avec volupté.

Mes regards se portèrent vers l'horloge. Il était onze heures du matin. Nous devions être au 28 mars. Le *Nautilus* marchait avec une vitesse effrayante de quarante milles à l'heure. Il se tordait dans les eaux.

Où était le capitaine Nemo? Avait-il succombé? Ses compagnons étaient-ils morts avec lui?

En ce moment, le manomètre indiqua que nous n'étions plus qu'à vingt pieds de la surface. Un simple champ de glace nous séparait de l'atmosphère. Ne pouvait-on le briser?

Peut-être! En tout cas, le *Nautilus* allait le tenter. Je sentis, en effet, qu'il prenait une position oblique, abaissant son arrière et relevant son éperon. Une introduction d'eau avait suffi pour rompre son équilibre. Puis, poussé par sa puissante hélice, il attaqua l'icefield par en dessous comme un formidable bélier. Il le crevait peu à peu, se retirait, donnait à toute vitesse contre le champ qui se déchirait, et enfin, emporté par un élan suprême, il s'élança sur la surface glacée qu'il écrasa de son poids.

Le panneau fut ouvert, on pourrait dire arraché, et l'air pur s'introduisit à flots dans toutes les parties du *Nautilus*.

CHAPITRE XVII.

DU CAP HORN A L'AMAZONE.

Comment étais-je sur la plate-forme, je ne saurais le dire. Peut-être le Canadien m'y avait-il transporté. Mais je respirais, je humais l'air vivifiant de la mer. Mes deux compagnons s'enivraient près de moi de ses fraîches molécules. Les malheureux trop longtemps privés de nourriture ne peuvent se jeter inconsidérément sur les premiers aliments qu'on leur présente. Nous, au contraire, nous n'avions pas à nous modérer, nous pouvions aspirer à pleins poumons les atomes de cette atmosphère, et c'était la brise, la brise elle-même qui nous versait cette voluptueuse ivresse !

« Ah ! faisait Conseil, que c'est bon, l'oxygène ! Que monsieur ne craigne pas de respirer. Il y en a pour tout le monde. »

Quant à Ned Land, il ne parlait pas, mais il ouvrait des mâchoires à effrayer un requin. Et quelles puissantes aspirations ! Le Canadien « tirait » comme un poêle en pleine combustion.

Les forces nous revinrent promptement, et, lorsque

je regardai autour de moi, je vis que nous étions seuls sur la plate-forme. Aucun homme de l'équipage. Pas même le capitaine Nemo. Les étranges marins du *Nautilus* se contentaient de l'air qui circulait à l'intérieur. Aucun n'était venu se délecter en pleine atmosphère.

Les premières paroles que je prononçai furent des paroles de remercîment et de gratitude pour mes deux compagnons. Ned et Conseil avaient prolongé mon existence pendant les dernières heures de cette longue agonie. Toute ma reconnaissance ne pouvait payer un tel dévouement.

« Bon ! monsieur le professeur, me répondit Ned Land, cela ne vaut pas la peine d'en parler ! Quel mérite avons-nous eu à cela ? Aucun. Ce n'était qu'une question d'arithmétique. Votre existence valait plus que la nôtre. Donc il fallait la conserver.

— Non, Ned, répondis-je, elle ne valait pas plus. Personne n'est supérieur à un homme généreux et bon, et vous l'êtes !

— C'est bien ! c'est bien ! répétait le Canadien embarrassé.

— Et toi, mon brave Conseil, tu as bien souffert.

— Pas trop. Pour tout dire à monsieur, il me manquait bien quelques gorgées d'air, mais je crois que je m'y serais fait. D'ailleurs, je regardais monsieur qui se pâmait, et cela ne me donnait pas la moindre envie de respirer Cela me coupait, comme on dit, le respir... »

Conseil, confus de s'être jeté dans la banalité, n'acheva pas.

« Mes amis, répondis-je vivement ému, nous sommes liés les uns aux autres pour jamais, et vous avez sur moi des droits...

— Dont j'abuserai, riposta le Canadien.

— Hein? fit Conseil.

— Oui, reprit Ned Land, le droit de vous entraîner avec moi, quand je quitterai cet infernal *Nautilus*.

— Au fait, dit Conseil, allons-nous du bon côté?

— Oui, répondis-je, puisque nous allons du côté du soleil, et ici le soleil, c'est le nord.

— Sans doute, reprit Ned Land, mais il reste à savoir si nous rallions le Pacifique ou l'Atlantique, c'est-à-dire les mers fréquentées ou désertes. »

A cela je ne pouvais répondre, et je craignais que le capitaine Nemo ne nous ramenât plutôt vers ce vaste Océan qui baigne à la fois les côtes de l'Asie et de l'Amérique. Il compléterait ainsi son tour du monde sous-marin, et reviendrait vers ces mers où le *Nautilus* trouvait la plus entière indépendance. Mais si nous retournions au Pacifique, loin de toute terre habitée, que devenaient les projets de Ned Land?

Nous devions, avant peu, être fixés sur ce point important. Le *Nautilus* marchait rapidement. Le cercle polaire fut bientôt franchi, et le cap mis sur le promontoire de Horn. Nous étions par le travers de la pointe américaine, le 31 mars, à sept heures du soir.

Alors toutes nos souffrances passées étaient oubliées. Le souvenir de cet emprisonnement dans les glaces s'effaçait peu à peu de notre esprit. Nous ne songions qu'à l'avenir. Le capitaine Nemo ne paraissait plus, ni dans le salon, ni sur la plate-forme. Le point reporté chaque jour sur le planisphère et fait par le second me permettait de relever la direction exacte du *Nautilus*. Or, ce soir-là, il devint évident, à ma grande satisfaction, que nous revenions au nord par la route de l'Atlantique.

J'appris au Canadien et à Conseil le résultat de mes observations.

« Bonne nouvelle, répondit le Canadien, mais où va le *Nautilus* ?

— Je ne saurais le dire, Ned.

— Son capitaine voudrait-il, après le pôle sud, affronter le pôle nord, et revenir au Pacifique par le fameux passage du nord-ouest ?

— Il ne faudrait pas l'en défier, répondit Conseil.

— Eh bien, dit le Canadien, nous lui fausserons compagnie auparavant.

— En tout cas, ajouta Conseil, c'est un maître homme que ce capitaine Nemo, et nous ne regretterons pas de l'avoir connu.

— Surtout quand nous l'aurons quitté ! » riposta Ned Land.

Le lendemain, 1er avril, lorsque le *Nautilus* remonta à la surface des flots, quelques minutes avant midi, nous eûmes connaissance d'une côte à l'ouest. C'était la Terre-du-Feu, à laquelle les premiers navigateurs donnèrent ce nom en voyant les fumées nombreuses qui s'élevaient des huttes indigènes. Cette Terre-du-Feu forme une vaste agglomération d'îles qui s'étend sur trente lieues de long et quatre-vingts lieues de large, entre 53° et 56° de latitude australe, et 67°50′ et 77°15′ de longitude ouest. La côte me parut basse, mais au loin se dressaient de hautes montagnes. Je crus même entrevoir le mont Sarmiento, élevé de deux mille soixante-dix mètres au-dessus du niveau de la mer, bloc pyramidal de schiste, à sommet très-aigu, qui, suivant qu'il est voilé ou dégagé de vapeurs, « annonce le beau ou le mauvais temps, » me dit Ned Land.

— Un fameux baromètre, mon ami.

— Oui, monsieur, un baromètre naturel, qui ne m'a jamais trompé quand je naviguais dans les passes du détroit de Magellan. »

En ce moment, ce pic nous parut nettement découpé sur le fond du ciel. C'était un présage de beau temps, qui se réalisa.

Le *Nautilus*, rentré sous les eaux, se rapprocha de la côte, qu'il prolongea à quelques milles seulement. Par les vitres du salon, je vis de longues lianes, et des fucus gigantesques, ces varechs porte-poires, dont la mer libre du pôle renfermait quelques échantillons; avec leurs filaments visqueux et polis, ils mesuraient jusqu'à trois cents mètres de longueur; véritables

câbles, plus gros que le pouce, très-résistants, ils
servent souvent d'amarres aux navires. Une autre
herbe, connue sous le nom de velp, à feuilles longues
de quatre pieds, empâtées dans les concrétions coralligènes, tapissait les fonds. Elle servait de nid et de
nourriture à des myriades de crustacés et de mollusques, des crabes, des seiches. Là, les phoques et les
loutres se livraient à de splendides repas, mélangeant
la chair du poisson et les légumes de la mer, suivant
la méthode anglaise.

Sur ces fonds gras et luxuriants, le *Nautilus* passait
avec une extrême rapidité. Vers le soir, il se rapprocha
de l'archipel des Malouines, dont je pus, le lendemain,
reconnaître les âpres sommets. La profondeur de la
mer était médiocre. Je pensai donc, non sans raison,
que ces deux îles, entourées d'un grand nombre d'îlots,
faisaient autrefois partie des terres magellaniques. Les
Malouines furent probablement découvertes par le
célèbre John Davis, qui leur imposa le nom de Davis-
Southern-Islands. Plus tard, Richard Hawkins les appela
Maiden-Islands, îles de la Vierge. Elles furent ensuite
nommées Malouines, au commencement du XVIII\e siècle, par des pêcheurs de Saint-Malo, et enfin Falk-
land par les Anglais auxquels elles appartiennent
aujourd'hui.

Sur ces parages, nos filets rapportèrent de beaux
spécimens d'algues, et particulièrement un certain
fucus dont les racines étaient chargées de moules qui

sont les meilleures du monde. Des oies et des canards
s'abattirent par douzaines sur la plate-forme et prirent
place bientôt dans les offices du bord. En fait de poissons, j'observai spécialement des osseux appartenant
au genre gobie, et surtout des boulerots, longs de deux
décimètres, tout parsemés de taches blanchâtres et
jaunes.

J'admirai également de nombreuses méduses, et les
plus belles du genre, les chrysaores, particulières aux
mers des Malouines. Tantôt elles figuraient une ombrelle
demi-sphérique très-lisse, rayée de lignes d'un rouge
brun et terminée par douze festons réguliers; tantôt
c'était une corbeille d'où s'échappaient gracieusement
de larges feuilles et de longues ramilles rouges. Elles
nageaient en agitant leurs quatre bras foliacés et laissaient pendre à la dérive leur opulente chevelure de
tentacules. J'aurais voulu conserver quelques échantillons de ces délicats zoophytes; mais ce ne sont que
des nuages, des ombres, des apparences, qui fondent
et s'évaporent hors de leur élément natal.

Lorsque les dernières hauteurs des Malouines eurent
disparu sous l'horizon, le *Nautilus* s'immergea entre
vingt et vingt-cinq mètres et suivit la côte américaine.
le capitaine Nemo ne se montrait pas.

Jusqu'au 3 avril, nous ne quittâmes pas les parages
de la Patagonie, tantôt sous l'Océan, tantôt à sa surface. Le *Nautilus* dépassa le large estuaire formé par
l'embouchure de la Plata, et se trouva, le 4 avril, par

le travers de l'Uruguay, mais à cinquante milles au large. Sa direction se maintenait au nord, et il suivait les longues sinuosités de l'Amérique méridionale. Nous avions fait alors seize mille lieues depuis notre embarquement dans les mers du Japon.

Vers onze heures du matin, le tropique du Capricorne fut coupé sur le trente-septième méridien, et nous passâmes au large du cap Frio. Le capitaine Nemo, au grand déplaisir de Ned Land, n'aimait pas le voisinage de ces côtes habitées du Brésil, car il marchait avec une vitesse vertigineuse. Pas un poisson, pas un oiseau, des plus rapides qui soient, ne pouvaient nous suivre, et les curiosités naturelles de ces mers échappèrent à toute observation.

Cette rapidité se soutint pendant plusieurs jours, et le 9 avril, au soir, nous avions connaissance de la pointe la plus orientale de l'Amérique du Sud qui forme le cap San Roque. Mais alors le *Nautilus* s'écarta de nouveau, et il alla chercher à de plus grandes profondeurs une vallée sous-marine qui se creuse entre ce cap et Sierra-Leone sur la côte africaine. Cette vallée se bifurque à la hauteur des Antilles et se termine au nord par une énorme dépression de neuf mille mètres. En cet endroit, la coupe géologique de l'Océan figure jusqu'aux petites Antilles une falaise de six kilomètres, taillée à pic, et, à la hauteur des îles du cap Vert, une autre muraille non moins considérable, qui enferment ainsi tout le continent immergé de l'Atlantide. Le fond de cette immense vallée est accidenté de quelques montagnes qui donnent un aspect pittoresque à ces fonds sous-marins. J'en parle surtout d'après les cartes manuscrites que contenait la bibliothèque du *Nautilus,* cartes évidemment dues à la main du capitaine Nemo et levées sur ses observations personnelles.

Pendant deux jours, ces eaux désertes et profondes furent visitées au moyen des plans inclinés. Le *Nautilus* fournissait de longues bordées diagonales qui le portaient à toutes les hauteurs. Mais, le 11 avril, il se releva subitement, et la terre nous réapparut à l'ouvert du fleuve des Amazones, vaste estuaire dont le débit est si considérable qu'il dessale la mer sur un espace de plusieurs lieues.

L'équateur était coupé. A vingt milles dans l'ouest restaient les Guyanes, une terre française sur laquelle nous eussions trouvé un facile refuge. Mais le vent soufflait en grande brise, et les lames furieuses n'auraient pas permis à un simple canot de les affronter. Ned Land le comprit sans doute, car il ne parla pas de fuir. De mon côté, je ne fis aucune allusion à ses projets d'évasion, car je ne voulais pas le pousser à quelque tentative qui eût infailliblement avorté.

Je me dédommageai facilement de ce retard par d'intéressantes études. Pendant ces deux journées des 11 et 12 avril, le *Nautilus* ne quitta pas la surface de la mer, et son chalut lui ramena toute une pêche miraculeuse en zoophytes, en poissons et en reptiles.

Quelques zoophytes avaient été dragués par la chaîne des chaluts. C'étaient, pour la plupart, de belles phyctallines, appartenant à la famille des actinidiens, et entre autres espèces, le *phyctalis protexta,* originaire de cette partie de l'Océan, petit tronc cylindrique, agrémenté de lignes verticales et tacheté de points rouges que couronne un merveilleux épanouissement de tentacules. Quant aux mollusques, ils consistaient en produits que j'avais déjà observés, des turritelles, des olives-porphyres, à lignes régulièrement entre-croisées, dont les taches rousses se relevaient vivement sur un fond de chair, des ptérocères fantaisistes, semblables à des scorpions pétrifiés, des hyales translucides, des argonautes, des seiches excellentes à manger, et certaines espèces de calmars, que les naturalistes de l'antiquité classaient parmi les poissons volants, et qui servent principalement d'appât pour la pêche de la morue.

Des poissons de ces parages que je n'avais pas encore eu l'occasion d'étudier, je notai diverses espèces. Parmi les cartilagineux : des ptéromizons-pricka, sortes d'anguilles, longues de quinze pouces, tête verdâtre, nageoires violettes, dos gris bleuâtre, ventre brun argenté semé de taches vives, iris des yeux cerclé d'or, curieux animaux que le courant de l'Amazone avait dû entraîner jusqu'en mer, car ils habitent les eaux douces; des raies tuberculées, à museau pointu, à queue longue et déliée, armées d'un long aiguillon dentelé; de petits

squales d'un mètre, gris et blanchâtres de peau, dont
les dents, disposées sur plusieurs rangs, se recourbent
en arrière, et qui sont vulgairement connus sous le
nom de pantoufliers; des lophies-vespertilions, sortes
de triangles isocèles rougeâtres, d'un demi-mètre, auxquels les pectorales tiennent par des prolongations
charnues qui leur donnent l'aspect de chauves-souris,
mais que leur appendice corné, situé près des narines,
a fait surnommer licornes de mer; enfin quelques
espèces de balistes, le curassavien dont les flancs pointillés brillent d'une éclatante couleur d'or, et le capris-
que violet clair, à nuances chatoyantes comme la gorge
d'un pigeon.

Je termine là cette nomenclature un peu sèche, mais
très-exacte, par la série des poissons osseux que j'observai : passans, appartenant au genre des aptéronotes,
dont le museau est très-obtus et blanc de neige, le
corps peint d'un beau noir, et qui sont munis d'une
lanière charnue très-longue et très-déliée; odontagna-
thes aiguillonnés, longues sardines de trois décimètres,
resplendissant d'un vif éclat argenté; scombres-guares,
pourvus de deux nageoires anales; centronotes-nègres
à teintes noires, que l'on pêche avec des brandons,
longs poissons de deux mètres, à chair grasse, blanche,
ferme, qui, frais, ont le goût de l'anguille, et secs, le
goût du saumon fumé; labres demi-rouges, revêtus
d'écailles seulement à la base des nageoires dorsales et
anales; chrysoptères, sur lesquels l'or et l'argent mêlent

leur éclat à ceux du rubis et de la topaze ; spares-
queues-d'or, dont la chair est extrêmement délicate, et
que leurs propriétés phosphorescentes trahissent au
milieu des eaux ; spares-pobs, à langue fine, à teintes
oranges ; sciènes-coro à caudales d'or, acanthures-noi-
rauds, anableps de Surinam, etc.

Cet « et cætera » ne saurait m'empêcher de citer
encore un poisson dont Conseil se souviendra longtemps
et pour cause

Un de nos filets avait rapporté une sorte de raie très-
aplatie qui, la queue coupée, eût formé un disque par-
fait et qui pesait une vingtaine de kilogrammes. Elle
était blanche en dessous, rougeâtre en dessus, avec de
grandes taches rondes d'un bleu foncé et cerclées de
noir, très-lisse de peau, et elle se terminait par une
nageoire bilobée. Étendue sur la plate-forme, elle se
débattit, essaya de se retourner par des mouvements
convulsifs, et fit tant d'efforts qu'un dernier soubre-
saut allait la précipiter à la mer, lorsque Conseil, qui
tenait à son poisson, se jeta sur lui, et, avant que je
ne pusse l'en empêcher, il le saisit à deux mains.

Aussitôt, le voilà renversé, les jambes en l'air, paralysé d'une moitié du corps, et criant :

« Ah ! mon maître, mon maître ! Venez à moi. »

C'était la première fois que le pauvre garçon ne me
parlait pas à la « troisième personne. »

Le Canadien et moi, nous l'avions relevé, nous le
rictionnions à bras raccourcis, et quand il reprit ses

sens, cet éternel classificateur murmura d'une voix en-
tre-coupée :

« Classe des cartilagineux, ordre des chondoptéry-
giens, à branchies fixes, sous-ordre des sélaciens, famille des raies, genre des torpilles ! »

— Oui, mon ami, répondis-je, c'est une torpille qui
t'a mis dans ce déplorable état.

— Ah ! monsieur peut m'en croire, riposta Conseil,
mais je me vengerai de cet animal.

— Et comment ?

— En le mangeant. »

Ce qu'il fit le soir même, mais par pure représaille,
car franchement, c'était coriace.

L'infortuné Conseil s'était attaqué à une torpille de
la plus dangereuse espèce, la cumana. Ce bizarre animal, dans un milieu conducteur tel que l'eau, foudroie
les poissons à plusieurs mètres de distance, tant est
grande la puissance de son organe électrique, dont les
deux surfaces principales ne mesurent pas moins de
vingt-sept pieds carrés.

Le lendemain, 12 avril, pendant la journée, le *Nautilus* s'approcha de la côte hollandaise, vers l'embouchure du Maroni. Là vivaient en famille plusieurs
groupes de lamantins. C'étaient des manates qui,
comme le dugong et le stellère, appartiennent à l'ordre
des syréniens. Ces beaux animaux, paisibles et inoffensifs, longs de six à sept mètres, devaient peser au moins
quatre mille kilogrammes. J'appris à Ned Land et à

Conseil que la prévoyante nature avait assigné à ces mammifères un rôle important. Ce sont eux, en effet, qui, comme les phoques, doivent paître les prairies sous-marines et détruire ainsi les agglomérations d'herbes qui obstruent l'embouchure des fleuves tropicaux.

« Et savez-vous, ajoutai-je, ce qui s'est produit, depuis que les hommes ont presque entièrement anéanti ces races utiles? C'est que les herbes putréfiées ont empoisonné l'air, et l'air empoisonné, c'est la fièvre jaune qui désole ces admirables contrées. Les végétations vénéneuses se sont multipliées sous ces mers torrides, et le mal s'est irrésistiblement développé depuis l'embouchure du Rio de la Plata jusqu'aux Florides! »

Et s'il faut en croire Toussenel, ce fléau n'est rien encore auprès de celui qui frappera nos descendants, lorsque les mers seront dépeuplées de baleines et de phoques. Alors, encombrées de poulpes, de méduses, de calmars, elles deviendront de vastes foyers d'infection, puisque leurs flots ne posséderont plus ces « vastes estomacs, que Dieu avait chargés d'écumer la surface des mers. »

Cependant, sans dédaigner ces théories, l'équipage du *Nautilus* s'empara d'une demi-douzaine de manates. Il s'agissait, en effet, d'approvisionner les cambuses d'une chair excellente, supérieure à celle du bœuf et du veau. Cette chasse ne fut pas intéressante. Les manates se laissaient frapper sans se défendre. Plusieurs milliers de kilos de viande destinée à être séchée furent emmagasinés à bord.

Ce jour-là, une pêche, singulièrement pratiquée, vint encore accroître les réserves du *Nautilus*, tant ces mers étaient giboyeuses. Le chalut avait rapporté dans ses mailles un certain nombre de poissons dont la tête se terminait par une plaque ovale à rebords charnus. C'étaient des échénéides de la troisième famille des malacoptérygiens subbrachiens. Leur disque aplati se compose de lames cartilagineuses transversales mobiles, entre lesquelles l'animal peut opérer le vide, ce qui lui permet d'adhérer aux objets à la façon d'une ventouse.

Le remora que j'avais observé dans la Méditerranée appartient à cette espèce. Mais celui dont il s'agit ici, c'était l'échénéide ostéochère, particulier à cette mer. Nos marins, à mesure qu'ils les prenaient, les déposaient dans des bailles pleines d'eau.

La pêche terminée, le *Nautilus* se rapprocha de la côte. En cet endroit, un certain nombre de tortues marines dormaient à la surface des flots. Il eût été difficile de s'emparer de ces précieux reptiles, car le moindre bruit les éveille, et leur solide carapace est à l'épreuve du harpon. Mais l'échénéide devait opérer cette capture avec une sûreté et une précision extraordinaires. Cet animal, en effet, est un hameçon vivant, qui ferait le bonheur et la fortune du naïf pêcheur à la ligne.

Les hommes du *Nautilus* attachèrent à la queue de ces poissons un anneau assez large pour ne pas gêner leurs mouvements, et à cet anneau, une longue corde amarrée à bord par l'autre bout.

Les échénéides, jetés à la mer, commencèrent aussitôt leur rôle et allèrent se fixer au plastron des tortues. Leur ténacité était telle qu'ils se fussent déchirés plutôt que de lâcher prise. On les halait à bord, et avec eux les tortues auxquelles ils adhéraient.

On prit ainsi plusieurs cacouannes, larges d'un mètre, qui pesaient deux cents kilos. Leur carapace, couverte de plaques cornées grandes, minces, transparentes, brunes, avec mouchetures blanches et jaunes, les rendaient très-précieuses. En outre, elles étaient excellentes au point de vue comestible, ainsi que les tortues franches qui sont d'un goût exquis.

Cette pêche termina notre séjour sur les parages de l'Amazone, et, la nuit venue, le *Nautilus* regagna la haute mer.

CHAPITRE XVIII.

LES POULPES.

Pendant quelques jours, le *Nautilus* s'écarta constamment de la côte américaine. Il ne voulait pas, évidemment, fréquenter les flots du golfe du Mexique ou de la mer des Antilles. Cependant, l'eau n'eût pas manqué sous sa quille, puisque la profondeur moyenne de ces mers est de dix-huit cents mètres; mais, probablement, ces parages, semés d'îles et sillonnés de steamers, ne convenaient pas au capitaine Nemo.

Le 16 avril, nous eûmes connaissance de la Martinique et de la Guadeloupe, à une distance de trente milles environ. J'aperçus un instant leurs pitons élevés.

Le Canadien, qui comptait mettre ses projets à exécution dans le golfe, soit en gagnant une terre, soit en accostant un des nombreux bateaux qui font le cabotage d'une île à l'autre, fut très-décontenancé. La fuite eût été fort praticable si Ned Land fût parvenu à s'emparer du canot à l'insu du capitaine. Mais en plein Océan, il ne fallait plus y songer.

Le Canadien, Conseil et moi, nous eûmes une assez longue conversation à ce sujet. Depuis six mois nous étions prisonniers à bord du *Nautilus*. Nous avions fait dix-sept mille lieues, et, comme le disait Ned Land, il n'y avait pas de raison pour que cela finît. Il me fit donc une proposition à laquelle je ne m'attendais pas. Ce fut de poser catégoriquement cette question au capitaine Nemo : Le capitaine comptait-il nous garder indéfiniment à son bord?

Une semblable démarche me répugnait. Suivant moi elle ne pouvait aboutir. Il ne fallait rien espérer du commandant du *Nautilus,* mais tout de nous seuls. D'ailleurs, depuis quelque temps, cet homme devenait

plus sombre, plus retiré, moins sociable. Il paraissait
m'éviter. Je ne le rencontrais qu'à de rares intervalles.
Autrefois, il se plaisait à m'expliquer les merveilles
sous-marines; maintenant il m'abandonnait à mes
études et ne venait plus au salon.

Quel changement s'était opéré en lui? Pour quelle
cause? Je n'avais rien à me reprocher. Peut-être notre
présence à bord lui pesait-elle? Cependant, je ne devais
pas espérer qu'il fût homme à nous rendre la liberté.

Je priai donc Ned de me laisser réfléchir avant d'agir.
Si cette démarche n'obtenait aucun résultat, elle pouvait raviver ses soupçons, rendre notre situation pénible et nuire aux projets du Canadien. J'ajouterai que
je ne pouvais en aucune façon invoquer la question de
santé. Si l'on excepte la rude épreuve de la banquise
du pôle Sud, nous ne nous étions jamais mieux portés,
Ned, Conseil et moi. Cette nourriture saine, cette atmosphère salubre, cette régularité d'existence, cette uni-
formité de température, ne donnaient pas prise aux
maladies, et pour un homme auquel les souvenirs de
la terre ne laissaient aucun regret, pour un capitaine
Nemo, qui est chez lui, qui va où il veut, qui, par
des voies mystérieuses pour les autres, non pour lui-
même, marche à son but, je comprenais une telle existence. Mais nous, nous n'avions pas rompu avec l'humanité. Pour mon compte, je ne voulais pas ensevelir
avec moi mes études si curieuses et si nouvelles.
J'avais maintenant le droit d'écrire le vrai livre de la

mer, et ce livre, je voulais que, plus tôt que plus tard, il pût voir le jour.

Là encore, dans ces eaux des Antilles, à dix mètres au-dessous de la surface des flots, par les panneaux ouverts, que de produits intéressants j'eus à signaler sur mes notes quotidiennes! C'étaient, entre autres zoophytes, des galères connues sous le nom de physalies-pélagiques, sortes de grosses vessies oblongues, à reflets nacrés, tendant leur membrane au vent et laissant flotter leurs tentacules bleus comme des fils de soie; méduses charmantes à l'œil, véritables orties au toucher qui distillent un liquide corrosif. C'étaient, parmi les articulés, des annélides longs d'un mètre et demi, armés d'une trompe rose et pourvus de dix-sept cents organes locomoteurs, qui serpentaient sous les eaux et jetaient en passant toutes les lueurs du spectre solaire. C'étaient, dans l'embranchement des poissons, des raies-molubars, énormes cartilagineux longs de dix pieds et pesant six cents livres, la nageoire pectorale triangulaire, le milieu du dos un peu bombé, des yeux fixés aux extrémités de la face antérieure de la tête, et qui, flottant comme une épave de navire, s'appliquaient parfois à la façon d'un opaque volet sur notre vitre. C'étaient des balistes-américains, pour lesquels la nature n'a broyé que du blanc et du noir, des gobies-plumiers, allongés et charnus, aux nageoires jaunes, à la mâchoire proéminente, des scombres de seize décimètres, à dents courtes et aiguës, couverts de petites écailles, appartenant à l'espèce des albicores. Puis, par nuées, apparaissaient des surmulets, corsetés de raies d'or de la tête à la queue, agitant leurs resplendissantes nageoires ; véritables chefs-d'œuvre de bijouterie consacrés autrefois à Diane, particulièrement recherchés des riches Romains, et dont le proverbe disait : « Ne les mange pas qui les prend ! » Enfin, des pomacanthes-dorés, ornés de bandelettes émeraude, habillés de velours et de soie, passaient devant nos yeux comme des seigneurs de Véronèse ; des spares-éperonnés se dérobaient sous leur rapide nageoire thoracine ; des clupanodons de quinze pouces s'enveloppaient de leurs lueurs phosphorescentes ; des muges battaient la mer de leur grosse queue charnue ; des corégones rouges semblaient faucher les flots avec leur pectorale tranchante, et des sélènes argentées, dignes de leur nom, se levaient sur l'horizon des eaux comme autant de lunes aux reflets blanchâtres.

Que d'autres échantillons merveilleux et nouveaux j'eusse encore observés, si le *Nautilus* ne se fût peu à peu abaissé vers les couches profondes ! Ses plans inclinés l'entraînèrent jusqu'à des fonds de deux mille et trois mille cinq cents mètres. Alors la vie animale n'était plus représentée que par des encrines, des étoiles de mer, de charmantes pentacrines tête de méduse, dont la tige droite supportait un petit calice, des troques, des quenottes sanglantes et des fissurelles, mollusques littoraux de grande espèce.

Le 20 avril, nous étions remontés à une hauteur moyenne de quinze cents mètres. La terre la plus rapprochée était alors cet archipel des îles Lucayes, disséminées comme un tas de pavés à la surface des eaux. Là s'élevaient de hautes falaises sous-marines, murailles droites faites de blocs frustes, disposés par larges assises, entre lesquels se creusaient des trous noirs que nos rayons électriques n'éclairaient pas jusqu'au fond.

Ces roches étaient tapissées de grandes herbes, de laminaires géantes, de fucus interminables, un véritable espalier d'hydrophytes dignes d'un monde de Titans.

De ces plantes colossales dont nous parlions, Conseil, Ned et moi, nous fûmes naturellemement amenés à citer les animaux gigantesques de la mer. Les unes sont évidemment destinées à la nourriture des autres. Cependant, par les vitres du *Nautilus* presque immobile, je n'apercevais encore sur ces longs filaments que les principaux articulés de la division des brachioures, des lambres à longues pattes, des crabes violacés, des clios particuliers aux mers des Antilles.

Il était environ onze heures, quand Ned Land attira mon attention sur un formidable fourmillement qui se produisait à travers les grandes algues.

« Eh bien, dis-je, ce sont là de véritables cavernes à poulpes, et je ne serais pas étonné d'y voir quelques-uns de ces monstres.

— Quoi! fit Conseil, des calmars, de simples calmars, de la classe des céphalopodes?

— Non, dis-je, des poulpes de grande dimension.
Mais l'ami Land s'est trompé sans doute, car je n'aperçois rien.

— Je le regrette, répliqua Conseil. Je voudrais contempler face à face l'un de ces poulpes dont j'ai tant
entendu parler et qui peuvent entraîner des navires
dans le fond des abîmes. Ces bêtes-là, ça se nomme
des krak...

— Craque suffit, répondit ironiquement le Canadien.

— Krakens, riposta Conseil, achevant son mot sans
se soucier de la plaisanterie de son compagnon.

— Jamais on ne me fera croire, dit Ned Land, que
de tels animaux existent.

— Pourquoi pas? répondit Conseil. Nous avons bien
cru au narwal de monsieur.

— Nous avons eu tort, Conseil.

— Sans doute! mais il est probable que d'autres y
croient encore.

— C'est vraisemblable, répondis-je à Conseil, mais
pour mon compte, je suis bien décidé à n'admettre
l'existence de ces monstres que lorsque je les aurai
disséqués de ma propre main.

— Ainsi, me demanda Conseil, monsieur ne croit
pas à l'existence des poulpes gigantesques?

— Eh! qui diable y a jamais cru? s'écria le Canadien.

— Beaucoup de gens, ami Ned.

— Pas des pêcheurs. Des savants, peut-être !

— Pardon, Ned. Des pêcheurs et des savants !

— Mais moi qui vous parle, dit Conseil de l'air le plus sérieux du monde, je me rappelle parfaitement avoir vu une grande embarcation entraînée sous les flots par les bras d'un céphalopode.

— Vous avez vu cela ? demanda le Canadien.

— Oui, Ned.

— De vos propres yeux ?

— De mes propres yeux.

— Où, s'il vous plaît ?

— A Saint-Malo, répartit imperturbablement Conseil.

— Dans le port ? dit Ned Land ironiquement.

— Non, dans une église, répondit Conseil.

— Dans une église ! s'écria le Canadien.

— Oui, ami Ned. C'était un tableau qui représentait le poulpe en question !

— Bon ! fit Ned Land, éclatant de rire. Monsieur Conseil qui me fait poser !

— Au fait, il a raison, dis-je. J'ai entendu parler de ce tableau ; mais le sujet qu'il représente est tiré d'une légende, et vous savez ce qu'il faut penser des légendes en matière d'histoire naturelle ! D'ailleurs, quand il s'agit de monstres, l'imagination ne demande qu'à s'égarer. Non-seulement on a prétendu que ces poulpes pouvaient entraîner des navires, mais un certain Olaüs Magnus parle d'un céphalopode, long d'un mille, qui ressemblait plutôt à une île qu'à un animal. On raconte aussi que l'évêque de Nidros dressa un jour un autel sur un rocher immense. Sa messe finie, le rocher se mit en marche et retourna à la mer. Le rocher était un poulpe.

— Et c'est tout? demanda le Canadien.

— Non, répondis-je. Un autre évêque, Pontoppidam de Berghem, parle également d'un poulpe sur lequel pouvait manœuvrer un régiment de cavalerie!

— Ils allaient bien, les évêques d'autrefois! dit Ned Land.

— Enfin, les naturalistes de l'antiquité citent des monstres dont la gueule ressemblait à un golfe, et qui étaient trop gros pour passer par le détroit de Gibraltar.

— A la bonne heure! fit le Canadien.

— Mais dans tous ces récits, qu'y a-t-il de vrai? demanda Conseil.

— Rien, mes amis, rien du moins de ce qui passe la limite de la vraisemblance pour monter jusqu'à la fable ou à la légende. Toutefois, à l'imagination des conteurs, il faut sinon une cause, du moins un prétexte. On ne peut nier qu'il existe des poulpes et des calmars de très-grande espèce, mais inférieurs cependant aux cétacés. Aristote a constaté les dimensions d'un calmar de cinq coudées, soit trois mètres dix. Nos pêcheurs en voient fréquemment dont la longueur dépasse un mètre quatre-vingts. Les musées de Trieste et de Montpellier conservent des squelettes de poulpes qui mesurent deux mètres. D'ailleurs, suivant le calcul des naturalistes, un de ces animaux, longs de six pieds seulement, aurait des tentacules longs de vingt-sept. Ce qui suffit pour en faire un monstre formidable.

— En pêche-t-on de nos jours? demanda le Canadien.

— S'ils n'en pêchent pas, les marins en voient du moins. Un de mes amis, le capitaine Paul Bos, du Havre, m'a souvent affirmé qu'il avait rencontré un de ces monstres de taille colossale dans les mers de l'Inde. Mais le fait le plus étonnant, et qui ne permet plus de nier l'existence de ces animaux gigantesques, s'est passé il y a quelques années, en 1861.

— Quel est ce fait? demanda Ned Land.

— Le voici. En 1861, dans le nord-est de Ténériffe, à peu près par la latitude où nous sommes en ce moment, l'équipage de l'aviso l'*Alecton* aperçut un monstrueux calmar qui nageait dans ses eaux. Le commandant Bouguer s'approcha de l'animal, et il l'attaqua à coups de harpon et à coups de fusils, sans grand succès, car balles et harpons traversaient ces chairs molles comme une gelée sans consistance. Après plusieurs tentatives infructueuses, l'équipage parvint à passer un nœud coulant autour du corps du mollusque. Ce nœud glissa jusqu'aux nageoires caudales et s'y arrêta. On essaya alors de haler le monstre à bord, mais son poids était si considérable qu'il se sépara de sa queue sous la traction de la corde, et, privé de cet ornement, il disparut sous les eaux.

— Enfin, voilà un fait, dit Ned Land.

— Un fait indiscutable, mon brave Ned. Aussi a-t-on proposé de nommer ce poulpe « calmar de Bouguer. »

— Et quelle était sa longueur? demanda le Canadien.

— Ne mesurait-il pas six mètres environ? dit Conseil, qui, posté à la vitre, examinait de nouveau les anfractuosités de la falaise.

— Précisément, répondis-je.

— Sa tête, reprit Conseil, n'était-elle pas couronnée de huit tentacules, qui s'agitaient sur l'eau comme une nichée de serpents?

— Précisément.

— Ses yeux, placés à fleur de tête, n'avaient-ils pas un développement considérable?

— Oui, Conseil.

— Et sa bouche, n'était-ce pas un véritable bec de perroquet, mais un bec formidable?

— En effet, Conseil.

— Eh bien, n'en déplaise à monsieur, répondit tranquillement Conseil, si ce n'est pas le calmar de Bouguer, voici du moins un de ses frères. »

Je regardai Conseil. Ned Land se précipita vers la vitre.

« L'épouvantable bête! » s'écria-t-il.

Je regardai à mon tour, et je ne pus réprimer un mouvement de répulsion. Devant mes yeux s'agitait un monstre horrible, digne de figurer dans les légendes tératologiques.

C'était un calmar de dimensions colossales, ayant huit mètres de longueur. Il marchait à reculons avec une extrême vélocité dans la direction du *Nautilus*. Il regardait de ses énormes yeux fixes à teintes glauques. Ses huit bras, ou plutôt ses huit pieds, implantés sur sa tête, qui ont valu à ces animaux le nom de céphalopodes, avaient un développement double de son corps et se tordaient comme la chevelure des furies. On voyait distinctement les deux cent cinquante ventouses disposées sur la face interne des tentacules sous forme de capsules semi-sphériques. Parfois ces ventouses s'appliquaient sur la vitre du salon en y faisant le vide. La bouche de ce monstre, — un bec de corne fait comme le bec d'un perroquet, — s'ouvrait et se refermait verticalement. Sa langue, substance cornée, armée elle-même de plusieurs rangées de dents aiguës, sortait en frémissant de cette véritable cisaille. Quelle fantaisie de la nature! Un bec d'oiseau à un mollusque! Son corps, fusiforme et renflé dans sa partie moyenne, formait une masse charnue qui devait peser vingt à vingt-cinq mille kilogrammes. Sa couleur inconstante, changeant avec une extrême rapidité suivant l'irritation de l'animal, passait successivement du gris livide au brun rougeâtre.

De quoi s'irritait ce mollusque? Sans doute de la présence de ce *Nautilus*, plus formidable que lui, et sur lequel ses bras suceurs ou ses mandibules n'avaient aucune prise. Et cependant, quels monstres que ces poulpes, quelle vitalité le Créateur leur a départie, quelle vigueur dans leurs mouvements, puisqu'ils possèdent trois cœurs!

Le hasard nous avait mis en présence de ce calmar, et je ne voulus pas laisser perdre l'occasion d'étudier soigneusement cet échantillon des céphalopodes. Je surmontai l'horreur que m'inspirait son aspect, et, prenant un crayon, je commençai à le dessiner.

« C'est peut-être le même que celui de l'*Alecton*, dit Conseil.

— Non, répondit le Canadien, puisque celui-ci est entier et que l'autre a perdu sa queue!

— Ce ne serait pas une raison, répondis-je. Les bras et la queue de ces animaux se reforment par rédintégration, et depuis sept ans, la queue du calmar de Bouguer a sans doute eu le temps de repousser.

— D'ailleurs, riposta Ned, si ce n'est pas celui-ci. c'est peut-être un de ceux-là ! »

En effet, d'autres poulpes apparaissaient à la vitre de tribord. J'en comptai sept. Ils faisaient cortége au *Nautilus*, et j'entendais les grincements de leur bec sur la coque de tôle. Nous étions servis à souhait.

Je continuai mon travail. Ces monstres se maintenaient dans nos eaux avec une telle précision qu'ils semblaient immobiles, et j'aurais pu les décalquer en raccourci sur la vitre. D'ailleurs, nous marchions sous une allure modérée.

Tout à coup le *Nautilus* s'arrêta. Un choc le fit tressaillir dans toute sa membrure.

« Est-ce que nous avons touché? demandai-je.

— En tout cas, répondit le Canadien, nous serions déjà dégagés, car nous flottons. »

Le *Nautilus* flottait sans doute, mais il ne marchait plus. Les branches de son hélice ne battaient pas les flots. Une minute se passa. Le capitaine Nemo, suivi de son second, entra dans le salon.

Je ne l'avais pas vu depuis quelque temps. Il me parut sombre. Sans nous parler, sans nous voir peut-être, il alla au panneau, regarda les poulpes et dit quelques mots à son second.

Celui-ci sortit. Bientôt les panneaux se refermèrent. Le plafond s'illumina.

J'allai vers le capitaine.

« Une curieuse collection de poulpes, lui dis-je, du ton dégagé que prendrait un amateur devant le cristal d'un aquarium.

— En effet, monsieur le naturaliste, me répondit-il, et nous allons les combattre corps à corps. »

Je regardai le capitaine. Je croyais n'avoir pas bien entendu.

« Corps à corps? répétai-je.

— Oui, monsieur. L'hélice est arrêtée. Je pense que les mandibules cornées de l'un de ces calmars se sont engagées dans ses branches. Ce qui nous empêche de marcher.

— Et qu'allez-vous faire?

— Remonter à la surface et massacrer toute cette vermine.

— Entreprise difficile.

— En effet. Les balles électriques sont impuissantes contre ces chairs molles où elles ne trouvent pas assez de résistance pour éclater. Mais nous les attaquerons à la hache.

— Et au harpon, monsieur, dit le Canadien, si vous ne refusez pas mon aide.

— Je l'accepte, maître Land.

— Nous vous accompagnerons, dis-je, » et, suivant le capitaine Nemo, nous nous dirigeâmes vers l'escalier central.

Là, une dizaine d'hommes, armés de haches d'abordage, se tenaient prêts à l'attaque. Conseil et moi, nous primes deux haches. Ned Land saisit un harpon.

Le *Nautilus* était alors revenu à la surface des flots. Un des marins, placé sur les derniers échelons, dévissait les boulons du panneau. Mais les écrous étaient à peine dégagés, que le panneau se releva avec une violence extrême, évidemment tiré par la ventouse d'un bras de poulpe.

Aussitôt un de ces longs bras se glissa comme un serpent par l'ouverture, et vingt autres s'agitèrent au-dessus. D'un coup de hache, le capitaine Nemo coupa ce formidable tentacule, qui glissa sur les échelons en se tordant.

Au moment où nous nous pressions les uns sur les autres pour atteindre la plate-forme, deux autres bras, cinglant l'air, s'abattirent sur le marin placé devant le capitaine Nemo et l'enlevèrent avec une violence irrésistible.

Le capitaine Nemo poussa un cri et s'élança au dehors. Nous nous étions précipités à sa suite.

Quelle scène! Le malheureux, saisi par le tentacule et collé à ses ventouses, était balancé dans l'air au caprice de cette énorme trompe. Il râlait, il étouffait, il criait: «A moi! à moi!» Ces mots, *prononcés en français,* me causèrent une profonde stupeur! j'avais donc un compatriote à bord, plusieurs peut-être! Cet appel déchirant, je l'entendrai toute ma vie!

L'infortuné était perdu. Qui pouvait l'arracher à cette puissante étreinte? Cependant le capitaine Nemo s'était précipité sur le poulpe, et, d'un coup de hache, il lui avait encore abattu un bras. Son second luttait avec rage contre d'autres monstres qui rampaient sur les flancs du *Nautilus.* L'équipage se battait à coups de hache. Le Canadien, Conseil et moi, nous enfoncions nos armes dans ces masses charnues. Une violente odeur de musc pénétrait l'atmosphère. C'était horrible.

Un instant, je crus que le malheureux, enlacé par le poulpe, serait arraché à sa puissante succion. Sept bras sur huit avaient été coupés. Un seul, brandissant la victime comme une plume, se tordait dans l'air. Mais au moment où le capitaine Nemo et son second se précipitaient sur lui, l'animal lança une colonne d'un liquide noirâtre, sécrété par une bourse située dans son abdomen. Nous en fûmes aveuglés. Quand ce nuage se fut dissipé, le calmar avait disparu, et avec lui mon infortuné compatriote!

Quelle rage nous poussa alors contre ces monstres! On ne se possédait plus. Dix ou douze poulpes avaient envahi la plate-forme et les flancs du *Nautilus*. Nous roulions pêle-mêle au milieu de ces tronçons de serpents qui tressautaient sur la plate-forme dans des flots de sang et d'encre noire. Il semblait que ces visqueux tentacules renaissaient comme les têtes de l'hydre. Le harpon de Ned Land, à chaque coup, se plongeait dans les yeux glauques des calmars et les crevait. Mais mon audacieux compagnon fut soudain renversé par les tentacules d'un monstre qu'il n'avait pu éviter.

Ah! comment mon cœur ne s'est-il pas brisé d'émotion et d'horreur! Le formidable bec du calmar s'était ouvert sur Ned Land. Ce malheureux allait être coupé en deux. Je me précipitai à son secours. Mais le capitaine Nemo m'avait devancé. Sa hache disparut entre les deux énormes mandibules, et miraculeusement sauvé, le Canadien, se relevant, plongea son harpon tout entier jusqu'au triple cœur du poulpe.

« Je me devais cette revanche! » dit le capitaine Nemo au Canadien.

Ned s'inclina sans lui répondre.

Ce combat avait duré un quart d'heure. Les monstres

vaincus, mutilés, frappés à mort, nous laissèrent enfin
la place et disparurent sous les flots.

Le capitaine Nemo, rouge de sang, immobile près
du fanal, regardait la mer qui avait englouti l'un de
ses compagnons, et de grosses larmes coulaient de ses
yeux.

CHAPITRE XIX.

LE GULF-STREAM.

Cette terrible scène du 20 avril, aucun de nous ne
pourra jamais l'oublier. Je l'ai écrite sous l'impression
d'une émotion violente. Depuis, j'en ai revu le récit.
Je l'ai lu à Conseil et au Canadien. Ils l'ont trouvé exact
comme fait, mais insuffisant comme effet. Pour peindre de pareils tableaux, il faudrait la plume du plus
illustre de nos poëtes, l'auteur des *Travailleurs de la
mer*.

J'ai dit que le capitaine Nemo pleurait en regardant
les flots. Sa douleur fut immense. C'était le second
compagnon qu'il perdait depuis notre arrivée à bord
Et quelle mort! Cet ami, écrasé, étouffé, brisé par le
formidable bras d'un poulpe, broyé sous ses mandibules de fer, ne devait pas reposer avec ses compa-

gnons dans les paisibles eaux du cimetière de corail !

Pour moi, au milieu de cette lutte, c'était ce cri de désespoir poussé par l'infortuné qui m'avait déchiré le cœur. Ce pauvre Français, oubliant son langage de convention, s'était repris à parler la langue de son pays et de sa mère, pour jeter un suprême appel ! Parmi cet équipage du *Nautilus*, associé de corps et d'âme au capitaine Nemo, fuyant comme lui le contact des hommes, j'avais donc un compatriote ! Était-il seul à représenter la France dans cette mystérieuse association, évidemment composée d'individus de nationalités diverses ? C'était encore un de ces insolubles problèmes qui se dressaient sans cesse devant mon esprit !

Le capitaine Nemo rentra dans sa chambre, et je ne le vis plus pendant quelque temps. Mais qu'il devait être triste, désespéré, irrésolu, si j'en jugeais par ce navire dont il était l'âme et qui recevait toutes ses impressions ! Le *Nautilus* ne gardait plus de direction déterminée. Il allait, venait, flottait comme un cadavre au gré des lames. Son hélice avait été dégagée, et cependant il s'en servait à peine. Il naviguait au hasard. Il ne pouvait s'arracher du théâtre de sa dernière lutte, de cette mer qui avait dévoré l'un des siens !

Dix jours se passèrent ainsi. Ce fut le 1er mai seulement que le *Nautilus* reprit franchement sa route au nord, après avoir eu connaissance des Lucayes à l'ouvert du canal de Bahama. Nous suivions alors le courant du plus grand fleuve de la mer, qui a ses rives, ses poissons et sa température propres. J'ai nommé le Gulf-Stream.

C'est un fleuve, en effet, qui coule librement au milieu de l'Atlantique, et dont les eaux ne se mélangent pas aux eaux océaniennes. C'est un fleuve salé, plus salé que la mer ambiante. Sa profondeur moyenne est de trois mille pieds, sa largeur moyenne de soixante milles. En de certains endroits, son courant marche avec une vitesse de quatre kilomètres à l'heure. L'invariable volume de ses eaux est plus considérable que celui de tous les fleuves du globe.

La véritable source du Gulf-Stream, reconnue par le commandant Maury, son point de départ, si l'on veut, est situé dans le golfe de Gascogne. Là, ses eaux, encore faibles de température et de couleur, commencent à se former. Il descend au sud, longe l'Afrique équatoriale, échauffe ses flots aux rayons de la zone torride, traverse l'Atlantique, atteint le cap San Roque sur la côte brésilienne, et se bifurque en deux branches dont l'une va se saturer encore des chaudes molécules de la mer des Antilles. Alors le Gulf-Stream, chargé de rétablir l'équilibre entre les températures et de mêler les eaux des tropiques aux eaux boréales, commence son rôle de pondérateur. Chauffé à blanc dans le golfe du Mexique, il s'élève au nord sur les côtes américaines, s'avance jusqu'à Terre-Neuve, dévie sous la poussée du courant froid du détroit de Davis, reprend la route de l'Océan en suivant sur un des grands cercles du globe la ligne loxodromique, se divise en deux bras vers le quarante-troisième degré, dont l'un, aidé par l'alizé du nord-est, revient au golfe de Gascogne et aux Açores, et dont l'autre, après avoir attiédi les rivages de l'Irlande et de la Norwége, va jusqu'au delà du Spitzberg, où sa température tombe à quatre degrés, former la mer libre du pôle.

C'est sur ce fleuve de l'Océan que le *Nautilus* naviguait alors. A sa sortie du canal de Bahama, sur quatorze lieues de large et sur trois cent cinquante mètres de profondeur, le Gulf-Stream marche à raison de huit kilomètres à l'heure. Cette rapidité décroît régulièrement à mesure qu'il s'avance vers le nord, et il faut souhaiter que cette régularité persiste, car, si, comme on a cru le remarquer, sa vitesse et sa direction viennent à se modifier, les climats européens seront soumis à des perturbations dont on ne saurait calculer les conséquences.

Vers midi, j'étais sur la plate-forme avec Conseil. Je lui faisais connaître les particularités relatives au Gulf-Stream. Quand mon explication fut terminée, je l'invitai à plonger ses mains dans le courant.

Conseil obéit et fut très-étonné de n'éprouver aucune sensation de chaud ni de froid.

« Cela vient, lui dis-je, de ce que la température des eaux du Gulf-Stream, en sortant du golfe du

Mexique, est peu différente de celle du sang. Ce Gulf-Stream est un vaste calorifère qui permet aux côtes d'Europe de se parer d'une éternelle verdure. Et, s'il faut en croire Maury, la chaleur de ce courant, totalement utilisée, fournirait assez de calorique pour tenir en fusion un fleuve de fer fondu aussi grand que l'Amazone ou le Missouri. »

En ce moment, la vitesse du Gulf-Stream était de deux mètres vingt-cinq par seconde. Son courant est tellement distinct de la mer ambiante, que ses eaux comprimées font saillie sur l'Océan et qu'un dénivellement s'opère entre elles et les eaux froides. Sombres d'ailleurs et très-riches en matières salines, elles tranchent par leur pur indigo sur les flots verts qui les environnent. Telle est même la netteté de leur ligne de démarcation, que le *Nautilus*, à la hauteur des Carolines, trancha de son éperon les flots du Gulf-Stream, tandis que son hélice battait encore ceux de l'Océan.

Ce courant entraînait avec lui tout un monde d'êtres vivants. Les argonautes, si communs dans la Méditerranée, y voyageaient par troupes nombreuses. Parmi les cartilagineux, les plus remarquables étaient des raies dont la queue très-déliée formait à peu près le tiers du corps, et qui figuraient de vastes losanges longs de vingt-cinq pieds ; puis, de petits squales d'un mètre, à tête grande, à museau court et arrondi, à dents pointues disposées sur plusieurs rangs, et dont le corps paraissait couvert d'écailles.

Parmi les poissons osseux, je notai des labres-grisons particuliers à ces mers, des spares-synagres dont l'iris brillait comme un feu, des sciènes longues d'un mètre, à large gueule hérissée de petites dents, qui faisaient entendre un léger cri, des centronotes-nègres dont j'ai déjà parlé, des coriphènes bleus, relevés d'or et d'argent, des perroquets, vrais arcs-en-ciel de l'Océan, qui peuvent rivaliser de couleur avec les plus beaux oiseaux des tropiques, des blémies-bosquiens à tête triangulaire, des rhombes bleuâtres dépourvus d'écailles, des batrachoïdes recouverts d'une bande jaune et transversale qui figure un *t* grec, des fourmillements de petits gobies-bos pointillés de taches brunes, des diptérodons à tête argentée et à queue jaune, divers échantillons de salmones, des mugilomores, sveltes de taille, brillant d'un éclat doux, que Lacépède a consacrés à l'aimable compagne de sa vie, enfin un beau poisson, le chevalier américain, qui, décoré de tous les ordres et chamarré de tous les rubans, fréquente les rivages de cette grande nation où les rubans et les ordres sont si médiocrement estimés.

J'ajouterai que, pendant la nuit, les eaux phosphorescentes du Gulf-Stream rivalisaient avec l'éclat électrique de notre fanal, surtout par ces temps orageux qui nous menaçaient fréquemment.

Le 8 mai, nous étions encore en travers du cap Hatteras, à la hauteur de la Caroline du Nord. La largeur du Gulf-Stream est là de soixante-quinze milles, et sa profondeur de deux cent dix mètres. Le *Nautilus* continuait d'errer à l'aventure. Toute surveillance semblait bannie du bord. Je conviendrai que, dans ces conditions, une évasion pouvait réussir. En effet, les rivages habités offraient partout de faciles refuges. La mer était incessamment sillonnée de nombreux steamers qui font le service entre New-York ou Boston et le golfe du Mexique, et nuit et jour parcourue par ces petites goëlettes chargées du cabotage sur les divers points de la côte américaine. On pouvait espérer d'être recueilli. C'était donc une occasion favorable, malgré les trente milles qui séparaient le *Nautilus* des côtes de l'Union.

Mais une circonstance fâcheuse contrariait absolument les projets du Canadien. Le temps était fort mauvais. Nous approchions de ces parages où les tempêtes sont fréquentes, de cette patrie des trombes et des cyclones, précisément engendrés par le courant du Gulf-Stream. Affronter une mer souvent démontée sur un frêle canot, c'était courir à une perte certaine. Ned Land en convenait lui-même. Aussi rongeait-il son frein, pris d'une furieuse nostalgie que la fuite seule eût pu guérir.

« Monsieur, me dit-il ce jour-là, il faut que cela finisse. Je veux en avoir le cœur net. Votre Nemo s'écarte des terres et remonte vers le nord. Mais je vous le déclare, j'ai assez du pôle Sud, et je ne le suivrai pas au pôle Nord.

— Que faire, Ned, puisqu'une évasion est impraticable en ce moment ?

— J'en reviens à mon idée. Il faut parler au capitaine. Vous n'avez rien dit quand nous étions dans les mers de votre pays. Je veux parler, maintenant que nous sommes dans les mers du mien. Quand je songe qu'avant quelques jours, le *Nautilus* va se trouver à la hauteur de la Nouvelle-Écosse, et que là, vers Terre-Neuve, s'ouvre une large baie, que dans cette baïe se jette le Saint-Laurent, et que le Saint-Laurent, c'est mon fleuve à moi, le fleuve de Québec, ma ville natale; quand je songe à cela, la fureur me monte au visage, mes cheveux se hérissent. Tenez, monsieur, je me jetterai plutôt à la mer! Je ne resterai pas ici! J'y étouffe! »

Le Canadien était évidemment à bout de patience. Sa vigoureuse nature ne pouvait s'accommoder de cet emprisonnement prolongé. Sa physionomie s'altérait de jour en jour. Son caractère devenait de plus en plus sombre. Je sentais ce qu'il devait souffrir, car moi aussi, la nostalgie me prenait. Près de sept mois s'étaient écoulés sans que nous eussions eu aucune nouvelle de la terre. De plus, l'isolement du capitaine Nemo, son humeur modifiée, surtout depuis le combat des poulpes, sa taciturnité, tout me faisait apparaître les choses sous un aspect différent. Je ne sentais plus l'enthousiasme des premiers jours. Il fallait être un Flamand comme Conseil pour accepter cette situation, dans ce milieu réservé aux cétacés et autres habitants de la mer. Véritablement, si ce brave garçon au lieu de poumons avait eu des branchies, je crois qu'il aurait fait un poisson distingué !

« Eh bien, monsieur ? reprit Ned Land, voyant que je ne répondais pas.

— Eh bien, Ned, vous voulez que je demande au capitaine Nemo quelles sont ses intentions à notre égard ?

— Oui, monsieur.

— Et cela, quoiqu'il les ait déjà fait connaître ?

— Oui. Je désire être fixé une dernière fois. Parlez pour moi seul, en mon seul nom, si vous voulez.

— Mais je le rencontre rarement. Il m'évite même.

— C'est une raison de plus pour l'aller voir.

— Je l'interrogerai, Ned.

— Quand ? demanda le Canadien en insistant.

— Quand je le rencontrerai.

— Monsieur Aronnax, voulez-vous que j'aille le trouver, moi ?

— Non, laissez-moi faire. Demain...

— Aujourd'hui, dit Ned Land.

— Soit. Aujourd'hui, je le verrai, » répondis-je au Canadien, qui, en agissant lui-même, eût certainement tout compromis.

Je restai seul. La demande décidée, je résolus d'en finir immédiatement. J'aime mieux chose faite que chose à faire.

Je rentrai dans ma chambre. De là j'entendis marcher dans celle du capitaine Nemo. Il ne fallait pas laisser échapper cette occasion de le rencontrer. Je frappai à sa porte. Je n'obtins pas de réponse. Je frappai de nouveau, puis je tournai le bouton. La porte s'ouvrit.

J'entrai. Le capitaine était là. Courbé sur sa table de travail, il ne m'avait pas entendu. Résolu à ne pas sortir sans l'avoir interrogé, je m'approchai de lui. Il releva la tête brusquement, fronça les sourcils, et me dit d'un ton assez rude :

« Vous ici ! Que me voulez-vous ?

— Vous parler, capitaine.

— Mais je suis occupé, monsieur, je travaille. Cette liberté que je vous laisse de vous isoler, ne puis-je l'avoir pour moi ? »

La réception était peu encourageante. Mais j'étais décidé à tout entendre pour tout répondre.

« Monsieur, dis-je froidement, j'ai à vous parler d'une affaire qu'il ne m'est pas permis de retarder.

— Laquelle, monsieur ? répondit-il ironiquement. Avez-vous fait quelque découverte qui m'ait échappé ? La mer vous a-t-elle livré de nouveaux secrets ? »

Nous étions loin de compte. Mais avant que j'eusse répondu, me montrant un manuscrit ouvert sur sa table, il me dit d'un ton plus grave :

« Voici, monsieur Aronnax, un manuscrit écrit en plusieurs langues. Il contient le résumé de mes études sur la mer, et, s'il plaît à Dieu, il ne périra pas avec moi. Ce manuscrit, signé de mon nom, complété par l'histoire de ma vie, sera renfermé dans un petit appareil insubmersible. Le dernier survivant de nous tous à bord du *Nautilus* jettera cet appareil à la mer, et il ira où les flots le porteront. »

Le nom de cet homme! Son histoire écrite par lui-même! Son mystère serait donc un jour dévoilé? Mais, en ce moment, je ne vis dans cette communication qu'une entrée en matière.

« Capitaine, répondis-je, je ne puis qu'approuver la pensée qui vous fait agir. Il ne faut pas que le fruit de vos études soit perdu. Mais le moyen que vous employez me paraît primitif. Qui sait où les vents pousseront cet appareil, en quelles mains il tombera? Ne sauriez-vous trouver mieux? Vous, ou l'un des vôtres ne peut-il...?

— Jamais, monsieur, dit vivement le capitaine en m'interrompant.

— Mais moi, mes compagnons, nous sommes prêts à garder ce manuscrit en réserve, et si vous nous rendez la liberté...

— La liberté! fit le capitaine Nemo se levant.

— Oui, monsieur, et c'est à ce sujet que je voulais vous interroger. Depuis sept mois, nous sommes à votre bord, et je vous demande aujourd'hui, au nom de mes compagnons comme au mien, si votre intention est de nous y garder toujours.

— Monsieur Aronnax, dit le capitaine Nemo, je vous répondrai aujourd'hui ce que je vous ai répondu il y a sept mois : Qui entre dans le *Nautilus* ne doit plus le quitter.

— C'est l'esclavage même que vous nous imposez !

— Donnez-lui le nom qu'il vous plaira.

— Mais partout l'esclave garde le droit de recouvrer sa liberté ! Quels que soient les moyens qui s'offrent à lui, il peut les croire bons !

— Ce droit, répondit le capitaine Nemo, qui vous le dénie ? Ai-je jamais pensé à vous enchaîner par un serment ? »

Le capitaine me regardait en se croisant les bras.

« Monsieur, lui dis-je, revenir une seconde fois sur ce sujet ne serait ni de votre goût ni du mien. Mais puisque nous l'avons entamé, épuisons-le. Je vous le répète, ce n'est pas seulement de ma personne qu'il s'agit. Pour moi l'étude est un secours, une diversion puissante, un entraînement, une passion qui peut me faire tout oublier. Comme vous, je suis homme à vivre ignoré, obscur, dans le fragile espoir de léguer un jour à l'avenir le résultat de mes travaux, au moyen d'un appareil hypothétique confié au hasard des flots et des vents. En un mot, je puis vous admirer, vous suivre sans déplaisir dans un rôle que je comprends sur certains points ; mais il est encore d'autres aspects de votre vie qui me la font entrevoir entourée de complications et de mystères auxquels seuls ici, mes compagnons et moi, nous n'avons aucune part. Et même, quand notre cœur a pu battre pour vous, ému par quelques-unes de vos douleurs ou remué par vos actes de génie et de courage, nous avons dû refouler en nous jusqu'au plus petit témoignage de cette sympathie que fait naître la vue de ce qui est beau et bon, que cela vienne de l'ami ou de l'ennemi. Eh bien, c'est ce sentiment, que nous sommes étrangers à tout ce qui vous touche, qui fait de notre position quelque chose d'inacceptable, d'impossible, même pour moi, mais d'impossible pour Ned Land surtout. Tout homme, par cela seul qu'il est homme, vaut qu'on songe à lui. Vous êtes-vous demandé ce que l'amour de la liberté, la haine de l'esclavage, pouvaient faire naître de projets de vengeance dans une nature comme celle du Canadien, ce qu'il pouvait penser, tenter, essayer?... »

Je m'étais tu. Le capitaine Nemo se leva.

« Que Ned Land pense, tente, essaye tout ce qu'il voudra, que m'importe? Ce n'est pas moi qui l'ai été chercher! Ce n'est pas pour mon plaisir que je le garde à mon bord! Quant à vous, monsieur Aronnax, vous êtes de ceux qui peuvent tout comprendre, même le silence. Je n'ai rien de plus à vous répondre. Que cette première fois où vous venez de traiter ce sujet soit aussi la dernière, car une seconde fois, je ne pourrais même pas vous écouter. »

Je me retirai. A compter de ce jour, notre situation

fut très-tendue. Je rapportai ma conversation à mes deux compagnons.

« Nous savons maintenant, dit Ned, qu'il n'y a rien à attendre de cet homme. Le *Nautilus* se rapproche de Long-Island. Nous fuirons, quel que soit le temps. »

Mais le ciel devenait de plus en plus menaçant. Des symptômes d'ouragan se manifestaient. L'atmosphère se faisait blanchâtre et laiteuse. Aux cyrrhus à gerbes déliées succédaient à l'horizon des couches de nimbo-cumulus. D'autres nuages bas fuyaient rapidement. La mer grossissait et se gonflait en longues houles. Les oiseaux disparaissaient, à l'exception des satanicles, amis des tempêtes. Le baromètre baissait notablement et indiquait dans l'air une extrême tension de vapeurs. Le mélange du stormglass se décomposait sous l'influence de l'électricité qui saturait l'atmosphère. La lutte des éléments était prochaine.

La tempête éclata dans la journée du 18 mai, précisément lorsque le *Nautilus* flottait à la hauteur de Long-Island, à quelques milles des passes de New-York. Je puis décrire cette lutte des éléments, car au lieu de la fuir dans les profondeurs de la mer, le capitaine Nemo, par un inexplicable caprice, voulut la braver à sa surface.

Le vent soufflait du sud-ouest, d'abord en grand frais, c'est-à-dire avec une vitesse de quinze mètres à la seconde, qui fut portée à vingt-cinq mètres vers trois heures du soir. C'est le chiffre des tempêtes.

Le capitaine Nemo, inébranlable sous les rafales, avait pris place sur la plate-forme. Il s'était amarré à mi-corps pour résister aux vagues monstrueuses qui déferlaient. Je m'y étais hissé et attaché aussi, partageant mon admiration entre cette tempête et cet homme incomparable qui lui tenait tête.

La mer démontée était balayée par de grandes loques de nuages qui trempaient dans ses flots. Je ne voyais plus aucune de ces petites lames intermédiaires qui se forment au fond des grands creux. Rien que de longues ondulations fuligineuses, dont la crête ne déferle pas, tant elles sont compactes. Leur hauteur s'accroissait. Elles s'excitaient entre elles. Le *Nautilus*, tantôt couché sur le côté, tantôt dressé comme un mât, roulait et tanguait épouvantablement.

Vers cinq heures, une pluie torrentielle tomba, qui n'abattit ni le vent ni la mer. L'ouragan se déchaîna avec une vitesse de quarante-cinq mètres à la seconde, soit près de quarante lieues à l'heure. C'est dans ces conditions qu'il renverse des maisons, qu'il enfonce des tuiles de toit dans des portes, qu'il rompt des grilles de fer, qu'il déplace des canons de vingt-quatre. Et pourtant le *Nautilus*, au milieu de la tourmente, justifiait cette parole d'un savant ingénieur. « Il n'y a pas de coque bien construite qui ne puisse défier la mer! » Ce n'était pas un roc résistant, que ces lames eussent démoli, c'était un fuseau d'acier,

obéissant **et mobile, sans gréement, sans mâture,**
qui bravait impunément leur fureur.

Cependant j'examinais attentivement ces vagues dé-
chaînées. Elles mesuraient jusqu'à quinze mètres de
hauteur sur une longueur de cent cinquante à cent
soixante-quinze mètres, et **leur** vitesse de propagation,
moitié de celle du vent, était de quinze mètres à la
seconde. Leur volume et leur puissance s'accroissaient
avec la profondeur des eaux. Je compris alors le rôle
de ces lames qui emprisonnent l'air dans leurs flancs
et le refoulent au fond des mers où elles portent la
vie avec l'oxygène. Leur extrême force de pression, —
on l'a calculée, — peut s'élever jusqu'à trois mille
kilogrammes par pied carré de la surface qu'elles
contre-battent. Ce sont de telles lames qui, aux Hé-
brides, ont déplacé un bloc pesant quatre-vingt-quatre
mille livres. Ce sont elles qui, dans la tempête du
23 décembre 1864, après avoir renversé une partie de
la ville de Yédo, au Japon, faisant sept cents kilomètres à l'heure, allèrent se briser le même jour sur
les rivages de l'Amérique.

L'intensité de la tempête s'accrut avec **la nuit.**
Le baromètre, comme en 1860, à la Réunion, pendant un cyclone, tomba à 710 millimètres. A la
chute du jour, je vis passer à l'horizon un grand
navire qui luttait péniblement. Il capéyait sous petite
vapeur pour se maintenir debout à la lame. Ce devait être un des steamers des lignes de New-York

à Liverpool **ou au** Havre. Il disparut bientôt dans **l'ombre.**

A dix heures du soir, le ciel était en feu. L'atmosphère fut zébrée d'éclairs violents. Je ne pouvais en supporter l'éclat, tandis que le capitaine Nemo, les regardant en face, semblait aspirer en lui l'âme de la tempête. Un bruit terrible emplissait les airs, bruit complexe, fait des hurlements des vagues écrasées, des mugissements du vent, des éclats de tonnerre. Le vent sautait à tous les points de l'horizon, et le cyclone, partant de l'est, y revenait en passant par le nord, l'ouest et le sud, en sens inverse des tempêtes tournantes de l'hémisphère austral.

Ah ! ce Gulf-Stream ! Il justifiait bien son nom de roi des tempêtes ! C'est lui qui crée ces formidables cyclones par la différence de température des couches d'air superposées à ses courants.

A la pluie avait succédé une averse de feu. Les gouttelettes d'eau se changeaient en aigrettes fulminantes. On eût dit que le capitaine Nemo, voulant une mort digne de lui, cherchait à se faire foudroyer. Dans un effroyable mouvement de tangage, le *Nautilus* dressa en l'air son éperon d'acier, comme la tige d'un paratonnerre, et j'en vis jaillir de nombreuses étincelles.

Brisé, à bout de forces, je me coulai à plat ventre vers le panneau. Je l'ouvris et je redescendis au salon. L'orage atteignait alors son maximum d'intensité. Il était impossible de se tenir debout à l'intérieur du *Nautilus.*

Le capitaine Nemo rentra vers minuit. J'entendis les réservoirs se remplir peu à peu, et le *Nautilus* s'enfonça doucement au-dessous de la surface des flots.

Par les vitres ouvertes du salon, je vis de grands poissons effarés qui passaient comme des fantômes dans les eaux en feu. Quelques-uns furent foudroyés sous mes yeux !

Le *Nautilus* descendàit toujours. Je pensais qu'il retrouverait le calme à une profondeur de quinze mètres. Non. Les couches supérieures étaient trop violemment agitées. Il fallut aller chercher le repos jusqu'à cinquante mètres dans les entrailles de la mer.

Mais là, quelle tranquillité, quel silence, quel milieu paisible ! Qui eût dit qu'un ouragan terrible se déchaînait alors à la surface de cet Océan ?

CHAPITRE XX.

PAR 47° 24′ DE LATITUDE ET 17° 28′ DE LONGITUDE.

A la suite de cette tempête, nous avions été rejetés dans l'est. Tout espoir de s'évader sur les atterrages de New-York ou du Saint-Laurent s'évanouissait. Le pau-

vre Ned, désespéré, s'isola comme le capitaine Nemo.
Conseil et moi, nous ne nous quittions plus.

J'ai dit que le *Nautilus* s'était écarté dans l'est. J'aurais dû dire, plus exactement, dans le nord-est. Pendant quelques jours, il erra tantôt à la surface des
flots, tantôt au-dessous, au milieu de ces brumes si
redoutables aux navigateurs. Elles sont principalement
dues à la fonte des glaces, qui entretient une extrême
humidité dans l'atmosphère. Que de navires perdus
dans ces parages, lorsqu'ils allaient reconnaître les
feux incertains de la côte ! Que de sinistres dus à ces
brouillards opaques ! Que de chocs sur ces écueils dont
le ressac est éteint par le bruit du vent ! Que de colli-
sions entre les bâtiments, malgré leurs feux de position, malgré les avertissements de leurs sifflets et de
leurs cloches d'alarme !

Aussi le fond de ces mers offrait-il l'aspect d'un
champ de bataille, où gisaient tous ces vaincus de
l'Océan : les uns vieux et empâtés déjà ; les autres
jeunes et réfléchissant l'éclat de notre fanal sur leurs
ferrures et leurs carènes de cuivre. Parmi eux, que de
bâtiments perdus corps et biens, avec leurs équipages, leur monde d'émigrants, sur ces points dangereux signalés dans les statistiques, le cap Race, l'île
Saint-Paul, le détroit de Belle-Ile, l'estuaire du Saint-
Laurent ! Et depuis quelques années seulement, que
de victimes fournies à ces funèbres annales par les
lignes du Royal-Mail, d'Inmann, de Montréal, le *Sol-*

way, l'*Isis*, le *Paramatta*, l'*Hungarian*, le *Canadian*, l'*Anglo-Saxon*, le *Humboldt*, l'*Uniteds-States*, tous échoués; l'*Artic*, le *Lyonnais*, coulés par abordage; le *Président*, le *Pacific*, le *City-of-Glasgow*, disparus pour des causes ignorées, sombres débris au milieu desquels naviguait le *Nautilus*, comme s'il eût passé une revue des morts !

Le 15 mai, nous étions sur l'extrémité méridionale du banc de Terre-Neuve. Ce banc est un produit des alluvions marines, un amas considérable de ces détritus organiques, amenés soit de l'équateur par le courant du Gulf-Stream, soit du pôle boréal par ce contre-courant d'eau froide qui longe la côte américaine. Là aussi s'amoncellent les blocs erratiques charriés par la débâcle des glaces. Là s'est formé un vaste ossuaire de poissons, de mollusques ou de zoophytes qui y périssent par milliards.

La profondeur de la mer n'est pas considérable au banc de Terre-Neuve. Quelques centaines de brasses au plus. Mais vers le sud se creuse subitement une dépression profonde, un trou de trois mille mètres. Là s'élargit le Gulf-Stream. C'est un épanouissement de ses eaux. Il perd de sa vitesse et de sa température, mais il devient une mer.

Parmi les poissons que le *Nautilus* effaroucha à son passage, je citerai le cycloptère d'un mètre, à dos noirâtre, à ventre orange, qui donne à ses congénères un exemple peu suivi de fidélité conjugale, un unernack de grande taille, sorte de murène émeraude, d'un goût excellent, des karraks à gros yeux, dont la tête a quelque ressemblance avec celle du chien, des blennies, ovovivipares comme les serpents, des gobies-boulerots ou goujons noirs de deux décimètres, des macroures à longue queue, brillant d'un éclat argenté, poissons rapides, aventurés loin des mers hyperboréennes.

Les filets ramassèrent aussi un poisson hardi, audacieux, vigoureux, bien musclé, armé de piquants à la tête et d'aiguillons aux nageoires, véritable scorpion de deux à trois mètres, ennemi acharné des blennies, des gades et des saumons; c'était le cotte des mers septentrionales, au corps tuberculeux, brun de couleur, rouge aux nageoires. Les pêcheurs du *Nautilus* eurent quelque peine à s'emparer de cet animal, qui, grâce à la conformation de ses opercules, préserve ses organes respiratoires du contact desséchant de l'atmosphère et peut vivre quelque temps hors de l'eau.

Je cite maintenant, — pour mémoire, — des bosquiens, petits poissons qui accompagnent longtemps les navires dans les mers boréales, des ables-oxyrhinques, spéciaux à l'Atlantique septentrional, des rascasses, et j'arrive aux gades, principalement à l'espèce morue, que je surpris dans ses eaux de prédilection, sur cet inépuisable banc de Terre-Neuve.

On peut dire que ces morues sont des poissons de montagnes, car Terre-Neuve n'est qu'une montagne sous-marine. Lorsque le *Nautilus* s'ouvrit un chemin à travers leurs phalanges pressées, Conseil ne put retenir cette observation :

« Ça! des morues! dit-il; mais je croyais que les morues étaient plates comme des limandes ou des soles ?

— Naïf! m'écriai-je. Les morues ne sont plates que chez l'épicier, où on les montre ouvertes et étalées. Mais dans l'eau, ce sont des poissons fusiformes comme les mulets, et parfaitement conformés pour la marche.

— Je veux croire monsieur, répondit Conseil. Quelle nuée! quelle fourmilière !

— Eh! mon ami, il y en aurait bien davantage sans leurs ennemis, les rascasses et les hommes! Sais-tu combien on a compté d'œufs dans une seule femelle?

— Faisons bien les choses, répondit Conseil. Cinq cent mille.

— Onze millions, mon ami.

— Onze millions. Voilà ce que je n'admettrai jamais, à moins de les compter moi-même.

— Compte-les, Conseil. Mais tu auras plus vite fait de me croire. D'ailleurs, c'est par milliers que les Français, les Anglais, les Américains, les Danois, les Norwégiens, pêchent les morues. On les consomme en quantités prodigieuses, et sans l'étonnante fécondité de ces poissons, les mers en seraient bientôt dépeuplées. Ainsi, en Angleterre et en Amérique seulement, cinq mille navires montés par soixante-quinze mille marins sont employés à la pêche de la morue. Chaque navire en rapporte quarante mille en moyenne, ce qui fait vingt-cinq millions. Sur les côtes de la Norwége, même résultat.

— Bien, répondit Conseil, je m'en rapporte à Monsieur. Je ne les compterai pas.

— Quoi donc?

— Les onze millions d'œufs. Mais je ferai une remarque.

— Laquelle?

— C'est que si tous les œufs éclosaient, il suffirait de quatre morues pour alimenter l'Angleterre, l'Amérique et la Norwége. »

Pendant que nous effleurions les fonds du banc de Terre-Neuve, je vis parfaitement ces longues lignes, armées de deux cents hameçons, que chaque bateau tend par douzaines. Chaque ligne, entraînée par un bout au moyen d'un petit grappin, était retenue à la surface par un crin fixé sur une bouée de liége. Le *Nautilus* dut manœuvrer adroitement au milieu de ce réseau sous-marin.

D'ailleurs il ne demeura pas longtemps dans ces parages fréquentés. Il s'éleva jusque vers le quarante-deuxième degré de latitude. C'était à la hauteur de Saint-Jean de Terre-Neuve et de Heart's Content, où aboutit l'extrémité du câble transatlantique.

Le *Nautilus*, au lieu de continuer à marcher au nord, prit direction vers l'est, comme s'il voulait suivre ce plateau télégraphique sur lequel repose le câble, et dont des sondages multipliés ont donné le relief avec une extrême exactitude.

Ce fut le 17 mai, à cinq cents milles environ de Heart's Content, par deux mille huit cents mètres de profondeur, que j'aperçus le câble gisant sur le sol. Conseil, que je n'avais pas prévenu, le prit d'abord pour un gigantesque serpent de mer et s'apprêtait à le classer suivant sa méthode ordinaire. Mais je désabusai le digne garçon, et pour le consoler de son déboire, je lui appris diverses particularités de la pose de ce câble.

Le premier câble fut établi pendant les années 1857 et 1858 ; mais, après avoir transmis quatre cents télégrammes environ, il cessa de fonctionner. En 1863, les ingénieurs construisirent un nouveau câble, mesurant trois mille quatre cents kilomètres et pesant quatre mille cinq cents tonnes, qui fut embarqué sur le *Great-Eastern*. Cette tentative échoua encore.

Or, le 25 mai, le *Nautilus*, immergé par trois mille huit cent trente-six mètres de profondeur, se trouvait précisément en cet endroit où se produisit la rupture qui ruina l'entreprise. C'était à six cent trente-huit milles de la côte d'Irlande. On s'aperçut, à deux heures après-midi, que les communications avec l'Europe venaient de s'interrompre. Les électriciens du bord résolurent de couper le câble avant de le repêcher, et à onze heures du soir, ils avaient ramené la partie avariée. On refit un joint et une épissure ; puis le câble fut immergé de nouveau. Mais, quelques jours plus tard, il se rompit et ne put être ressaisi dans les profondeurs de l'Océan.

Les Américains ne se découragèrent pas. L'audacieux Cyrus Field, le promoteur de l'entreprise, qui y risquait toute sa fortune, provoqua une nouvelle souscription. Elle fut immédiatement couverte. Un autre câble fut établi dans de meilleures conditions. Le faisceau de fils conducteurs isolés dans une enveloppe de gutta-percha était protégé par un matelas de matières textiles contenu dans une armature métallique. Le *Great-Eastern* reprit la mer le 13 juillet 1866.

L'opération marcha bien. Cependant un incident arriva. Plusieurs fois, en déroulant le câble, les électriciens observèrent que des clous y avaient été récemment enfoncés dans le but d'en détériorer l'âme. Le capitaine Anderson, ses officiers, ses ingénieurs, se réunirent, délibérèrent, et firent afficher que si le coupable était surpris à bord, il serait jeté à la mer sans autre jugement. Depuis lors, la criminelle tentative ne se reproduisit plus.

Le 23 juillet, le *Great-Eastern* n'était plus qu'à huit cents kilomètres de Terre-Neuve, lorsqu'on lui télégraphia d'Irlande la nouvelle de l'armistice conclu entre la Prusse et l'Autriche après Sadowa. Le 27, il relevait au milieu des brumes le port de Heart's Content. L'entreprise était heureusement terminée, et par sa pre-

mière dépêche, la jeune Amérique adressait à la vieille
Europe ces sages paroles si rarement comprises : « Gloire
à Dieu dans le ciel, et paix aux hommes de bonne volonté sur la terre. »

Je ne m'attendais pas à trouver le câble électrique
dans son état primitif, tel qu'il était en sortant des ate-
liers de fabrication. Le long serpent, recouvert de
débris de coquilles, hérissé de foraminifères, était en-
croûté dans un empâtement pierreux qui le protégeait
contre les mollusques perforants. Il reposait tranquillement, à l'abri des mouvements de la mer, et sous
une pression favorable à la transmission de l'étincelle
électrique qui passe de l'Amérique à l'Europe en trente-
deux centièmes de seconde. La durée de ce câble sera
infinie sans doute, car on a observé que l'enveloppe
de gutta-percha s'améliore par son séjour dans l'eau
de mer.

D'ailleurs, sur ce plateau si heureusement choisi,
le câble n'est jamais immergé à des profondeurs telles
qu'il puisse se rompre. Le *Nautilus* le suivit jusqu'à
son fond le plus bas, situé par quatre mille quatre
cent trente et un mètres, et là, il reposait encore sans
aucun effort de traction. Puis nous nous rapprochâmes
de l'endroit où avait eu lieu l'accident de 1863.

Le fond océanique formait alors une vallée large de
cent vingt kilomètres, sur laquelle on eût pu poser le
Mont-Blanc sans que son sommet émergeât de la surface des flots. Cette vallée est fermée à l'est par une

muraille à pic de deux mille mètres. Nous y arrivions le 28 mai, et le *Nautilus* n'était plus qu'à cent cinquante kilomètres de l'Irlande.

Le capitaine Nemo allait-il remonter pour atterrir sur les Iles-Britanniques? Non. A ma grande surprise, il redescendit au sud et revint vers les mers européennes. En contournant l'île d'Émeraude, j'aperçus un instant le cap Clear et le feu de Fastenet, qui éclaire les milliers de navires sortis de Glasgow ou de Liverpool.

Une importante question se posait alors à mon esprit. Le *Nautilus* oserait-il s'engager dans la Manche? Ned Land, qui avait reparu depuis que nous ralliions la terre, ne cessait de m'interroger. Comment lui répondre? Le capitaine Nemo demeurait invisible. Après avoir laissé entrevoir au Canadien les rivages d'Amérique, allait-il donc me montrer les côtes de France?

Cependant le *Nautilus* s'abaissait toujours vers le sud. Le 30 mai, il passait en vue du Land's End, entre la pointe extrême de l'Angleterre et les Sorlingues, qu'il laissa sur tribord.

S'il voulait entrer en Manche, il lui fallait prendre franchement à l'est. Il ne le fit pas.

Pendant toute la journée du 31 mai, le *Nautilus* décrivit sur la mer une série de cercles qui m'intriguèrent vivement. Il semblait chercher un endroit qu'il avait quelque peine à trouver. A midi, le capitaine Nemo vint faire son point lui-même. Il ne m'adressa pas la parole. Il me parut plus sombre que jamais. Qui pouvait l'attrister ainsi? Était-ce sa proximité des rivages européens? Sentait-il quelque ressouvenir de son pays abandonné? Qu'éprouvait-il alors? des remords ou des regrets? Longtemps cette pensée occupa mon esprit, et j'eus comme un pressentiment que le hasard trahirait avant peu les secrets du capitaine.

Le lendemain, 31 juin, le *Nautilus* conserva les mêmes allures. Il était évident qu'il cherchait à reconnaître un point précis de l'Océan. Le capitaine Nemo vint prendre la hauteur du soleil, ainsi qu'il avait fait la veille. La mer était belle, le ciel pur. A huit milles dans l'est, un grand navire à vapeur se dessinait sur la ligne de l'horizon. Aucun pavillon ne battait à sa corne, et je ne pus reconnaître sa nationalité.

Le capitaine Nemo, quelques minutes avant que le soleil passât au méridien, prit son sextant et observa avec une précision extrême. Le calme absolu des flots facilitait son opération. Le *Nautilus* immobile ne ressentait ni roulis ni tangage.

J'étais en ce moment sur la plate-forme. Lorsque son relèvement fut terminé, le capitaine prononça ces seuls mots :

« C'est ici ! »

Il redescendit par le panneau. Avait-il vu le bâtiment qui modifiait sa marche et semblait se rapprocher de nous? Je ne saurais le dire.

- Je revins au salon. Le panneau se ferma, et j'entendis les sifflements de l'eau dans les réservoirs. Le *Nautilus* commença de s'enfoncer, suivant une ligne verticale, car son hélice enrayée ne lui communiquait plus aucun mouvement.

Quelques minutes plus tard, il s'arrêtait à une profondeur de huit cent trente-trois mètres et reposait sur le sol.

Le plafond lumineux du salon s'éteignit alors, les panneaux s'ouvrirent, et à travers les vitres, j'aperçus la mer vivement illuminée par les rayons du fanal dans un rayon d'un demi-mille.

Je regardai à bâbord et je ne vis rien que l'immensité des eaux tranquilles.

Par tribord, sur le fond, apparaissait une forte extumescence qui attira mon attention. On eût dit des ruines ensevelies sous un empâtement de coquilles blanchâtres comme sous un manteau de neige. En examinant attentivement cette masse, je crus reconnaître les formes épaissies d'un navire, rasé de ses mâts, qui devait avoir coulé par l'avant. Ce sinistre datait certainement d'une époque reculée. Cette épave, pour être ainsi encroûtée dans le calcaire des eaux, comptait déjà bien des années passées sur ce fond de l'Océan.

Quel était ce navire? Pourquoi le *Nautilus* venait-il visiter sa tombe? N'était-ce donc pas un naufrage qui avait entraîné ce bâtiment sous les eaux?

Je ne savais que penser, quand, près de moi, j'entendis le capitaine Nemo dire d'une voix lente :

« Autrefois ce navire se nommait le *Marseillais*. Il portait soixante-quatorze canons et fut lancé en 1762. En 1778, le 13 août, commandé par La Poype-Vertrieux, il se battait audacieusement contre le *Preston*. En 1779, le 4 juillet, il assistait avec l'escadre de l'amiral d'Estaing à la prise de Grenade. En 1781, le 5 septembre, il prenait part au combat du comte de Grasse dans la baie de la Chesapeak. En 1794, la république française lui changeait son nom. Le 16 avril de la même année, il rejoignait à Brest l'escadre de Villaret-Joyeuse, chargée d'escorter un convoi de blé qui venait d'Amérique sous le commandement de l'amiral Van Stabel. Le 11 et le 12 prairial an II, cette escadre se rencontrait avec les vaisseaux anglais. Monsieur, c'est aujourd'hui le 13 prairial, le 1ᵉʳ juin 1868. Il y a soixante-quatorze ans, jour pour jour, à cette place même, par 47° 24′ de latitude et 17° 28′ de longitude, ce navire, après un combat héroïque, démâté de ses trois mâts, l'eau dans ses soutes, le tiers de son équipage hors de combat, aima mieux s'engloutir avec ses trois cent cinquante-six marins que de se rendre, et clouant son pavillon à sa poupe, il disparut sous les flots au cri de Vive la République !

— Le *Vengeur !* m'écriai-je.

— Oui ! monsieur. Le *Vengeur !* Un beau nom ! » murmura le capitaine Nemo en se croisant les bras.

CHAPITRE XXI.

UNE HÉCATOMBE.

Cette façon de dire, l'imprévu de cette scène, cet historique du navire patriote froidement raconté d'abord, puis l'émotion avec laquelle l'étrange personnage avait prononcé ses dernières paroles, ce nom de *Vengeur*, dont la signification ne pouvait m'échapper, tout se réunissait pour frapper profondément mon esprit. Mes regards ne quittaient plus le capitaine. Lui, les mains tendues vers la mer, considérait d'un œil ardent la glorieuse épave. Peut-être ne devais-je jamais savoir qui il était, d'où il venait, où il allait ; mais je voyais de plus en plus l'homme se dégager du savant. Ce n'était pas une misanthropie commune qui avait enfermé dans les flancs du *Nautilus* le capitaine Nemo et ses compagnons, mais une haine monstrueuse ou sublime que le temps ne pouvait affaiblir.

Cette haine cherchait-elle encore des vengeances ? L'avenir devait bientôt me l'apprendre.

Cependant le *Nautilus* remontait lentement vers la surface de la mer, et je vis disparaître peu à peu les formes confuses du Vengeur. Bientôt un léger roulis m'indiqua que nous flottions à l'air libre.

En ce moment, une sourde détonation se fit entendre. Je regardai le capitaine. Le capitaine ne bougea pas.

« Capitaine ? » dis-je.

Il ne répondit pas.

Je le quittai et montai sur la plate-forme. Conseil et le Canadien m'y avaient précédé.

« D'où vient cette détonation ? » demandai-je.

Je regardai dans la direction du navire que j'avais aperçu. Il s'était rapproché du Nautilus et l'on voyait qu'il forçait de vapeur. Six milles le séparaient de nous.

« Un coup de canon, » répondit Ned Land.

— Quel est ce bâtiment, Ned ?

— A son gréement, à la hauteur de ses bas mâts, répondit le Canadien, je parierais pour un navire de guerre. Puisse-t-il venir sur nous et couler, s'il le faut, ce damné Nautilus !

— Ami Ned, répondit Conseil, quel mal peut-il faire au Nautilus ? Ira-t-il l'attaquer sous les flots ? Ira-t-il le canonner au fond des mers ?

— Dites-moi, Ned, demandai-je, pouvez-vous reconnaître la nationalité de ce bâtiment ? »

Le Canadien, fronçant ses sourcils, abaissant ses paupières, plissant ses yeux aux angles, fixa pendant quelques instants le navire de toute la puissance de son regard.

« Non, monsieur, répondit-il, je ne saurais reconnaître à quelle nation il appartient. Son pavillon n'est pas hissé. Mais je puis affirmer que c'est un navire de guerre, car une longue flamme se déroule à l'extrémité de son grand mât. »

Pendant un quart d'heure, nous continuâmes d'observer le bâtiment qui se dirigeait vers nous. Je ne pouvais admettre, cependant, qu'il eût reconnu le *Nautilus* à cette distance, encore moins qu'il sût ce qu'était cet engin sous-marin.

Bientôt le Canadien m'annonça que ce bâtiment était un grand vaisseau de guerre, à éperon, un deux-ponts cuirassé. Une épaisse fumée noire s'échappait de ses deux cheminées. Ses voiles serrées se confondaient avec la ligne des vergues. Sa corne ne portait aucun pavillon. La distance empêchait encore de distinguer les couleurs de sa flamme, qui flottait comme un mince ruban.

Il s'avançait rapidement. Si le capitaine Nemo le laissait approcher, une chance de salut s'offrait à nous

« Monsieur, me dit Ned Land, que ce bâtiment nous passe à un mille, je me jette à la mer, et je vous engage à **faire** comme moi. »

Je ne répondis pas à la proposition du Canadien, et je continuai de regarder le navire, qui grandissait à vue d'œil. Qu'il fût anglais, français, américain ou russe, il était certain qu'il nous accueillerait si nous pouvions gagner son bord.

« Monsieur voudra bien se rappeler, dit alors Conseil, que nous avons quelque expérience de la natation. Il peut se reposer sur moi du soin de le remorquer vers ce navire, s'il lui convient de suivre l'ami Ned. »

J'allais répondre, lorsqu'une vapeur blanche jaillit à l'avant du vaisseau de guerre. Puis, quelques secondes plus tard, les eaux, troublées par la chute d'un corps pesant, éclaboussèrent l'arrière du *Nautilus*. Peu après, une détonation frappait mon oreille.

« Comment? ils tirent sur nous! m'écriai-je.

— Braves gens! murmura le Canadien.

— Ils ne nous prennent donc pas pour des naufragés accrochés à une épave!

— N'en déplaise à monsieur... — Bon, fit Conseil en secouant l'eau qu'un nouveau boulet avait fait jaillir jusqu'à lui. — N'en déplaise à monsieur, ils ont reconnu le narwal, et ils canonnent le narwal.

— Mais ils doivent bien voir, m'écriai-je, qu'ils ont affaire à des hommes.

— C'est peut-être pour cela! » répondit Ned Land en me regardant.

Toute une révélation se fit dans mon esprit. Sans doute, on savait à quoi s'en tenir maintenant sur l'existence du prétendu monstre. Sans doute, dans son abordage avec l'*Abraham-Lincoln,* lorsque le Canadien le frappa de son harpon, le commandant Farragut avait reconnu que le narwal était un bateau sous-marin, plus dangereux qu'un cétacé surnaturel?

Oui, cela devait être ainsi, et sur toutes les mers.

sans doute, on poursuivait maintenant ce terrible engin
de destruction !

Terrible en effet, si, comme on pouvait le supposer,
le capitaine Nemo employait le *Nautilus* à une œuvre
de vengeance ! Pendant cette nuit, lorsqu'il nous em-
prisonna dans la cellule, au milieu de l'océan Indien,
ne s'était-il pas attaqué à quelque navire ? Cet homme,
enterré maintenant dans le cimetière de corail, n'avait-
il pas été victime du choc provoqué par le *Nautilus* ?
Oui, je le répète. Il en devait être ainsi. Une partie
de la mystérieuse existence du capitaine Nemo se dé-
voilait. Et si son identité n'était pas reconnue, du
moins, les nations coalisées contre lui chassaient maintenant, non plus un être chimérique, mais un homme
qui leur avait voué une haine implacable !

Tout ce passé formidable apparut à mes yeux. Au
lieu de rencontrer des amis sur ce navire qui s'approchait, nous n'y pouvions trouver que des ennemis sans
pitié.

Cependant les boulets se multipliaient autour de
nous. Quelques-uns, rencontrant la surface liquide, s'en
allaient par ricochet se perdre à des distances considérables. Mais aucun n'atteignit le *Nautilus*.

Le navire cuirassé n'était plus alors qu'à trois milles.
Malgré sa violente canonnade, le capitaine Nemo ne
paraissait pas sur la plate-forme. Et cependant l'un de
ces boulets coniques, frappant normalement la coque
du *Nautilus*, lui eût été fatal.

Le Canadien me dit alors :

« Monsieur, nous devons tout tenter pour nous tirer de ce mauvais pas. Faisons des signaux ! Mille diables ! on comprendra peut-être que nous sommes d'honnêtes gens ! »

Ned Land prit son mouchoir pour l'agiter dans l'air. Mais il l'avait à peine déployé, que, terrassé par une main de fer malgré sa force prodigieuse, il tombait sur le pont.

« Misérable ! s'écria le capitaine, veux-tu donc que je te cloue sur l'éperon du *Nautilus* avant qu'il ne se précipite contre ce navire ! »

Le capitaine Nemo, terrible à entendre, était plus terrible encore à voir. Sa face avait pâli sous les spasmes de son cœur, qui avait dû cesser de battre un instant. Ses pupilles s'étaient contractées effroyablement. Sa voix ne parlait plus, elle rugissait. Le corps penché en avant, il tordait sous sa main les épaules du Canadien.

Puis, l'abandonnant et se retournant vers le vaisseau de guerre dont les boulets pleuvaient autour de lui :

« Ah ! tu sais qui je suis, navire d'un pouvoir maudit ! s'écria-t-il de sa voix puissante. Moi, je n'ai pas eu besoin de tes couleurs pour te reconnaître ! Regarde ! Je vais te montrer les miennes ! »

Et le capitaine Nemo déploya à l'avant de la plate-forme un pavillon noir, semblable à celui qu'il avait déjà planté au pôle sud.

A ce moment, un boulet frappant obliquement la coque du *Nautilus,* sans l'entamer, et passant par rico-chet près du capitaine, alla se perdre en mer.

Le capitaine Nemo haussa les épaules. Puis, s'adres-sant à moi :

« Descendez, me dit-il d'un ton bref, descendez, vous et vos compagnons.

— Monsieur, m'écriai-je, allez-vous donc attaquer ce navire?

— Monsieur, je vais le couler.

— Vous ne ferez pas cela !

— Je le ferai, répondit froidement le capitaine Nemo. Ne vous avisez pas de me juger, monsieur. La fatalité vous montre ce que vous ne deviez pas voir. L'attaque est venue. La riposte sera terrible. Rentrez.

— Ce navire, quel est-il?

— Vous ne le savez pas? Eh bien, tant mieux! Sa nationalité, du moins, restera un secret pour vous. Descendez. »

Le Canadien, Conseil et moi, nous ne pouvions qu'o-béir. Une quinzaine de marins du *Nautilus* entouraient le capitaine et regardaient avec un implacable senti-ment de haine ce navire qui s'avançait vers eux. On sentait que le même souffle de vengeance animait toutes ces âmes.

Je descendis au moment où un nouveau projectile éraillait encore la coque du *Nautilus,* et j'entendis le capitaine s'écrier :

« Frappe, navire insensé ! Prodigue tes inutiles boulets ! Tu n'échapperas pas à l'éperon du *Nautilus*. Mais ce n'est pas à cette place que tu dois périr ! Je ne veux pas que tes ruines aillent se confondre avec les ruines glorieuses du *Vengeur !* »

Je regagnai ma chambre. Le capitaine et son second étaient restés sur la plate-forme. L'hélice fut mise en mouvement. Le *Nautilus*, s'éloignant avec vitesse, se mit hors de la portée des boulets du vaisseau. Mais la poursuite continua, et le capitaine Nemo se contenta de maintenir sa distance.

Vers quatre heures du soir, ne pouvant contenir l'impatience et l'inquiétude qui me dévoraient, je revins vers l'escalier central. Le panneau était ouvert. Je me hasardai sur la plate-forme. Le capitaine s'y promenait encore d'un pas agité. Il regardait le navire qui restait sous le vent à cinq ou six milles. Il tournait autour de lui comme une bête fauve, et, l'attirant vers l'est, il se laissait poursuivre. Cependant il n'attaquait pas. Peut-être hésitait-il encore.

Je voulus intervenir une dernière fois. Mais j'avais à peine interpellé le capitaine Nemo, que celui-ci m'imposant silence :

« Je suis le droit, je suis la justice ! me dit-il. Je suis l'opprimé, et voilà l'oppresseur ! C'est par lui que ce que j'ai aimé, chéri, vénéré : patrie, femme, enfants, mon père, ma mère, tout a péri ! Tout ce que je hais est là ! Taisez-vous ! »

Je portai un dernier regard vers le vaisseau de guerre qui forçait de vapeur. Puis je rejoignis Ned et Conseil.

« Nous fuirons! m'écriai-je.

— Bien, fit Ned. Quel est ce navire ?

— Je l'ignore ; mais, quel qu'il soit, il sera coulé avant la nuit. En tout cas, mieux vaut périr avec lui que de se faire les complices de représailles dont on ne peut pas mesurer l'équité.

— C'est mon avis, répondit froidement Ned Land. Attendons la nuit. »

La nuit arriva. Un profond silence régnait à bord. La boussole indiquait que le *Nautilus* n'avait pas modifié sa direction. J'entendais le battement de son hélice qui frappait les flots avec une rapide régularité. Il se tenait à la surface des eaux, et un léger roulis le portait tantôt sur un bord, tantôt sur un autre.

Mes compagnons et moi, nous avions résolu de fuir au moment où le vaisseau serait assez rapproché, soit pour nous faire entendre, soit pour nous faire voir, car la lune, qui devait être pleine trois jours plus tard, resplendissait. Une fois à bord de ce navire, si nous ne pouvions prévenir le coup qui le menaçait, du moins nous ferions tout ce que les circonstances nous permettraient de tenter. Plusieurs fois, je crus que le *Nautilus* se disposait pour l'attaque. Mais il se contentait de laisser se rapprocher son adversaire, et, peu de temps après, il reprenait son allure de fuite

Une partie de la nuit se passa sans incident. Nous

guettions l'occasion d'agir. Nous parlions peu, étant trop émus. Ned Land aurait voulu se précipiter à la mer. Je le forçai d'attendre. Suivant moi, le *Nautilus* devait attaquer le deux-ponts à la surface des flots, et alors il serait non-seulement possible, mais facile de s'enfuir.

A trois heures du matin, inquiet, je montai sur la plate-forme. Le capitaine Nemo ne l'avait pas quittée. Il était debout, à l'avant, près de son pavillon, qu'une légère brise déployait au-dessus de sa tête. Il ne quittait pas le vaisseau des yeux. Son regard, d'une extraordinaire intensité, semblait l'attirer, le fasciner, l'entraîner plus sûrement que s'il lui eût donné la remorque !

La lune passait alors au méridien. Jupiter se levait dans l'est. Au milieu de cette paisible nature, le ciel et l'Océan rivalisaient de tranquillité, et la mer offrait à l'astre des nuits le plus beau miroir qui eût jamais reflété son image.

Et quand je pensais à ce calme profond des éléments, comparé à toutes ces colères qui couvaient dans les flancs de l'imperceptible *Nautilus,* je sentais frissonner tout mon être.

Le vaisseau se tenait à deux milles de nous. Il s'était rapproché, marchant toujours vers cet éclat phosphorescent qui signalait la présence du *Nautilus.* Je vis ses feux de position, vert et rouge, et son fanal blanc suspendu au grand étai de misaine. Une vague réverbération éclairait son gréement et indiquait que les feux étaient poussés à outrance. Des gerbes d'étincelles, des scories de charbons enflammés, s'échappant de ses cheminées, étoilaient l'atmosphère.

Je demeurai ainsi jusqu'à six heures du matin, sans que le capitaine Nemo eût paru m'apercevoir. Le vaisseau nous restait à un mille et demi, et avec les premières lueurs du jour, sa canonnade recommença. Le moment ne pouvait être éloigné où, le *Nautilus* attaquant son adversaire, mes compagnons et moi nous quitterions pour jamais cet homme que je n'osais juger.

Je me disposais à descendre afin de les prévenir, lorsque le second monta sur la plate-forme. Plusieurs marins l'accompagnaient. Le capitaine Nemo ne les vit pas ou ne voulut pas les voir. Certaines dispositions furent prises qu'on aurait pu appeler « le branlebas de combat » du *Nautilus*. Elles étaient très-simples. La filière qui formait balustrade autour de la plateforme fut abaissée. De même, les cages du fanal et du timonier rentrèrent dans la coque de manière à l'affleurer seulement. La surface du long cigare de tôle n'offrait plus une seule saillie qui pût gêner sa manœuvre.

Je revins au salon. Le *Nautilus* émergeait toujours. Quelques lueurs matinales s'infiltraient dans la couche liquide. Sous certaines ondulations des lames, les vitres s'animaient des rougeurs du soleil levant.

Ce terrible jour du 2 juin se levait.

A cinq heures, le loch m'apprit que la vitesse du

Nautilus se modérait. Je compris qu'il se laissait approcher. D'ailleurs les détonations se faisaient plus violemment entendre. Les boulets labouraient l'eau ambiante et s'y vissaient avec un sifflement singulier.

« Mes amis, dis-je, le moment est venu. Une poignée
de main, et que Dieu nous garde ! »

Ned Land était résolu, Conseil calmé, moi nerveux,
me contenant à peine.

Nous passâmes dans la bibliothèque. Au moment où
je poussais la porte qui s'ouvrait sur la cage de l'escalier central, j'entendis le panneau supérieur se fermer
brusquement.

Le Canadien s'élança sur les marches, mais je l'arrêtai. Un sifflement bien connu m'apprenait que l'eau
pénétrait dans les réservoirs du bord. En effet, en peu
d'instants, le *Nautilus* s'immergea à quelques mètres
au-dessous de la surface des flots.

Je compris sa manœuvre. Il était trop tard pour
agir. Le *Nautilus* ne songeait pas à frapper le deux-
ponts dans son impénétrable cuirasse, mais au-dessous
de sa ligne de flottaison, là où la carapace métallique
ne protége plus le bordé.

Nous étions emprisonnés de nouveau, témoins obli-
gés du sinistre drame qui se préparait. D'ailleurs,
nous eûmes à peine le temps de réfléchir. Réfugiés
dans ma chambre, nous nous regardions sans prononc-
cer une parole. Une stupeur profonde s'était emparée
de mon esprit. Le mouvement de la pensée s'arrêtait

en moi. Je me trouvais dans cet état pénible qui précède l'attente d'une détonation épouvantable. J'attendais, j'écoutais, je ne vivais que par le sens de l'ouïe !

Cependant la vitesse du *Nautilus* s'accrut sensiblement. C'était son élan qu'il prenait ainsi. Toute sa coque frémissait.

Soudain je poussai un cri. Un choc eut lieu, mais relativement léger. Je sentis la force pénétrante de l'éperon d'acier. J'entendis des éraillements, des raclements. Mais le *Nautilus*, emporté par sa puissance de propulsion, passait au travers de la masse du vaisseau comme l'aiguille du voilier à travers la toile !

Je ne pus y tenir. Fou, éperdu, je m'élançai hors de ma chambre et me précipitai dans le salon.

Le capitaine Nemo était là. Muet, sombre, implacable, il regardait par le panneau de bâbord.

Une masse énorme sombrait sous les eaux, et, pour ne rien perdre de son agonie, le *Nautilus* descendait dans l'abîme avec elle. A dix mètres de moi, je vis cette coque entr'ouverte, où l'eau s'enfonçait avec un bruit de tonnerre, puis la double ligne des canons et les bastingages. Le pont était couvert d'ombres noires qui s'agitaient.

L'eau montait. Les malheureux s'élançaient dans les haubans, s'accrochaient aux mâts, se tordaient sous les eaux. C'était une fourmilière humaine surprise par l'envahissement d'une mer !

Paralysé, roidi par l'angoisse, les cheveux hérissés,

l'œil démesurément ouvert, la respiration incomplète, sans souffle, sans voix, je regardais, moi aussi ! Une irrésistible attraction me collait à la vitre.

L'énorme vaisseau s'enfonçait lentement. Le *Nautilus,* le suivant, épiait tous ses mouvements. Tout à coup une explosion se produisit. L'air comprimé fit voler les ponts du bâtiment comme si le feu eût pris aux soutes. La poussée des eaux fut telle, que le *Nautilus* dévia.

Alors le malheureux navire s'enfonça plus rapidement. Ses hunes, chargées de victimes, apparurent, ensuite ses barres, pliant sous des grappes d'hommes, enfin le sommet de son grand mât. Puis la masse sombre disparut, et avec elle cet équipage de cadavres entraînés par un formidable remous...

Je me retournai vers le capitaine Nemo. Ce terrible justicier, véritable archange de la haine, regardait toujours. Quand tout fut fini, le capitaine Nemo, se dirigeant vers la porte de sa chambre, l'ouvrit et entra. 'e le suivis des yeux.

Sur le panneau du fond, au-dessous des portraits de ses héros, je vis le portrait d'une femme jeune encore et de deux petits enfants. Le capitaine Nemo les regarda pendant quelques instants, leur tendit les bras, et, s'agenouillant, il fondit en sanglots.

CHAPITRE XXII.

LES DERNIÈRES PAROLES, DU CAPITAINE NEMO.

Les panneaux s'étaient refermés sur cette vision effrayante, mais la lumière n'avait pas été rendue au salon. A l'intérieur du *Nautilus,* ce n'était que ténèbres et silence. Il quittait ce lieu de désolation, à cent pieds sous les eaux, avec une rapidité prodigieuse. Où allait-il ? Au nord ou au sud ? Où fuyait cet homme après cette horrible représaille ?

J'étais rentré dans ma chambre où Ned et Conseil se tenaient silencieusement. J'éprouvais une insurmontable horreur pour le capitaine Nemo. Quoi qu'il eût souffert de la part des hommes, il n'avait pas le droit de punir ainsi. Il m'avait fait, sinon le complice, du moins le témoin de ses vengeances! C'était déjà trop.

A onze heures, la clarté électrique réapparut. Je passai dans le salon. Il était désert. Je consultai les divers instruments. Le *Nautilus* fuyait dans le nord avec une rapidité de vingt-cinq milles à l'heure, tantôt

à la surface de la mer, tantôt à trente pieds au-
dessous.

Relèvement fait sur la carte, je vis que nous passions à l'ouvert de la Manche, et que notre direction
nous portait vers les mers boréales avec une incomparable vitesse.

A peine pouvais-je saisir à leur rapide passage des
squales au long nez, des squales-marteaux, des rous-
settes qui fréquentent ces eaux, de grands aigles de
mer, des nuées d'hippocampes, semblables aux cava-
liers du jeu d'échecs, des anguilles s'agitant comme
les serpenteaux d'un feu d'artifice, des armées de
crabes qui fuyaient obliquement en croisant leurs
pinces sur leur carapace, enfin des troupes de marsouins qui luttaient de rapidité avec le *Nautilus*. Mais
d'observer, d'étudier, de classer, il n'était plus question alors.

Le soir, nous avions franchi deux cents lieues de
l'Atlantique. L'ombre se fit, et la mer fut envahie par
les ténèbres jusqu'au lever de la lune.

Je regagnai ma chambre. Je ne pus dormir. J'étais
assailli de cauchemars. L'horrible scène de destruction se répétait dans mon esprit.

Depuis ce jour, qui pourra dire jusqu'où nous entraîna le *Nautilus* dans ce bassin de l'Atlantique nord?
Toujours avec une vitesse inappréciable ! Toujours au
milieu des brunes hyperboréennes ! Toucha-t-il aux
pointes du Spitzberg, aux accores de la Nouvelle-

Zemble ? Parcourut-il ces mers ignorées, la mer Blanche, la mer de Kara, le golfe de l'Obi, l'archipel de Liarrov, et ces rivages inconnus de la côte asiatique ? Je ne saurais le dire. Le temps qui s'écoulait, je ne pouvais plus l'évaluer. L'heure avait été suspendue aux horloges du bord. Il semblait que la nuit et le jour, comme dans les contrées polaires, ne suivaient plus leur cours régulier. Je me sentais entraîné dans ce domaine de l'étrange où se mouvait à l'aise l'imagination surmenée d'Edgard Poë. A chaque instant, je m'attendais à voir, comme le fabuleux Gordon Pym, « cette figure humaine voilée, de proportion beaucoup plus vaste que celle d'aucun habitant de la terre, jetée en travers de cette cataracte qui défend les abords du pôle ! »

J'estime, — mais je me trompe peut-être, — j'estime que cette course aventureuse du *Nautilus* se prolongea pendant quinze ou vingt jours, et je ne sais ce qu'elle aurait duré, sans la catastrophe qui termina ce voyage. Du capitaine Nemo, il n'était plus question. De son second, pas davantage. Pas un homme de l'équipage ne fut visible un seul instant. Presque incessamment, le *Nautilus* flottait sous les eaux. Quand il remontait à leur surface afin de renouveler son air, les panneaux s'ouvraient ou se refermaient automatiquement. Plus de point reporté sur le planisphère. Je ne savais où nous étions.

Je dirai aussi que le Canadien, à bout de forces et

de patience, ne paraissait plus. Conseil ne pouvait en tirer un seul mot, et craignait que, dans un accès de délire et sous l'empire d'une nostalgie effrayante, il ne se tuât. Il le surveillait donc avec un dévouement de tous les instants.

On comprend que, dans ces conditions, la situation n'était plus tenable.

Un matin, — à quelle date, je ne saurais le·dire, — je m'étais assoupi vers les premières heures du jour, assoupissement pénible et maladif. Quand je m'éveillai, je vis Ned Land se pencher sur moi, et je l'entendis me dire à voix basse :

« Nous allons fuir ! »

Je me redressai.

« Quand fuyons-nous ? demandai-je.

— La nuit prochaine. Toute surveillance semble avoir disparu du *Nautilus*. On dirait que la stupeur règne à bord. Vous serez prêt, monsieur ?

— Oui. Où sommes-nous ?

— En vue de terres que je viens de relever ce matin au milieu des brumes, à vingt milles dans l'est.

— Quelles sont ces terres ?

— Je l'ignore, mais quelles qu'elles soient, nous nous y refugierons.

— Oui ! Ned. Oui, nous fuirons cette nuit, dût la mer nous engloutir.

— La mer est mauvaise, le vent violent; mais vingt milles à faire dans cette légère embarcation du *Nau-*

tilus ne m'effrayent pas. J'ai pu y transporter quelques vivres et quelques bouteilles d'eau à l'insu de l'équipage.

— Je vous suivrai.

— D'ailleurs, ajouta le Canadien, si je suis surpris, je me défends, je me fais tuer.

— Nous mourrons ensemble, ami Ned. »

J'étais décidé à tout. Le Canadien me quitta. Je gagnai la plate-forme, sur laquelle je pouvais à peine me maintenir contre le choc des lames. Le ciel était menaçant, mais puisque la terre était là dans ces brumes épaisses, il fallait fuir. Nous ne devions perdre ni un jour ni une heure.

Je revins au salon, craignant et désirant tout à la fois de rencontrer le capitaine Nemo, voulant et ne voulant plus le voir. Que lui aurais-je dit ? Pouvais-je lui cacher l'involontaire horreur qu'il m'inspirait ? Non ! Mieux valait ne pas me trouver face à face avec lui ! Mieux valait l'oublier ! Et pourtant !

Combien fut longue cette journée, la dernière que je dusse passer à bord du *Nautilus !* Je restais seul. Ned Land et Conseil évitaient de me parler par crainte de se trahir.

A six heures, je dînai, mais je n'avais pas faim. Je me forçai à manger, malgré mes répugnances, ne voulant pas m'affaiblir.

A six heures et demie, Ned Land entra dans ma chambre. Il me dit:

« Nous ne nous reverrons pas avant notre départ.
A dix heures, la lune ne sera pas encore levée. Nous
profiterons de l'obscurité. Venez au canot. Conseil et
moi, nous vous y attendrons. »

Puis le Canadien sortit, sans m'avoir donné le temps
de lui répondre.

Je voulus vérifier la direction du *Nautilus*. Je me
rendis au salon. Nous courions nord-nord-est avec une
vitesse effrayante, par cinquante mètres de profondeur.

Je jetai un dernier regard sur ces merveilles de a
nature, sur ces richesses de l'art entassées dans ce
musée, sur cette collection sans rivale destinée à périr
un jour au fond des mers avec celui qui l'avait formée.
Je voulus fixer dans mon esprit une impression suprême. Je restai une heure ainsi, baigné dans les
effluves du plafond lumineux, et passant en revue ces
trésors resplendissant sous leurs vitrines. Puis je revins
à ma chambre.

Là, je revêtis de solides vêtements de mer. Je ras-
semblai mes notes et les serrai précieusement sur moi.
Mon cœur battait avec force. Je ne pouvais en comprimer les pulsations. Certainement mon trouble, mon
agitation m'eussent trahi aux yeux du capitaine Nemo.

Que faisait-il en ce moment ? J'écoutai à la porte de
sa chambre. J'entendis un bruit de pas. Le capitaine
Nemo était là. Il ne s'était pas couché. A chaque mouvement, il me semblait qu'il allait m'apparaître et me
demander pourquoi je voulais fuir ! J'éprouvais des

alertes incessantes. Mon imagination les grossissait. Cette impression devint si poignante que je me demandai s'il ne valait pas mieux entrer dans la chambre du capitaine, le voir face à face, le braver du geste et du regard !

C'était une inspiration de fou. Je me retins heureusement, et je m'étendis sur mon lit, pour apaiser en moi les agitations du corps. Mes nerfs se calmèrent un peu, mais, le cerveau surexcité, je revis dans un rapide souvenir toute mon existence à bord du *Nautilus*, tous les incidents heureux ou malheureux qui l'avaient traversée depuis ma disparition de l'*Abraham-Lincoln*, les chasses sous-marines, le détroit de Torrès, les sauvages de la Papouasie, l'échouement, le cimetière de corail, le passage de Suez, l'île de Santorin, le plongeur crétois, la baie du Vigo, l'Atlantique, la banquise, le pôle sud, l'emprisonnement dans les glaces, le combat des poulpes, la tempête du Gulf-Stream, le *Vengeur*, et cette horrible scène du vaisseau coulé avec son équipage !... Tous ces événements passèrent devant mes yeux, commes ces toiles de fond qui se déroulent à l'arrière-plan d'un théâtre. Alors le capitaine Nemo grandissait démesurément dans ce milieu étrange. Son type s'accentuait et prenait des proportions surhumaines. Ce n'était plus mon semblable, c'était l'homme des eaux, le génie des mers.

Il était alors neuf heures et demie. Je tenais ma tête à deux mains pour l'empêcher d'éclater. Je fermais les yeux. Je ne voulais plus penser. Une demi-heure d'attente encore! Une demi-heure d'un cauchemar qui pouvait me rendre fou !

En ce moment, j'entendis les vagues accords de l'orgue, une harmonie triste sous un chant indéfinissable, véritables plaintes d'une âme qui veut briser ses liens terrestres. J'écoutai par tous mes sens à la fois, respirant à peine, plongé comme le capitaine Nemo dans ces extases musicales qui l'entraînaient hors des limites de ce monde.

Puis une pensée soudaine me terrifia. Le capitaine Nemo avait quitté sa chambre. Il était dans ce salon que je devais traverser pour fuir. Là, je le rencontrerais une dernière fois. Il me verrait, il me parlerait peut-être ! Un geste de lui pouvait m'anéantir, un seul mot m'enchaîner à son bord!

Cependant dix heures allaient sonner. Le moment était venu de quitter ma chambre et de rejoindre mes compagnons.

Il n'y avait pas à hésiter, dût le capitaine Nemo se dresser devant moi. J'ouvris ma porte avec précaution, et cependant il me sembla qu'en tournant sur ses gonds elle faisait un bruit effrayant. Peut-être ce bruit n'existait-il que dans mon imagination !

Je m'avançai en rampant à travers les coursives obscures du *Nautilus,* m'arrêtant à chaque pas pour comprimer les battements de mon cœur.

J'arrivai à la porte angulaire du salon. Je l'ouvris

doucement. Le salon était plongé dans une obscurité profonde. Les accords de l'orgue résonnaient faiblement. Le capitaine Nemo était là. Il ne me voyait pas. Je crois même qu'en pleine lumière il ne m'eût pas aperçu, tant son extase l'absorbait tout entier.

Je me traînai sur le tapis, évitant le moindre heurt dont le bruit eût pu trahir ma présence. Il me fallut cinq minutes pour gagner la porte du fond, qui donnait sur la bibliothèque.

J'allais l'ouvrir, quand un soupir du capitaine Nemo me cloua sur place. Je compris qu'il se levait. Je l'entrevis même, car quelques rayons de la bibliothèque éclairée filtraient jusqu'au salon. Il vint vers moi, les bras croisés, silencieux, glissant plutôt que marchant comme un spectre. Sa poitrine oppressée se gonflait de sanglots. Et je l'entendis murmurer ces paroles, — les dernières qui aient frappé mon oreille :

« Dieu tout-puissant ! assez ! assez ! »

Était-ce l'aveu du remords qui s'échappait ainsi de la conscience de cet homme ?...

Éperdu, je me précipitai dans la bibliothèque. Je montai l'escalier central, et, suivant la coursive supérieure, j'arrivai au canot. J'y pénétrai par l'ouverture qui avait déjà livré passage à mes deux compagnons.

« Partons ! Partons ! m'écriai-je.

— A l'instant ! » répondit le Canadien.

L'orifice évidé dans la tôle du *Nautilus* fut préalablement fermé et boulonné au moyen d'une clef anglaise

dont Ned Land s'était muni. L'ouverture du canot se
ferma également, et le Canadien commença à dévisser
les écrous qui nous retenaient encore au bateau sous-
marin.

Soudain un bruit intérieur se fit entendre. Des voix
se répondaient avec vivacité. Qu'y avait-il ? S'était-on
aperçu de notre fuite ? Je sentis que Ned Land me glissait un poignard dans la main.

« Oui ! murmurai-je, nous saurons mourir ! »

Le Canadien s'était arrêté dans son travail. Mais un
mot, vingt fois répété, un mot terrible, me révéla la
cause de cette agitation qui se propageait à bord du
Nautilus. Ce n'était pas à nous que son équipage en
voulait !

« Maelstrom ! Maelstrom ! » s'écriait-il.

Le Maelstrom ! Un nom plus effrayant dans une situation plus effrayante pouvait-il retentir à notre oreille ?
Nous trouvions-nous donc sur ces dangereux parages
de la côte norvégienne ? Le *Nautilus* était-il entraîné
dans ce gouffre, au moment où notre canot allait se
détacher de ses flancs ?

On sait qu'au moment du flux, les eaux resserrées
entre les îles Feroë et Loffoden sont précipitées avec
une irrésistible violence. Elles forment un tourbillon
dont aucun navire n'a jamais pu sortir. De tous les
points de l'horizon accourent des lames monstrueuses.
Elles forment ce gouffre justement appelé le « Nombril
de l'Océan, » dont la puissance d'attraction s'étend

jusqu'à une distance de quinze kilomètres. Là sont aspirés non-seulement les navires, mais les baleines, mais aussi les ours blancs des régions boréales.

C'est là que le *Nautilus*, — involontairement ou volontairement peut-être, — avait été engagé par son capitaine. Il décrivait une spirale dont le rayon diminuait de plus en plus. Ainsi que lui, le canot, encore accroché à son flanc, était emporté avec une vitesse vertigineuse. Je le sentais. J'éprouvais ce tournoiement maladif qui succède à un mouvement de gyration trop prolongé. Nous étions dans l'épouvante, dans l'horreur portée à son comble, la circulation suspendue, l'influence nerveuse annihilée, traversés de sueurs froides comme les sueurs de l'agonie ! Et quel bruit autour de notre frêle canot ! Quels mugissements que l'écho répétait à une distance de plusieurs milles ! Quel fracas que celui de ces eaux brisées sur les roches aiguës du fond, là où les corps les plus durs se brisent, là où les troncs d'arbres s'usent et se font « une fourrure de poils, » selon l'expression norvégienne !

Quelle situation ! Nous étions ballottés affreusement. Le *Nautilus* se défendait comme un être humain. Ses muscles d'acier craquaient. Parfois il se dressait, et nous avec lui !

« Il faut tenir bon, dit Ned, et revisser les écrous ! En restant attachés au *Nautilus*, nous pouvons nous sauver encore !... »

Il n'avait pas achevé de parler, qu'un craquement se

produisait. Les écrous manquaient, et le canot, arraché de son alvéole, était lancé comme la pierre d'une fronde au milieu du tourbillon.

Ma tête porta sur une membrure de **fer, et, sous ce** choc violent, je **p**erdis connaissance.

CHAPITRE XXIII.

CONCLUSION.

Voici la conclusion de ce voyage sous les mers. Ce qui se passa pendant cette nuit, comment le canot échappa au formidable remous du Maelstrom, commen\. Ned Land, Conseil et moi, nous sortîmes du gouffre, je ne saurais le dire. Mais quand je revins à moi, j'étais couché dans la cabane d'un pêcheur des îles Loffoden. Mes deux compagnons, sains et saufs, étaient près de moi et me pressaient les mains. Nous nous embrassâmes avec effusion.

En ce moment, nous ne pouvons songer à regagner la France. Les moyens de communication entre la Norvége septentrionale et le sud sont rares. Je suis donc forcé d'attendre le passage du bateau à vapeur qui fait le service bi-mensuel du cap Nord.

C'est donc là, au milieu de ces braves gens qui nous

ont recueillis, que je revois le récit de ces aventures. Il est exact. Pas un fait n'a été omis, pas un détail n'a été exagéré. C'est la narration fidèle de cette invraisemblable expédition sous un élément inaccessible à l'homme et dont le progrès rendra les routes libres un jour.

Me croira-t-on? Je ne sais. Peu importe, après tout. Ce que je puis affirmer maintenant, c'est mon droit de parler de ces mers sous lesquelles, en moins de dix mois, j'ai franchi vingt mille lieues, de ce tour du monde sous-marin qui m'a révélé tant de merveilles à travers le Pacifique, l'océan Indien, la mer Rouge, la Méditerranée, l'Atlantique, les mers australes et boréales!

Mais qu'est devenu le *Nautilus*? A-t-il résisté aux étreintes du Maelstrom ? Le capitaine Nemo vit-il encore ? Poursuit-il sous l'océan ses effrayantes représailles, ou s'est-il arrêté devant cette dernière hécatombe? Les flots apporteront-ils un jour ce manuscrit qui renferme toute l'histoire de sa vie? Saurai-je enfin le nom de cet homme ? Le vaisseau disparu nous dira-t-il, par sa nationalité, la nationalité du capitaine Nemo?

Je l'espère. J'espère également que son puissant appareil a vaincu la mer dans son gouffre le plus terrible et que le *Nautilus* a survécu là où tant de navires ont péri ! S'il en est ainsi, si le capitaine Nemo habite toujours cet Océan, sa patrie d'adoption, puisse la haine s'apaiser dans ce cœur farouche ! Que la contemplation de tant de merveilles éteigne en lui l'esprit de vengeance ! Que le justicier s'efface, que le savant continue la paisible exploration des mers ! Si sa destinée est étrange, elle est sublime aussi. Ne l'ai-je pas compris par moi-même ? N'ai-je pas vécu dix mois de cette existence extra-naturelle ? Aussi, à cette demande posée, il y a six mille ans, par l'Ecclésiaste : « Qui a jamais pu sonder les profondeurs de l'abîme ? » deux hommes entre tous les hommes ont le droit de répondre maintenant : le capitaine Nemo et moi.

FIN DE LA SECONDE PARTIE.

TABLE.

Paris. — Typographie Lahure, rue de Fleurus, 9.

www.ingramcontent.com/pod-product-compliance
Lightning Source LLC
Chambersburg PA
CBHW060934030726
47503CB00003B/590